Noch ist nicht aller
Weihnachtsabend!

atb aufbau taschenbuch

NOCH IST NICHT ALLER *Weihnachts-abend!*

Weihnachtsgeschichten
von Ellen Berg, Ulrike Renk u. v. a.

aufbau taschenbuch

MIX
Papier | Fördert gute Waldnutzung
FSC® C083411
www.fsc.org

ISBN 978-3-7466-3751-8

Aufbau Taschenbuch ist eine Marke
der Aufbau Verlage GmbH & Co. KG

3. Auflage 2022

Umschlaggestaltung © U1berlin, Patrizia Di Stefano
unter Verwendung einer Illustration von © Gerhard Glück
Gesetzt in der Devanagari durch Greiner & Reichel, Köln
Druck und Binden CPI books GmbH, Leck, Germany
Printed in Germany

www.aufbau-verlage.de

Inhalt

JAN STEINBACH

Weihnachten in Ostfriesland

Der Schrei einer Möwe drang durch die kalte, klare Luft. Die Schiffe waren winterfest gemacht worden, sie schaukelten vertäut in den sachten Wellen am Kai. Es roch nach der salzigen Brise, die vom Meer über die Ems heranwehte, nach Frost und ganz leicht nach Dieselöl. Schon seltsam, wie sehr sich ein Ort nach Heimat anfühlen konnte, dachte Oliver. Und das, obwohl so viele Jahre vergangen waren.

Als Kind war ihm das kleine Hafenbecken am Fuße der Altstadt riesig vorgekommen. Es war ein einziger Abenteuerspielplatz gewesen. Vor allem in den endlosen Sommern, in denen Peter und er per Kopfsprung von der Brücke ins Wasser gesprungen und im Hafen um die Wette geschwommen waren. So was war Kindern heute natürlich streng verboten, aber nicht zu ihrer Zeit. Sie waren in den Sommerferien regelmäßig mit einem leuchtend blauen Schlauchboot ins Hafenbecken hinausgepaddelt, als wäre das völlig ungefährlich. Er erinnerte sich an den Blick, den sie vom Wasser aus hatten, auf den Rathausturm und die Alte Waage, an das Plätschern der Wellen am Boot, an die Geräusche der Stadt, die fern und entrückt wirkten.

Als Peter und er älter wurden, hockten sie nachts am Kai, betrachteten den Sternenhimmel, rauchten heimlich Zigaretten und tranken Wodka, und wenn er betrunken war, sagte Peter jedes Mal: »Wir werden niemals wie unsere Eltern, nicht wahr? Das versprechen wir uns.« Oliver erinnerte sich, wie ernst es seinem Freund war. Wie sie die Wodkaflasche feierlich kreisen ließen und er selbst den Schwur bekräftigte: »Niemals, Peter. Fest versprochen.«

»Was für ein verfluchtes Wetter«, riss ihn sein Vater nun aus den Gedanken, der in seinem Rollstuhl neben ihm saß. »Schweinekalt ist es«, beschwerte er sich. »Und eine steife Brise haben wir. Ich weiß nicht, was das soll.«

Oliver unterdrückte einen Seufzer, nicht zum ersten Mal an diesem Tag. Wie immer hatte sein Vater etwas auszusetzen. Egal, wie schmerzhaft schön die Aussicht auf das Hafenbecken war. Wie viel Familiengeschichte hier beim Blick übers Wasser lebendig wurde.

Er dachte an den Schwur von damals und lächelte.

»Jetzt hast du ihn gesehen, den Hafen«, fuhr sein Vater übellaunig fort. »Wir können also weiter.«

»Ich dachte, ich fahre dich ein bisschen rum. Wir wollten einen gemütlichen Spaziergang machen.«

»Das tun wir doch. Heißt ja nicht, dass wir bei der Kälte ins Wasser starren müssen.«

»Jetzt frierst du. Ich habe gesagt, nimm die Decke.«

Er brummte abfällig, wandte demonstrativ den Blick ab. Es war ihm zu blöd, sich eine Decke über die Knie zu legen. Er fand das verweichlicht. Da fror er lieber.

»Sollen wir ein Stück die Leda runtergehen?«, fragte Oliver. »Wir könnten bis zum Ruderclub und dann durch die Altstadt zurück nach Hause.«

»Ich lebe hier seit dreiundachtzig Jahren, Junge. Ich weiß, wie die Leda aussieht.«

Olivers Stimmung sank weiter, sofern das noch möglich war. Er hätte jetzt in London sein können, dachte er. Oder am Strand in Thailand. Weihnachten unter Palmen, das wäre ohnehin das Vernünftigste gewesen. Stattdessen war er hier. Weil sein Vater gesundheitlich angeschlagen war. Weil keiner sagen konnte, wie viele Weihnachten er noch erleben würde. »Du fehlst ihm«, hatte seine Schwester Sandra am Telefon gesagt. »Auch wenn er das nie zugeben würde. Willst du dieses Jahr nicht Weihnachten nach Ostfriesland kommen? Tu es für ihn.«

Dass er sich über den Besuch seines Sohnes freute, ließ er sich allerdings nicht anmerken. Oliver zweifelte längst an Sandras Worten.

»Mir reicht's.« Sein Vater verschränkte die Arme. »Bring mich nach Hause. Wir waren lange genug unterwegs.«

Diesmal gelang es Oliver nicht, den Seufzer zu unterdrücken. Dann eben zurück nach Hause. Sollte sein Vater doch machen, was er wollte. Er umfasste die Griffe des

Rollstuhls und löste die Bremse, als er sah, dass sich Spaziergänger dem Hafen näherten. Zwei Pärchen, etwa in seinem Alter, so um die fünfzig.

»Ist das nicht Oliver Kramer?«, hörte er eine der Frauen aufgeregt sagen. »Seht doch, er ist es.«

»Das gibt's ja gar nicht. Oliver Kramer.«

»Hallo! Herr Kramer! Hier sind wir.«

Es war zu spät, sich wegzuducken. Er schlüpfte in seine erprobte Rolle, wenn er auf der Straße erkannt wurde, strahlte und breitete ergeben die Arme aus. Sein jungenhaftes Lächeln, das ihn auszeichnete und dem er eine Menge weiblicher Fans verdankte.

Er war, was man ein Fernsehgesicht nannte. Viele Jahre Washington-Korrespondent für die Öffentlich-Rechtlichen, später Buchautor, Talkshow-Gast und Moderator eines Nachtmagazins in einem Spartensender. Es gab eine Menge Fernsehleute, die wesentlich bekannter waren als er. Doch in seiner Leeraner Heimat, wo er als Lokalheld galt, wurde er von vielen erkannt.

»Sind Sie etwa zu Weihnachten nach Hause gekommen?«, fragte die Frau begeistert. »Das ist ja toll. Familie geht doch über alles, richtig? Auch wenn man berühmt ist.«

Oliver vermied es, seinen Vater anzusehen. Handys wurden gezückt, die beiden Pärchen stellten sich für Selfies mit ihm auf. Oliver lächelte hierhin und dorthin, bis alle glücklich waren, dann wimmelte er sie professionell ab, verabschiedete sich und ließ sie mit ihrer Begeisterung, Oliver Kramer getroffen zu haben, zurück.

Als er sich zum Rollstuhl wandte, war es sein Vater, der gedankenversunken auf den Hafen hinaussah. Er tat, als hätte er die Spaziergänger gar nicht bemerkt. Der berühmte Oliver Kramer, der Weihnachten unbedingt zu seiner Familie will, das war selbst für ihn zu viel des Guten. Er fröstelte demonstrativ und wartete darauf, dass er fortgeschoben wurde. Oliver löste schweigend die Bremse des Rollstuhls und schob seinen Vater in Richtung Zuhause.

»Wir gehen weg von hier, Oliver, oder?«

»Sobald wir alt genug sind, versprochen.«

»Hinaus in die weite Welt«, schwärmte Peter.

»Wir werden richtige Abenteuer erleben.«

Sie drifteten faul auf ihrem Schlauchboot durchs Hafenbecken, tranken Cola, die Peter im Laden gestohlen hatte, ließen sich treiben, waren glücklich.

»Wir könnten nach Hamburg gehen.«

»Oder zur See fahren. Wie richtige Seeleute.«

»Das wär was.«

Ein Kohlekahn tuckerte vorbei und wühlte das Wasser auf. Das Schlauchboot schaukelte so sehr, dass sie lachen mussten. Der alte Kapitän, der mit fadenscheiniger Jacke an der Reling stand, schimpfte, sie sollten aus dem Hafen verschwinden, das sei zu gefährlich. Doch sie ignorierten ihn. Die Sonne brannte vom Himmel, es war einer dieser immerwährenden Sommer, die niemals zu enden schienen.

Peter rutschte über das Schlauchboot, und die roten Striemen auf seinem Rücken wurden sichtbar. Ein paar blaue Flecken, die fast verblasst waren. Dazu das aufgeplatzte Hämatom, das nicht verheilen wollte. Oliver fühlte sich elend, wenn er diese Wunden sah, jedes Mal von Neuem.

»Wir gehen weg von hier«, wiederholte er und widerstand der Versuchung, mit dem Finger über das Hämatom zu streichen. »Und wir werden nicht wie unsere Eltern. Das versprechen wir uns.«

Zurück in dem Altstadthäuschen seines Vaters legte er Feuerholz im Kamin nach. Er sah zu, wie die knisternden Flammen an den trockenen Holzstücken züngelten, dann schloss er die Klappe und erhob sich. Sein Vater saß im Rollstuhl und studierte schweigend die Fernsehzeitung.

Auf der Fensterbank zum Garten bemerkte Oliver den Weihnachtsschmuck, den sein Vater als angemessen erachtet hatte. Er bestand aus einer Kerze und einem Weihnachtsstern. Das war alles, was im Haus an Schmuck zu finden war. Gegen seinen Willen musste Oliver lächeln. In dem Washingtoner Studio hatte er die gleiche Dekoration gewählt, als er die Leitung übernahm: Kerze und Weihnachtsstern. Nüchtern, kühl und rational, wie er sich selbst gerne sah, waren ihm überschwängliche Weihnachtsgefühle fremd, beinahe ein bisschen peinlich. Seiner Kollegin hatte er halb im Scherz anvertraut: »Das muss reichen. Ich will ja noch in den Spiegel sehen können.« Er wollte sich unbedingt von Kitsch und Gefühligkeit distanzieren, als wäre das etwas, das ihn schwach wirken ließe. Eigentlich wusste er es besser, trotzdem konnte er nicht aus seiner Haut. Er warf seinem Vater einen Seitenblick zu. Ein paar Ähnlichkeiten gab es vielleicht doch zwischen ihnen, auch wenn Oliver sich das nicht gern eingestand.

Die Weihnachtskrippe kam ihm in den Sinn, die sein Vater gezimmert hatte, als sie Kinder waren. Ein wirkliches Prachtstück, das zu Lebzeiten der Mutter jedes Jahr liebevoll aufgebaut worden war. Sein Vater hatte sich mit den Figuren und der Dekoration der Krippe so ausgiebig beschäftigt, wie es andere Männer höchstens mit ihren Modelleisenbahnen taten. Trotzdem war sie mit dem Tod seiner Mutter für immer verschwunden. Oliver fragte sich, warum sein Vater sich untersagte, diesem Hobby zu frönen. Wahrscheinlich war es das Gleiche wie mit dem Weihnachtsschmuck auf der Fensterbank. Für sich selbst die ganze Dekoration aufzubauen und sich dabei Weihnachtsgefühlen hinzugeben, das wäre dann doch ein bisschen peinlich.

»Was ist eigentlich mit unserer Krippe?«, fragte er nun. »Gibt es die noch?«

»Die ist auf dem Dachboden«, brummte sein Vater, ohne aufzusehen. »Ich komme da nicht mehr hoch.«

»Ich könnte sie für dich runterholen. Dann bauen wir sie auf.«

»Zu Weihnachten?« Er lachte verächtlich. »Das ist eher was für Frauen.«

»Es wäre wie früher …«

»Unsinn. Das ist viel zu umständlich.«

Er griff nach der Fernbedienung und schaltete den Fernseher ein. Damit war die Unterhaltung beendet. Irgendeine grässliche Talkshow flimmerte über den Bildschirm.

»Die Krippe bleibt, wo sie ist«, sagte sein Vater noch, dann drehte er die Lautstärke auf. Er widmete sich der Sendung und tat, als wäre Oliver nicht anwesend.

Der verschwand hoch in sein Jugendzimmer, um durchzuatmen. Wenn das so weiterging mit seinem Vater, dann fragte er sich langsam, wie er die kommenden Tage überstehen sollte. Es war eine bescheuerte Idee gewesen, herzukommen. Er wusste nicht, was seine Schwester sich dabei gedacht hatte.

Er klappte den Laptop auf, um seine Mails zu checken. Obwohl morgen Heiligabend war, waren noch etliche Nachrichten eingegangen. Vor allem handelte es sich um

Weihnachtsgrüße oder irgendwelche Pressemeldungen. Ein paar persönliche Mitteilungen, doch nichts, das nicht bis nach den Feiertagen warten konnte.

Er klickte sich durch einige Nachrichtenseiten, eine Berufskrankheit, von der er auch im Urlaub schwer lassen konnte. Dann klappte er den Laptop zu und trat ans Fenster.

Unter ihm lag der Gemüsegarten seiner Mutter. Dahinter erstreckten sich die Nachbargärten der alten Stadthäuser, deren Vorderseiten mit den schmucken Giebeln nach vorn auf die engen Gassen hinaus wiesen, während hintendran riesige Grundstücke verborgen lagen, die kein Mensch vermuten würde, der durch die Altstadt wanderte.

Das Haus von Peters Eltern lag ein paar Straßen entfernt, dort gab es keinen Garten. Nur einen handtuchgroßen Hinterhof, auf dem früher Hühner umherliefen. Ob Peters Eltern noch lebten? Sein Vater sicher nicht, der wäre weit über neunzig. Ein verbitterter Mann, der sich ein Leben lang als Bauarbeiter krumm buckelte und dazu Kettenraucher war. Kaum vorstellbar, dass so jemand steinalt würde. Peters Mutter, die getrunken und zeit ihres Lebens Unmengen von Tabletten geschluckt hatte, von denen damals noch niemand wusste, wie suchtgefährdend sie waren, lebte mit noch größerer Wahrscheinlichkeit nicht mehr.

Oliver erinnerte sich, wie düster und bedrückend es in

ihrem Haus stets gewesen war. Man glaubte, kaum Luft zu bekommen. Peter war damals am liebsten mit Oliver zusammen. Wenn nicht am Hafen, dann hier in seinem Kinderzimmer. Er wollte seinen Eltern möglichst fernbleiben, bis er alt genug war, um zu rebellieren und sich ihnen nicht mehr ausgeliefert zu fühlen.

Oliver hatte ebenfalls gegen seine Eltern rebelliert, als er in die Pubertät kam. Und nicht zu knapp. Gegen den mürrischen Vater mit seinen stramm konservativen Überzeugungen und die warme, füllige Mutter, die stets wie ein Wasserfall redete und selten etwas Tiefgründiges sagte. Doch was Peter in seinem Elternhaus erdulden musste, das konnte Oliver nur erahnen. Sie hatten nie über seine blauen Flecken gesprochen. Nicht direkt. Oliver wusste, woher sie stammten, und Peter wusste, dass Oliver es wusste. Damals war das für sie beinahe normal gewesen. Eine grauenhafte Vorstellung.

Er wandte sich vom Fenster ab. Es wurde Zeit fürs Abendessen. Sonst kochte seine Schwester Sandra, die nur einen Steinwurf entfernt wohnte, für den Vater. Doch offenbar glaubte sie, dass Oliver nun diese Aufgabe übernehmen würde, solange er zu Besuch war.

Er ging hinunter ins Wohnzimmer, wo es warm und gemütlich war. Ein leichter Geruch nach Feuerholz lag in der Luft. Sein Vater hockte regungslos in seinem Rollstuhl, der Fernseher plärrte unverändert.

»Hast du schon über das Abendessen nachgedacht?«,

fragte Oliver, griff nach der Fernbedienung und stellte den Ton leiser. »Vielleicht könnten wir uns was liefern lassen? Wozu hast du Lust? Ich lade dich ein.«

Keine Reaktion. Oliver wandte sich zum Rollstuhl.

»Papa? Alles in Ordnung?«

Sein Vater war tief in den Rollstuhl gesunken, die Augen fest geschlossen, den Kopf in einem seltsamen Winkel geneigt. Er regte sich nicht.

Oliver war mit einem Satz bei ihm.

»Papa! Kannst du mich hören?«

Er war nicht ansprechbar, sein Puls nicht mehr zu spüren. Oliver packte ihn an den Schultern. Doch nichts. Sein Vater war nicht bei Bewusstsein. Eilig schnappte er nach dem Handy, wählte den Notruf, rief dann seine Schwester an.

Verstört blieb er mit seinem reglosen Vater zurück, wusste nicht, was er tun sollte, war voller Furcht, bis endlich der Rettungsdienst eintraf. Erleichtert rannte er zur Tür. Das Zucken der Blaulichter fiel durch das Milchglas der Haustür. Die Rettungskräfte drangen mit Koffern und Rotkreuzjacken in das überheizte weihnachtliche Wohnzimmer ein. Sie stellten dabei Fragen zur gesundheitlichen Situation seines Vaters, die er nicht beantworten konnte. Er fragte sich, wo Sandra blieb, die eine größere Hilfe wäre.

Als die Rettungskräfte den reglosen Mann untersuchten, ging plötzlich ein Ruck durch den Körper seines Vaters.

»Was ist hier los?«, fragte er, als er die Rettungskräfte erblickte. »Bin ich etwa schon tot?«

»Sie waren nicht ansprechbar«, informierte ihn einer der Männer. »Ihr Sohn hat uns gerufen.«

»Ich habe nur ein bisschen geschlafen«, protestierte sein Vater, der plötzlich wieder sehr lebendig wirkte. »Darf ein alter Mann nicht mehr in Ruhe seinen Mittagsschlaf halten, ohne gleich lebendig begraben zu werden?«

Die Rettungskräfte machten sich ungeachtet der Proteste daran, ihn näher in Augenschein zu nehmen. Doch Oliver entging nicht der genervte Blick, den ihm einer der beiden rasch zuwarf.

Am liebsten wäre er im Boden versunken. Was war er nur für ein Idiot. Er hatte die Lage falsch eingeschätzt und komplett überreagiert. Und sein Vater schimpfte auch noch hemmungslos auf die Rettungskräfte ein.

Oliver stand in der Tür und fragte sich wieder insgeheim, was er hier überhaupt machte. Er hatte einem Moment der Sentimentalität nachgegeben, als Sandra ihn eingeladen hatte. Einem Hauch von Weihnachtsgefühl, das ihn zu seiner Familie zurückbrachte. Er wünschte, er wäre jetzt in London oder sonst wo auf der Welt. Nur eben nicht im Haus seines mürrischen und mosernden Vaters, in dessen Augen er doch nichts richtig machen konnte.

Das Beste an Heiligabend war früher, wenn es zweiundzwanzig Uhr wurde, die zähen Familienfeiern zu Ende gingen, die Eltern sich bettfertig machten und Oliver und Peter endlich mit der eigentlichen Feier, ihrem Weihnachtsfest, loslegen konnten – bei einem Pint Guinness in ihrer Lieblingskneipe, im Mulligan's Pub.

Das war ihre Tradition, seit sie alt genug waren, um in der Öffentlichkeit Bier zu trinken. Heiligabend zusammen einen draufmachen. Nach den zähen und streitbehafteten Familientreffen Dampf abzulassen und ihre Freundschaft zu feiern.

Oliver erinnerte sich an jenes Weihnachtsfest, ein halbes Jahr, bevor er zum Studieren weggezogen war, als Peter im Mulligan's Pub mit seiner neuen Freundin Peggy auftauchte. Sie hieß nicht wirklich so, doch der Spitzname klang damals eben cool. Er passte zu ihr, denn sie wirkte erwachsener als die anderen Mädels, selbstbewusster, sinnlicher. Sie hatte etwas an sich, das Oliver verunsicherte.

»Ihr wollt also weg von hier«, sagte Peggy beim dritten Pint. Sie hatte sich wie selbstverständlich zwischen die beiden gesetzt, als drehe sich alles um sie. »Peter sagt, du wirst Schriftsteller?«

Das brachte Oliver aus dem Konzept. Nicht nur, weil dies sein heimlicher Traum war, von dem nur wenige wussten. Auch war ihre Nähe verstörend. Der Duft, der von ihr ausging, verunsicherte ihn, der ironische und messerscharfe Blick, mit dem sie ihn bedachte, die Rundungen ihrer Brüste.

»Natürlich wird er das«, sprang Peter ein, weil Oliver wie erstarrt war. »Er wird der nächste Hemingway. Wart's ab, du wirst schon sehen.«

»Und du«, sagte sie und schmiegte sich an ihn, »du wirst der nächste Beuys. Richtig?«

Peter träumte davon, bildender Künstler zu werden. Er arbeitete am liebsten mit Holz, erschuf Skulpturen, die sein Talent zeigten. Er hoffte, an einer Kunsthochschule angenommen zu werden.

»Ich bin gespannt, wer von euch berühmter wird.« Peggy legte die Arme um die beiden. »Ich komme mit und werde eure Muse. Was sagt ihr dazu? Wenn ihr mich fragt, weiß ich schon, wohin wir gehen. Wir sollten nach Berlin.«

Westberlin, die Mauerstadt, war wie eine Fata Morgana. Dort schien alles möglich. Die Stadt verhieß das Versprechen, Träume zu erfüllen. Der Enge der Provinz ein für alle Mal zu entfliehen. Dort gab es keine Regeln, keine Vorschriften, keine Sperrstunde. Es war die Stadt, vor der die Eltern sie sorgenvoll warnten. An diesem Weihnachtsabend im Mulligan's Pub beschlossen sie, zusammen nach Berlin zu ziehen. In ihrem jugendlichen Übermut schien das vollkommen realistisch. Sie waren frei und konnten tun, was sie wollten. Warum nicht nach Berlin gehen?

Sie stießen mit Tequila an und rutschten eng auf der

Bank zusammen in dem heißen und stickigen Pub. Peter legte seinen Arm um Peggy. »Aber meine Muse bist du längst«, lachte er und küsste sie, was Oliver seltsamerweise einen Stich versetzte. »Dafür müssen wir nicht erst nach Berlin.«

Obwohl ihr Vater offensichtlich wohlauf war, brauchte Sandra eine Weile, um den Schock zu verkraften. Sie lief in die Küche und holte sich ein Glas Wasser, während die Rettungskräfte nebenan ihre Routineuntersuchungen beendeten.

»Der Notknopf lag auf dem Wohnzimmertisch!«, schimpfte sie drauflos. »Zwei Meter von ihm entfernt.«

Oliver wusste nicht recht, was er darauf erwidern sollte, und sah sie nur fragend an.

»Verdammt, Oliver. Er hätte ihn um den Hals tragen müssen. Dann kann er ihn drücken, falls etwas passiert. Dafür hat er ihn. Seien wir froh, dass es nur falscher Alarm war.«

»Aber … woher soll ich das wissen?«

»Er hat ihn wegen dir abgelegt. Weil ihm das peinlich war vor seinem berühmten Sohn.«

»Selbst wenn … So was musst du mir sagen. Dann hätte ich darauf geachtet. Was erwartest du von mir?«

Ihre Wut verpuffte. Sie stieß die Luft aus und stellte das

Wasserglas ab. Sein Versäumnis war nicht der Grund für ihre Erregung, es war ihre Sorge um den Vater.

»Außerdem glaube ich nicht, dass er ihn meinetwegen abgelegt hat«, meinte Oliver. »Ich habe nicht den Eindruck, dass er mich überhaupt hierhaben will.«

»Du willst doch auch gar nicht hier sein. Glaubst du, er merkt das nicht?«

Oliver bekam nicht die Chance, etwas darauf zu erwidern. Die Rettungskräfte riefen sie zu sich ins Wohnzimmer.

»Mit Ihrem Vater ist alles in Ordnung«, sagte einer. »Sie können morgen beruhigt zusammen Heiligabend feiern.«

»Sind Sie sicher?«, fragte Sandra. »Sollte er nicht vielleicht zur Beobachtung mitgenommen werden?«

»Mir geht es gut«, bestimmte ihr Vater grimmig. »Macht bitte kein Drama aus der Sache.«

»Ja, das sehe ich«, schimpfte Sandra. »So gut, dass Oliver den Krankenwagen gerufen hat.«

»Das wäre gar nicht nötig gewesen. Nur, weil ich einen Moment weggenickt bin.«

»Dieses Mal ist es vielleicht gut gegangen.« Sie hob drohend den Finger. »Aber wehe, du legst deinen Notfallknopf noch mal weg, Papa. Dann bringen wir dich ins Heim, umgehend. Glaub nicht, dass ich Spaß mache.«

Sie meinte das nicht ernst, das wusste Oliver. Doch wie er die beiden so betrachtete, wurde ihm klar, dass sie es im Grunde gern mochten, sich gegenseitig anzugiften. Unter der ruppigen Oberfläche ließ sich die Zuneigung, die sie füreinander empfanden, deutlich spüren.

Nachdem die Rettungskräfte fort waren, brachte Oliver seine Schwester zur Tür. Sie besprachen kurz, wie der morgige Tag ablaufen würde. Das Essen mit der gesamten Familie, die Bescherung, die Weihnachtsmesse. Dann verabschiedete sie sich und spazierte davon.

Sein Vater, der trotz aller gegenteiligen Bekundungen ein wenig angeschlagen wirkte, zog sich zurück, um schlafen zu gehen. Auf das Abendessen wolle er verzichten. Oliver blieb allein im Wohnzimmer zurück. Der Appetit war ihm ebenfalls vergangen, und er blickte sich nachdenklich in dem stillen Raum um.

Der Ofen strahlte noch Wärme ab, doch sonst war alles wie erstarrt. Er betrachtete die Bilder, die im schmalen Flur zwischen Wohnzimmer und Küche an der Wand hingen. Fotos der Metzgerei seines Vaters. Hier eines, wie er mit seiner Frau hinterm Verkaufstresen stand. Dort eines, wie das Geschäft nach der Vergrößerung in den Achtzigern aussah. Eine gerahmte Meisterurkunde hing ebenfalls an der Wand, daneben der Preis für die Beste Metzgerei des Jahres 1987. Ein Foto zeigte den Vater voller Stolz vor seinem Ford Taunus. Ein anderes war beim Familienurlaub auf Borkum geschossen worden. Die perfekte Kleinfamilie, Vater, Mutter, ein Sohn, eine Tochter.

Oliver dachte an das Versprechen, das er und Peter sich damals gegeben hatten. Niemals zu werden wie die Eltern.

Peter hatte sicher gute Gründe für diesen Schwur gehabt. Doch Oliver fragte sich jetzt, ob es so schlimm gewesen wäre, wenn er wie sein Vater geworden wäre?

Die Bilder zeigten einen Mann, der ehrgeizig gewesen war. Der hart gearbeitet, in den Aufbaujahren angepackt und ein Zuhause für seine Familie geschaffen hatte. Der aus dem, was das Leben für ihn bereithielt, das Beste rausgeholt hatte, egal, wie schwer er dafür arbeiten musste.

Seine eigene Lebensleistung, das wusste Oliver, sah nach außen besser aus, als sie es war. Nur weil er im Fernsehen auftrat, hieß das nicht, dass er etwas aus seinem Leben gemacht hatte. Sein Job war stressig, ihm blieb wenig Zeit für ein Privatleben. Er hatte keine Beziehung, keine Kinder. Nur immer wiederkehrende Flughäfen, Hotelzimmer, Deadlines. Das flüchtige Gefühl, bekannt und bedeutend zu sein, das in seinem schnelllebigen Geschäft trügerisch war.

Er wanderte weiter durchs Haus, betrachtete die Erinnerungen an seine Kindheit. Im Wohnzimmer blieb er am Gartenfenster stehen, wo die Kerze und der Weihnachtsstern aufgebaut waren. Mit einem Lächeln dachte er an sein Washingtoner Studio, an die Rechtfertigung, weshalb er nicht mehr Weihnachtsdekoration im Büro haben wollte.

Er hatte eine Idee. Wenn sie schon zusammen Weihnachten feierten, dann wie früher. Ungeachtet des Unbehagens, das überschwängliche Weihnachtsgefühle bei den Männern in der Familie auslösen mochten. Er ging in die Küche und fand den kleinen Schlüssel in der Besteckschublade, wo er immer schon gelegen hatte. Er stieg hinauf zum Dach, steckte den Schlüssel in die Tür und schloss auf. Hier oben war es niedrig, staubig und eiskalt. Die nackte Glühbirne warf ein schwaches Licht auf die Kisten und Kartons, mit denen alles vollgestopft war. Trotzdem. So schwer konnte das nicht sein, sagte er sich. Er würde die Krippe schon finden.

Im Frühjahr nach ihrem letzten Weihnachten im Mulligan's Pub bekam Oliver die Zusage: Er hatte einen Studienplatz für Journalismus und Politikwissenschaft in Berlin. Es sollte nur ein Zwischenschritt sein, schwor er sich, auf seinem Weg zum Schriftsteller, dem eigentlichen Ziel. Doch das würde ihn erst einmal nach Berlin bringen. Er hatte das Gefühl, sein Leben begänne jetzt. Alles war neu und aufregend. Endlich könnte er fortgehen. Wenn nur Peter mitkäme.

Sie waren zum Deich rausgefahren, wie so oft, saßen am Rande der Wiesen und blickten in die Weite. Die Sonne war längst untergegangen, und im Zwielicht der Dämmerung zündeten sie einen Joint an.

»Wieso suchst du dir nicht in Berlin eine Schreinerei?«, wollte Oliver wissen. »Wieso unbedingt hier?«

Peter plante eine Ausbildung zum Schreiner, ausgerechnet in Leer. Er hatte jahrelang im Sommer Geld auf dem Bau verdient, um im Winter an seinen Holzskulpturen zu arbeiten. Oliver vermutete, er hatte Angst davor, eines Tages auf dem Bau hängenzubleiben, so wie sein Vater. Aber gerade deshalb hätte er doch mitgehen müssen nach Berlin, egal, wie vernünftig die Ausbildung zum Schreiner war. Wieso wollte er unbedingt in Leer bleiben? Oliver verstand das nicht. Die Entscheidung seines Freundes frustrierte ihn.

»Der Betrieb ist super. Das ist schon in Ordnung da.«

»Du kannst in Berlin auf dem zweiten Bildungsweg dein Abi nachholen. Dann könntest du an die Kunsthochschule.«

»Drei Jahre halte ich durch«, meinte er ausweichend. »Danach haue ich ab.«

Drei Jahre. Für Oliver klang das wie eine Ewigkeit. Er hätte es keine zwei Wochen mehr ausgehalten.

»Willst du gar nicht mehr von hier weg?«

Peter betrachtete nachdenklich eine Schafherde, die in der Dämmerung über den Deich wanderte. Er reichte Oliver den Joint und legte sich ins Gras.

»Ich habe noch Peggy«, sagte er. »Sie bleibt auch hier.«

»Aber die will doch weg, genau wie wir.«

In diesem Moment war sich Oliver nicht sicher, ob es dieses Wir überhaupt noch gab. Hatte Peter Angst davor fortzugehen? Was war sein Problem?

»Drei Jahre sind keine Ewigkeit. Wenn Peggy und ich nachkommen, kennst du dich in der Stadt aus und kannst uns alles zeigen.«

Peggy und er. Es war merkwürdig. Oliver sollte sich auf Berlin freuen. Trotzdem fühlte er sich seltsam ausgeschlossen. Als wäre er derjenige, der zurückblieb. Es war bescheuert, so zu denken, doch konnte er nicht umhin, eifersüchtig zu sein.

Was war es, das Peggy an Peter anziehend fand?, fragte er sich insgeheim. Waren es die Abgründe seiner Kindheit, die er mit sich herumtrug? Die Narben, die auf seiner Seele zurückgeblieben waren? War es das, was Peter begehrenswerter machte als ihn?

»Komm schon, Mann«, sagte Peter, als er sein verschlossenes Gesicht bemerkte. »Ist doch nur vorübergehend.« Er zog am Joint und blies Rauch in die Seeluft. »Versprochen, Oliver. Ich komme nach.«

Im grauen Vormittagslicht stand Oliver mit seiner dampfenden Kaffeetasse im Wohnzimmer und betrachtete die Krippe, die er sorgsam aufgebaut hatte. Sandra hatte ihren Vater zu dessen wöchentlichem Stammtisch gefahren, wo er voraussichtlich noch ein paar Stunden bleiben würde. Der Stammtisch fand immer donnerstags in einer Kneipe in der Altstadt statt, und auch wenn dieser Donnerstag mit Heiligabend zusammenfiel, wollten die Männer nicht darauf verzichten. Oliver war das sehr recht gewesen, denn so hatte er Zeit gehabt, in Ruhe die Krippe aufzubauen.

Er begutachtete nun sein Werk. Er hatte zwar das unbestimmte Gefühl, dass sein Vater die Krippe damals anders aufgebaut hatte, mit mehr Blick für Details, für Sandwege, Zäunchen, Nebengebäude. Dennoch war es fast wie früher. Bis auf das fehlende Moos natürlich, für die Wiesen der Hirten, das Oliver gestern im Dunkeln nicht mehr hatte besorgen können.

Er sah aus dem Fenster. Frost hatte sich in der Nacht über die Gärten gelegt. Hinter dem alten Hühnerstall seiner Mutter, der nun ein verfallener Holzschuppen am Ende des Gartens war, würde genug Moos zu finden sein, wenn sich seit damals nichts geändert hatte.

Er stellte die Kaffeetasse ab, warf sich den Morgenmantel über, nahm einen Korb und ein Messer und spazierte hinaus in den frostigen Garten. In der Ferne hörte er eine Möwe schreien, ansonsten war es still. Keine Menschenseele war zu sehen am Morgen dieses 24. Dezembers.

Am alten Hühnerstall fand er tatsächlich genügend Moos für die Krippe. Mit der Hand wischte er den Raureif ab, der das Moos silbern färbte, und schnitt mit dem Messer vorsichtig Stücke heraus.

»Oliver! Das ist ja eine Überraschung!«

Er schrak auf. Am Gartenzaun war Frau Hansen aufgetaucht, eine Nachbarin. Er war doch nicht allein auf der Welt. Sie hängte Meisenknödel in einen Baum und winkte ihm zu.

»Du bist zu Weihnachten gekommen. Da wird sich dein Vater ja freuen.«

Er stand auf und klopfte die Hände sauber.

»Das hoffe ich«, scherzte er. »Ganz sicher bin ich mir nicht.«

»Wir sehen jede Woche deine Sendung. Das ist bei uns Pflicht.«

»Es ist gut, mal wieder hier zu sein.«

»Zu Hause ist es eben am schönsten. Hast du Peter schon besucht?«, fragte sie leichthin.

Oliver stockte. Er versuchte, sich nichts anmerken zu lassen. Lächelte unbestimmt.

»Ihr wart als Kinder unzertrennlich. Solche Freundschaften sind selten, glaub mir.«

Sie schien seine Zurückhaltung nicht zu bemerken, denn sie plauderte ungestört weiter. »Er hat seine Werkstatt nicht weit vom Denkmalplatz, aber das weißt du sicher. Zusammen mit den Verkaufsräumen. Er baut Möbel für Leute, die Geld haben. Spezialanfertigungen. Das läuft gut, was man so hört. Und natürlich seine Skulpturen. Damit macht er eine Menge Geld. Und so hübsche Kinder hat er! Ganz die Mutter, sage ich immer. Wie heißt die noch?«

»Petra«, sagte Oliver benommen.

»Richtig, Petra. Entschuldige. Das Gedächtnis. Sie sind so ein schönes Paar, immer noch. Dass Peter so gut geraten ist … also, das hätten damals nicht viele für möglich gehalten. Du weißt schon, bei den Eltern. Eine schwere Bürde für ein Kind. Gut, dass er dich hatte. Ohne eure Freundschaft wäre es sicher schwerer für ihn gewesen.«

»Ich weiß nicht. Wir waren halt Freunde, mehr nicht.«

»O doch. Du hast ihm Sicherheit gegeben, das kannte er von zu Hause nicht. Du und deine Eltern, ihr habt ihm gezeigt, dass es auch anders geht.«

Drinnen läutete das Telefon. Sicher war das Sandra, die absprechen wollte, wer den Vater vom Stammtisch abholte. Für Oliver eine Erlösung. Er deutete zur offenen Gartentür.

»Tut mir leid, ich muss rein.«

»Natürlich, geh schon. Grüß deinen Vater. Und grüß Peter, wenn du ihn siehst. Frohe Weihnachten.«

»Frohe Weihnachten, Frau Hansen«, sagte er höflich und eilte mit dem Mooskorb davon.

Sandra sagte ihm am Telefon, dass ihr Vater erst nach dem Mittagessen zurückkehren würde und sich danach erst mal hinlegen würde. Oliver solle also nicht mit dem Essen auf ihn warten. Alles andere würde später folgen, sie sähen sich ja spätestens zum Gottesdienst.

Oliver hatte somit noch ein paar Stunden Zeit, um seine eigenen Vorbereitungen abzuschließen. Das Aufbauen der Krippe war fertiggestellt, die Mooswiesen sahen nun ebenfalls aus wie in seiner Kindheit. Was fehlte, um es perfekt zu machen, dachte er und konnte sich ein breites Grinsen nicht verkneifen, wäre ein Weihnachtsbaum. So wie er früher zwischen Krippe und Gartenfenster gestanden hatte. Er amüsierte sich bei der Vorstellung, was sein Vater dazu sagen würde.

Einen Baum zu besorgen, dafür wäre noch genügend Zeit. Er zog seinen Mantel über und spazierte durch die Altstadt, auf der Suche nach einem Verkaufsstand. Früher wurden in der Mühlenstraße Weihnachtstannen verkauft. Mit etwas Glück ließ sich dort ein Baum auftreiben. Er spazierte durch die hübschen Altstadtgassen, die wie aus dem Ei gepellt waren, mit den vielen kleinen bunten Läden für Touristen und Besucher. Das Antiquariat Hecht, wo er früher Klassiker gekauft hatte, existierte noch, wie er zu seiner Freude feststellte. In den Straßen leuchtete Weihnachtsschmuck, und überall war Ruhe eingekehrt.

Am Denkmalplatz, Ecke Mühlenstraße, gab es tatsächlich einen umzäunten Verkaufsstand für Weihnachtsbäume. Viele Tannen waren nicht mehr übrig, doch er sah auf den ersten Blick, dass genügend wohlgeratene darunter waren. Er würde nicht leer ausgehen. Offenbar hatten die meisten Einheimischen nicht bis zum 24. gewartet, denn die Verkäufer standen ohne Kundschaft herum und plauderten mit dampfenden Tassen in der Hand.

Er steuerte den Stand an, als ihm einfiel, was Frau Hansen gesagt hatte. Peters Werkstatt sei in der Nähe des Denkmalplatzes. Zögernd nahm er sein Handy und googelte Peters Namen, und tatsächlich wurde ein Treffer angezeigt für ein Ladenlokal, nur fünfzig Meter entfernt.

Unschlüssig sah er zu dem Verkaufsstand, dann entschloss er sich, zuerst einen heimlichen Blick in Peters Schaufenster zu werfen. Er trat in die Seitenstraße, eine enge Gasse, in der zum Großteil Nachkriegsbauten standen. Peters Geschäft erkannte er von Weitem. Es lag in einem Backsteinhaus und wirkte sehr beeindruckend mit den hohen Fenstern, hinter denen geschmackvoller Weihnachtsschmuck zu sehen war.

Zum Glück hatte der Laden geschlossen, so konnte Oliver sich in Ruhe umsehen. Es waren schicke Möbel, die da in den Schaufenstern standen. Dazwischen Peters Skulpturen. Oliver erinnerte sich, wie er früher mit Peter in der Garage, in der er sie baute, Bier getrunken hatte. Der Stil seiner Skulpturen hatte sich seitdem kaum verändert. Eine seltsame Sehnsucht erfasste Oliver. Der Wunsch, sie könnten noch einmal zusammen in der Werkstatt sitzen und Bier trinken.

Er verscheuchte das Gefühl und beäugte voller Bewunderung die Ware. Wer hätte gedacht, dass Peter einmal

Inhaber eines solchen Ladens wäre? Bei den schlechten Startbedingungen durch sein Elternhaus. Trotz allem, was gewesen war, hätte Oliver platzen können vor Stolz auf seinen alten Freund. Peter hatte es geschafft, etwas aus seinem Leben zu machen.

»Oliver?« Eine erstaunte Stimme hinter ihm. »Bist du das?«

Er wirbelte herum. In der Gasse stand Petra. Er erkannte sie sofort, trotz der dreißig Jahre, die sie sich nicht gesehen hatten. Sie war ein wenig auseinandergegangen, und ihr Gesicht war nicht mehr so straff wie früher. Trotzdem war sie noch immer eine attraktive Frau.

»Was machst du denn hier?«, fragte sie verdattert. »Warum bist du in Leer?«

»Ich besuche meinen alten Herrn. Zu Weihnachten, du weißt schon.«

Er fühlte sich ertappt. Linkisch erklärte er: »Ich war zufällig am Denkmalplatz, um einen Baum zu kaufen. Da dachte ich, ich sehe mal rein.«

»Peter ist gar nicht da«, meinte sie betreten.

»Oh, ich … ähm, ich wollte gar nicht zu ihm. Wie gesagt, ich bin zufällig vorbeigekommen.«

Es war eine unangenehme Situation. Er hatte seit dreißig Jahren nicht mehr mit Peter gesprochen. Und jetzt stand er hier herum und spähte heimlich durch die Fenster.

»Komm doch rein«, sagte sie. »Ich mache uns einen Tee.«

»Nein, das geht nicht. Ich muss meinen Vater aus der Kneipe abholen.«

Zwar hatte Sandra sich angeboten, diesen Job zu übernehmen, doch das würde sie schon nicht erfahren.

»Aus der Kneipe? An Heiligabend?«

»Sein Stammtisch. Du kennst ihn ja. Er hält gern an Gewohnheiten fest.«

Sie fielen in Schweigen. Oliver stand da, die Hände in den Manteltaschen vergraben. In der kalten Luft tauchten ein paar Schneeflocken auf, die wie schwerelos zwischen ihnen tanzten.

»Einen schönen Laden habt ihr«, sagte er.

»Ja. Er ist Peters ganzer Stolz.«

Es gäbe so viel zu sagen. Oliver wusste nicht, wo er anfangen sollte. Er räusperte sich.

»Grüß Peter von mir.«

Sie zögerte. Schien ebenfalls mehr auf dem Herzen zu haben.

»Ja, das mache ich.«

Er nickte, wandte sich ab und stiefelte durch den beginnenden Schneefall zurück zum Denkmalplatz.

Sein erstes Weihnachten in Berlin fühlte sich merkwürdig an. Es war das erste Mal seit Jahren, dass er sich nicht mit Peter im Mulligan's Pub traf. Oliver schwänzte in diesem Jahr das Familienfest. Er hatte eine lahme Ausrede bemüht, um in Berlin bleiben zu können. Seine Eltern hatten das durchschaut, doch es war ihm egal.

Er lebte in einer kleinen Wohnung in einem heruntergekommenen Altbau in Neukölln, mit Kohlenofen und Klo auf halber Treppe, mit einer Matratze auf dem Boden und einem Gefühl von Freiheit, wie er es noch nie zuvor in seinem Leben gespürt hatte. Berlin war tief eingeschneit, Kohlengeruch lag wie eine Glocke über der Stadt, er machte die Nächte auf Partys durch und lag tagsüber meist im Bett.

Wenn Peter auch hier gewesen wäre, dachte er, dann wäre es perfekt. Er hatte versucht, ihn zu überreden, Weihnachten nach Berlin zu kommen. Doch seine Schreinerei hatte zwischen den Jahren einen Großauftrag, weshalb er nicht wegkonnte.

Oliver konnte das schwer verstehen. Bei Peter ging es nur um die Arbeit. Den ganzen Tag wurde geschuftet, und am Wochenende schnitzte er in der Garage an seinen Skulpturen. Dabei wollten sie doch Abenteuer erleben. Frei sein, ihr eigenes Ding machen. Nicht so werden wie ihre Eltern.

Am Heiligabend lag Oliver auf seiner Matratze, erholte sich von der Party am Vorabend und legte Schallplatten auf. Die knarzenden Treppenstufen zum obersten Stockwerk, wo außer ihm keiner lebte, meldeten plötzlich Besuch an. Es klopfte an der schweren Holztür. Fast glaubte er, Peter hätte es sich anders überlegt, doch als er die Tür aufzog, stand nicht sein Freund, sondern Peggy im Treppenhaus.

Sie schrie begeistert auf und fiel Oliver um den Hals, als wären sie verabredet gewesen und freuten sich seit Langem auf das Wiedersehen. Oliver war so perplex, dass er nicht wusste, was er sagen sollte.

»Lässt du mich gar nicht rein? Ich sage dir, ich brauchte einen Tapetenwechsel. Weihnachten in Leer, das hätte ich nicht ausgehalten. Ich bin per Anhalter gekommen.«

Sie quartierte sich bei Oliver ein, hatte Schnaps und Hasch mitgebracht, sie hörten Musik, quatschten, hatten eine Menge Spaß.

Später würde Oliver sagen, es sei einfach so passiert. Er habe das nicht gewollt. In der weihnachtlichen Stimmung hatten sie zu viel getrunken und noch mehr geraucht, da habe er aus dem Blick verloren, was es bedeutete, der Freundin seines besten Freundes nahe zu kommen.

Doch das stimmte nicht. Er wusste genau, was er tat. Und er tat es, weil er es wollte. Vom ersten Moment an hatte er sich von Peggy angezogen gefühlt. Von ihrem Körper, ihrem Duft. Alles an ihr war aufregend. Egal, was er später sagen würde, er war bei klarem Verstand, als er Peter betrog. Er wollte mit Peggy schlafen, mehr als alles andere. Und dann tat er es einfach.

Am nächsten Tag spürte er zwar sein schlechtes Gewissen, aber gleichzeitig war er glücklich. Und als Peggy ein paar Wochen später mit einem Koffer bei ihm in der Tür stand und bei ihm einziehen wollte, da ließ er sie bereitwillig in sein Leben treten. Den Gedanken an Peter schob er da schon beiseite.

»Ich komme hier allein mit dem Rollstuhl hoch. Das mache ich jeden Tag.«

»Ach ja? Kommst du auch jeden Tag betrunken aus der Kneipe, wenn du hier hochfährst?«

»Ich habe zwei Gläser Bier getrunken. Mach mal halblang, außerdem ist Weihnachten.«

»Schlimm genug, dass du Weihnachten überhaupt in die Kneipe gehst. Und das in deinem Alter. Leg dich erst mal hin. Nicht, dass du deinen Mittagsschlaf verpasst. Sonst machst du uns heute Abend schlapp.«

Oliver hörte, wie sein Vater und seine Schwester das Haus über die Rollstuhlrampe betraten. Er war beinahe fertig mit den Vorbereitungen. Er hatte die Küche geputzt und die Geschenke für Sandras Kinder eingepackt. Nur der Baum stand noch draußen im Garten.

»Oliver! Das ist ja …« Sandra stand vor der Krippe, ihre Augen leuchteten. »Hast du die etwa aufgebaut? Das gibt's ja gar nicht. Sie ist wunderschön.«

Sein Vater glitt mit dem Rollstuhl heran, steuerte an seiner Tochter vorbei und betrachtete düster die Krippenlandschaft.

»Was ist das hier?«, bellte er drauflos. »Ich habe doch gesagt, dass die auf dem Dachboden bleiben soll. Was fällt dir ein?«

Er schien richtig böse zu sein. Oliver fühlte sich in der Defensive, auch wenn er den Ärger seines Vaters nicht verstand. Er hatte geglaubt, sein Vater würde sich zwar mürrisch geben, wie so oft, sich aber insgeheim über die Krippe freuen.

»Ich dachte, wenn wir schon alle zusammen feiern, können wir auch die Krippe aufbauen«, verteidigte er sich. »Es sieht doch aus wie früher, findet ihr nicht?«

»Ich finde es wunderbar«, sprang ihm seine Schwester bei. »Ich sehe nichts, was dagegenspricht, Papa.«

»Was soll das denn? Wir sind erwachsene Männer. So einen Unsinn will ich nicht in meinem Haus haben. Das ist nur was für Frauen.«

»Ich komme doch auch heute Abend«, beschwerte sich Sandra. »Und meine Töchter. Sind wir etwa keine Frauen?«

»Ist es so schlimm, wenn wir es uns gemütlich machen? Es ist doch genau wie früher.«

»Ich dachte, wir sind aus diesem Alter raus.« Sein Vater schnaubte verächtlich. »Was soll der ganze Kitsch? Ist das dein Ernst, Junge? Du warst wohl zu lange in Amerika. Immer diese Gefühlsduselei. Ich hätte dich für erwachsener gehalten!«

Oliver wurde wütend. »Ich bin also nicht erwachsen?«

Dieses Gespräch würde er nicht mit seinem Vater führen. Im Gegenteil. Er riss die Terrassentür auf. Einzelne Schneeflocken wirbelten herein.

»Weißt du was, Papa? Das ist noch längst nicht alles. Ich habe nämlich einen Baum im Garten. Was sagst du jetzt?«, fragte er herausfordernd.

Sandra sah mit angehaltenem Atem von ihrem Bruder zum Vater und zurück. Eisige Luft zog von draußen herein.

»Ich lasse euch mal allein«, sagte sie. »Wir sehen uns in ein paar Stunden.«

Oliver trat nach draußen, packte die sperrige Tanne und schob und drückte sie durch die Tür ins Wohnzimmer. Den Ständer hatte er bereits vom Dachboden geholt und neben die Krippe gestellt. Mit groben Bewegungen hievte er den Baum hinein und zurrte an den Halterungen. Dabei ignorierte er den düsteren Blick seines Vaters, der regungslos im Rollstuhl saß.

Als der Baum befestigt war, klopfte Oliver sich die Hände sauber, stampfte nach nebenan, wo er den Karton mit dem Schmuck verstaut hatte, und schleppte ihn ins Wohnzimmer.

»Es ist noch alles da«, sagte er gereizt. »Die Krippe, die Figuren, der Schmuck für den Baum. Warum also nicht aufbauen? Nur damit keiner sagen kann, wir seien verweichlicht und gäben uns Weihnachtsgefühlen hin?«

In Gedanken fügte er hinzu: Schließlich sind solche blöden Weihnachtsgefühle der einzige Grund, weshalb ich in diesem Jahr überhaupt hierhergekommen bin.

Er riss den Deckel des Kartons auf und wühlte in den mit Zeitungspapier eingewickelten Kugeln. Er rechnete gar nicht mit einer Antwort, doch dann sagte der Vater: »Es ist nicht dasselbe.«

Oliver hielt inne, eine der großen roten Kugeln in der Hand. »Nicht dasselbe?«

Widerwillig fügte sein Vater hinzu: »Ohne deine Mutter.«

Jetzt begriff Oliver. Deshalb sollte die Krippe nicht aufgebaut werden. Deshalb keinen Weihnachtsbaum.

»So haben wir zusammen gefeiert. Als sie noch lebte. Wir haben das alles nicht mehr aufgebaut, seit … seit dem Weihnachten, an dem wir zum ersten Mal ohne sie gefeiert haben.«

Oliver spürte augenblicklich sein schlechtes Gewissen. Er war an besagtem Weihnachten nicht dabei gewesen. Unschlüssig blickte er auf die Weihnachtslandschaft. Was sollte er jetzt tun? Alles wieder abbauen? Hätte er nur geahnt, worum es seinem Vater wirklich gegangen war.

»Pass auf mit der Kugel«, fuhr der ihn plötzlich an.

Oliver sah verwundert auf die Kugel in seiner Hand. Es bestand keine Gefahr, dass er sie fallen ließ. Doch sein Vater behielt den bärbeißigen Tonfall bei.

»Die große rote, die kommt knapp unterhalb der Spitze.

Worauf wartest du? Mach schon. Ganz oben, an den krummen Ast.«

Oliver ließ sich nichts anmerken. Er stellte sich auf den Stuhl und positionierte die Kugel.

»Weiter links«, befahl sein Vater. »Da ist es gut.«

Er nahm eine weitere Kugel aus dem Karton.

Sein Vater wirkte, als wäre er mit den Gedanken weit entfernt. Möglicherweise bei seiner Frau, mit der er zuletzt den Baum geschmückt hatte. Oliver räusperte sich, verscheuchte die Gedanken.

»Der Baum sieht ziemlich zerrupft aus«, beschwerte er sich. »Einen besseren hast du nicht bekommen? Dann hole zuerst die Spitze aus dem Karton. Mal sehen, ob die überhaupt oben stehen bleibt bei diesem schiefen Ding.«

Oliver, der sich denken konnte, wie sein Vater es eigentlich meinte, sparte sich einen Kommentar. Er kramte nach und nach den Baumschmuck aus der Kiste, und sein Vater dirigierte ihn, damit alles so sein konnte, wie es früher gewesen war.

Als der Karton leer und die Tanne geschmückt war, steckte Oliver den Stecker der Lichterkette in die Dose. Der Baum erstrahlte in vollem Glanz.

Er warf einen heimlichen Seitenblick zu seinem Vater. Der fixierte die Tanne mit zusammengekniffenen Augen wie ein Seemann, der im Sturm nach der Küstenlinie Ausschau hält. Dann nickte er. Der Weihnachtsbaum hatte seinen Segen.

»Soll ich uns einen Kaffee machen?«, fragte sein Vater.

»Gerne. Ich könnte einen Weinbrand dazu vertragen.«

»Einen Weinbrand nehme ich auch.«

Und das erste Mal seit seiner Ankunft schenkte sein Vater ihm ein Lächeln. Dann wendete er den Rollstuhl und fuhr hinüber in die Küche.

»Ich kann mich gar nicht daran erinnern, dass du früher viel für den Weihnachtsbaum übrig hattest«, sagte er, als sie es sich mit Kaffee und Weinbrand gemütlich gemacht hatten.

»Na ja. Man wird halt älter«, meinte Oliver und grinste.

»Heiligabend saßt du immer da wie auf heißen Kohlen. Bis es endlich zehn Uhr und das Familienfest vorbei war, dann bist du in die Kneipe, um dich mit Peter zu treffen.«

Oliver wollte etwas zu seiner Entschuldigung sagen, doch sein Vater winkte ab.

»Mir ist schon klar, dass junge Leute wenig Sinn für Familie haben. Oder für Heiligabend. Da will man nicht mit der Blockflöte unterm Weihnachtsbaum sitzen, das verstehe ich. Du und Peter, das war eben wichtiger für dich.«

»Vielleicht habe ich nicht gesehen, was ich hier hatte«, räumte Oliver ein.

Doch sein Vater schien gar nicht zugehört zu haben.

»Du wolltest immer weg von hier«, sagte er, als wäre er

mit den Gedanken in weiter Ferne. »Konntest es gar nicht abwarten. Erst mit Peter an den Hafen, dann in die Kneipe. Und als du alt genug warst, ging es raus in die weite Welt. Da gab es keinen Blick zurück.«

Schweigend sahen sie durch die offene Tür zum Wohnzimmer, wo Krippe und Baum in voller Pracht erstrahlten.

»Wir haben versucht, gute Eltern zu sein.«

»Das wart ihr, Papa.«

Wie kindisch dieser Schwur gewesen war, dachte Oliver, nicht zu werden wie die Eltern. Für Peter mochte er Sinn gehabt haben, aber Oliver bereute seine arrogante Haltung. Trotz aller Unterschiede zwischen ihm und seinen Eltern hatte er es nicht schlecht getroffen.

»Ich sollte häufiger zu Besuch kommen«, sagte er verlegen.

Sein Vater schüttelte den Kopf. »Du bist jetzt hier. Das reicht.«

Nach einer Pause fügte er hinzu: »Du solltest bei Peter vorbeischauen.«

»Ich glaube nicht, dass er Interesse daran hat.«

»Vielleicht doch. Habt ihr euch nicht versprochen, dass, wenn ihr beide an Heiligabend in Leer seid, ihr euch um zehn im Irish Pub trefft? Egal, was sonst sein mag?«

»Man schwört sich so einiges, wenn man jung ist.« Oliver stand auf und trat an den Kühlschrank. Er wollte nicht länger über Peter reden. »Ich mach mich mal an den Kartoffelsalat. Ich habe Sandra versprochen, ein bisschen mitzuhelfen. Auch wenn sie das meiste für heute Abend vorbereitet.«

Sein Vater betrachtete ihn nachdenklich. Es war, als wollte er noch etwas sagen. Doch dann löste er die Bremse seines Rollstuhls und glitt hinüber ins Wohnzimmer. Kaum hatte Oliver angefangen, die Kartoffeln abzupellen, erfüllte der Lärm des Fernsehers den Raum.

Jener Wintermorgen begann mit Eisblumen an den Fenstern der Berliner Altbauwohnung. Es war Anfang Februar, und Peggy war vor einer Woche endgültig mit Sack und Pack zu ihm gezogen. Unter der dicken Bettdecke war es mollig warm, doch bildete ihr Atem kleine Wölkchen in der Luft.

»Keine Sorge, gleich wird es schön warm«, sagte Oliver, der aufsprang, Kohlen nachlegte und eine Elektroheizung ans Bett schob. »Es kann sich nur um Stunden handeln.«

Peggy liebte seine Berliner Wohnung mit allem, was dazugehörte. Selbst die Kälte liebte sie. Kein Mensch in Leer hatte Kohlenofen, es gab überall Zentralheizungen. Dieser Anachronismus gehörte zu Berlin und versinnbildlichte die Freiheit in der Stadt. Außerdem war es gar nicht schlecht für das Liebesleben, wenn man sich unter den Decken aneinanderkuscheln und wärmen musste.

Es wurde Nachmittag, und die Dämmerung brach

schon wieder herein, ohne dass sie das Bett verlassen hatten. Gerade überlegten sie, sich Jeans überzuziehen und draußen Döner zu essen, da hörten sie das Knarzen der alten Stufen im Treppenhaus. Kurz darauf hämmerte es an der Tür.

»Es ist Sonntag«, sagte Peggy verwundert. »Erwartest du Besuch?«

»Nein. Eigentlich nicht.«

Oliver schlurfte zur Tür und zog sie auf.

Es war Peter. Er musste Wind von der Sache bekommen haben. Wahrscheinlich im Mulligan's Pub, wo am Wochenende der neuste Tratsch die Runde machte. Durch Peggys Umzug ließ sich ihr Verhältnis nicht länger geheim halten. Er musste sich frühmorgens in seinen R4 gesetzt haben und nach Berlin gebrettert sein. Außer Atem und mit loderndem Blick stand er in der Tür. Ehe Oliver reagieren konnte, stieß er ihn beiseite und marschierte in die kleine Wohnung.

»Peggy!«, brüllte er. »Wo bist du?«

Sie kauerte auf der Matratze und zog die Decke bis zum Kinn. Peter war mit einem Satz bei ihr und versuchte, sie hochzuziehen. Riss abwechselnd an der Decke und an ihrem Arm.

»Lass mich los!«, brüllte sie. »Hast du sie noch alle?«

»Du kommst mit. Wir fahren nach Hause. Sofort!«

»Du hast mir gar nichts zu sagen. Bist du irre?«

Peter holte aus, es wirkte, als wolle er Peggy schlagen.

Oliver erkannte ihn nicht wieder. Natürlich war die Situation schrecklich für ihn. Doch Peter würde niemals eine Frau schlagen. Oder doch?

Oliver reagierte instinktiv. Er packte ihn und riss ihn herum. Sein Freund, wild und wie weggetreten, starrte ihn an wie einen Fremden. Dann ballte er die Faust und schlug zu. Er traf Olivers Nasenbein. Der stolperte, knallte gegen die Wand. Blut sprudelte. Reflexhaft schlug er zurück. Traf Peter im Bauch und am Kinn. Hass loderte in ihren Augen auf, während sie aufeinander eindroschen. Peters Faust traf ihn hart am Jochbein und an der Schläfe. Oliver wurde kurz schwarz vor Augen. Er taumelte wie ein geschlagener Boxer im Ring.

Peggys Schreie drangen wie durch Watte zu ihm. Peter keuchte, Tränen liefen über seine Wangen.

»Sie ist nur bei dir, weil du in Berlin bist«, stieß er hervor. »Es hat überhaupt nichts mit dir zu tun.«

»Das glaubst nur du!«, schrie er zurück. »Weil du nicht wagst, was ich wage. Du kommst nie weg aus der Provinz, du Schisser. Weil du zu feige bist.«

»Das ist nicht wahr«, schrie Peter gequält.

Oliver spürte, wie sein Auge zuschwoll. Blut tropfte auf die Dielen. Doch nicht die Schmerzen waren es, die ihn taub machten für das Gefühl der Freundschaft. Es war die Ahnung, dass Peter recht hatte. Dass Peggy nicht seinetwegen hier war, sondern nur, weil er ihr ein anderes Leben böte. Dass sie ihn gar nicht liebte.

»Du bist ein Spießer!«, rief er hasserfüllt. »Und gewalttätig bist du auch. Aber das ist ja auch kein Wunder, das kommt ja von irgendwoher.«

Das seltsame Geräusch, das Peter machte, hätte ihm eine Warnung sein müssen. Doch Oliver konnte sich nicht mehr bremsen.

»Du bist wie dein Vater! Egal, was du dir geschworen hast. Du bist ein Arschloch.«

In die darauffolgende Todesstille, in der Peter bleich und tränenüberströmt dastand und Peggy ihn fassungslos anstarrte, brüllte er, als wäre er von Sinnen: »Du bist genau wie dein Vater!«

❄

Sie besuchten den Familiengottesdienst in der Großen Kirche in der Altstadt. Sandra und ihr Mann Enno, die beiden Töchter, Oliver und der Vater im Rollstuhl. Anschließend kehrten sie in das kleine Haus zurück, bewunderten die Krippe, die Oliver aufgebaut hatte, beschenkten sich gegenseitig und saßen eine Weile am Ofen, bevor Sandra sich um das Essen zu kümmern begann.

Sie setzten sich an den Tisch, aßen, tranken Wein, redeten. Der Abend verging wie im Fluge. Selten hatte sich Oliver in letzter Zeit so entspannt und geerdet gefühlt. Er genoss das Beisammensein mit der Familie mehr, als er es für möglich gehalten hatte.

»Übrigens«, sagte Sandra und schenkte Wein nach. »Wir haben Peter getroffen.«

Oliver hätte beinahe aufgestöhnt. Auf diesen Themenwechsel war er nicht vorbereitet.

»Heute Nachmittag in der Stadt. Ich habe ihm gesagt, dass du hier bist. Das wusste er schon.«

»Petra hat ihm das sicher gesagt«, meinte Oliver. »Ich habe sie getroffen, als ich den Weihnachtsbaum gekauft habe.«

Sein Vater warf ihm einen Seitenblick zu. Oliver wollte zuerst das Thema wechseln, doch stattdessen fragte er: »Hat er etwas gesagt?«

»Er hat gesagt, ich soll dich grüßen.«

»Sonst nichts?«

»Nicht direkt. Er wollte allerdings wissen, ob es dir gutgeht.«

»Was du machst, das wissen hier ja alle«, sagte Enno lachend. »Und selbst wenn nicht, findet man das mit zwei Klicks im Internet raus.«

»Es war ihm wichtig, dass ich dich grüße«, sagte Sandra. »Das ist alles.«

»Petra war eine Schulfreundin von euch, oder?«, fragte Enno. »Ich war ja einen Jahrgang über euch, ich glaube, ich kenne sie noch von damals.«

»Ja, wir kennen Petra seit der Grundschule, Peter und ich.«

»Petra … Hattest du nicht auch mal was mit der?«,

fragte Sandra. »Wurde die nicht früher von allen Peggy genannt?«

»Petra? Nein, das verwechselst du. Peggy, das war Pauline Meiners. Aus Wiesmoor. Die wurde so genannt.«

»Richtig. Die Meiners aus Wiesmoor.« Sie dachte darüber nach. »Aber mit dieser Peggy warst du doch zusammen, oder?«

»Nur kurz. Das war, als ich nach Berlin gegangen bin. Ich glaube, sie brauchte jemanden, der ihr beim Absprung half. Sie wollte weg von hier. Sie dachte damals, ich werde Schriftsteller, und fand das romantisch. Sie ist später mit einem echten Schriftsteller durchgebrannt.«

Im Grunde war es ein Witz. Alles wegen einer Frau, in die sie beide verliebt gewesen waren. Doch selbst heute konnte Oliver nicht darüber lachen. Er hatte Peter nicht nur die Freundin ausgespannt, sondern ihm im Streit vorgeworfen, wie sein Vater zu sein. Es war das Schlimmste, was er Peter hätte sagen können.

Zwar war Peter nicht in die weite Welt gezogen, wie sie es sich als Kinder vorgenommen hatten. Doch der Grund war nicht, weil ihm der Mut gefehlt hatte. Er war hiergeblieben, weil er hierhergehörte. Weil er hier glücklich war. Oliver schämte sich dafür, ihm Feigheit unterstellt zu haben.

Immer hatte er sich bei Peter entschuldigen wollen, doch er hatte nie den Mut dazu gefunden. Irgendwann glaubte er, den Zeitpunkt verpasst zu haben. Das Leben war weitergegangen, es war viel passiert, und plötzlich waren dreißig Jahre vorüber. Er wünschte, er hätte es damals nicht dazu kommen lassen.

»Oje. Es ist spät geworden«, sagte Enno. »Wir müssen langsam nach Hause.«

Oliver blickte zur Uhr. Es war fünf vor zehn.

»Trinken wir doch noch was«, meinte Sandra. »Wo es gerade so nett ist. Wir sehen uns so selten.« Sie blickte zum Sofa, wo sich die Mädchen mit dem Handy beschäftigten. »Die Kinder melden sich schon, wenn sie nach Hause wollen.«

»Ich glaube, Oliver hat noch etwas vor«, sagte der Vater. »Er kann leider nicht länger bleiben.« Er zwinkerte. »Bis zehn Uhr schaffst du es. Mach dich auf den Weg.«

»Meinst du wirklich, Peter ist da?« Oliver konnte kaum daran glauben. Es war zu lange her, zu viel war passiert. »Wenn du wüsstest, was ich damals zu ihm gesagt habe …«

»Glaubst du denn, dass irgendwas, das du vor dreißig Jahren gesagt oder getan hast, heute noch eine Rolle spielt?«

Oliver wünschte, es wäre so. Sicher war er sich nicht. Trotzdem wollte er die Chance nutzen.

Er warf sich seinen Mantel über und verließ das Familienfest. Spazierte durch die Altstadt, auf deren Straßen sich eine dünne, verletzliche Schneeschicht gebildet hatte. Einzelne Flocken wirbelten durch die Luft, und vom Hafen wehte eine leichte, salzige Brise herüber.

Im Hafenbecken schaukelten die vertäuten Boote, neben der Alten Waage leuchtete eine Weihnachtstanne in die Dunkelheit, von irgendwoher drang Musik.

Es war fast wie früher, dachte er. Weihnachten in Leer. Er wünschte, er könnte die Zeit zurückdrehen. Er würde diesmal alles anders machen.

Im Mulligan's Pub schien eine Menge los zu sein, das erkannte er von Weitem. Hinter den beschlagenen Fenstern waren die Schemen zahlloser Menschen zu erahnen. Musik spielte, es wurde gelacht und getanzt. Wie damals sah er viele junge Leute, die sich von den Familienfeierlichkeiten verdrückt hatten, um ihr eigenes, selbstbestimmtes Weihnachten zu feiern.

Oliver blieb vor den Fenstern stehen und spähte hinein. Er ließ den Blick über die Feiernden schweifen. Peter war nicht zu sehen. Er überlegte schon umzukehren, doch da entdeckte er eine einsame Gestalt am Tresen. Wie auf Kommando wandte die sich um, und tatsächlich, es war Peter. Er hatte sich kaum verändert. Trotz der Falten und der lichten Haare war immer noch der Junge von damals zu erkennen. Ihre Blicke trafen sich. Einen angstvollen Moment geschah gar nichts, dann begann Peter zu lächeln. Er nickte ihm auf eine Weise zu, wie es alte Freunde tun. Und Oliver nickte ebenfalls.

Es fühlte sich an wie ein Wunder. Nur weil Weihnachten war, hatte er sich breitschlagen lassen, nach Ostfriesland zu kommen, in seine alte Heimat. Und nun, als wäre es eine logische Folge davon, traf er Peter wieder, seinen allerbesten Freund, ausgerechnet im Mulligan's Pub, als wären nicht über dreißig Jahre vergangen. Erleichterung durchströmte ihn. Glück. Und die Zuversicht, dass es keine Rolle spielte, wie sehr er sich danebenbenommen hatte. Weil eine echte Freundschaft alles überdauerte. Er trat vom Fenster zurück, zog die Kneipentür auf und trat ins warme, einladende Innere.

ELLEN BERG

O Pannenbaum!

Weihnacht. Das klang wie Weinen und Nacht, so hatte Hannah es als Kind immer empfunden. War doch logisch. Wer konnte schon wissen, ob der furchterregende Knecht Ruprecht – bist du nicht brav, gibt's die Rute! – auch an Weihnachten sein Unwesen trieb? Und Kinder mit drohender Gebärde oder miesen Geschenken zum Weinen brachte?

Später, als erwachsene Frau, hatte Hannah Weihnachten vor allem mit Wein assoziiert. Genauer gesagt, mit dem ersten Schluck Wein, wenn sie nach dem Marathonlauf aus Schmücken, Kochen und Geschenkestress komplett erledigt über die Ziellinie taumelte. Das Glas Wein nach der Bescherung gehörte zu ihren absoluten Weihnachtshighlights. Und je aufwändiger die Weihnachtsfeste geworden waren, desto mehr Rotwein hatte fließen müssen, damit Hannah so was wie ein feierliches Feeling verspürte.

Mittlerweile klang Weihnachten nur noch wie Auweia –

jedenfalls in Hannahs Ohren. Kein Wunder, wenn man das Ausmisten zum Beruf gemacht hatte.

Seit einigen Jahren bot Hannah einen professionellen Clearing-Service an, der unter anderem mit der stilvollen Beerdigung von Schrankleichen warb. Auch den lästigen Krempel, der überall rumstand und rumlag, sortierte sie aus. Damit hatte sie einen Nerv getroffen. Die meisten Leute litten nicht am Zuwenig, sondern am Zuviel. Sie kauften und horteten und müllten sich zu, was das Zeug hielt, aber Selbiges zu entsorgen, fiel ihnen schwer. Dann kam Hannah ins Spiel.

Muss noch eigens betont werden, warum sie einen wahren Horror vor Weihnachten hatte?

Das Fest der Feste war ein Festival des überflüssigen Krempels, so viel stand fest. Berge von Geschenken, die keiner mochte und keiner brauchte, wechselten die Besitzer. Massen von zerknülltem Geschenkpapier verunzierten die Weihnachtsstube, dazu stapelte sich Verpackungsmüll aller Art in der Wohnung. Spätestens an Silvester stand man dann vor der Herausforderung, die Geschenkeflut zu kanalisieren. Die guten ins Töpfchen, die schlechten ins Kröpfchen. Was im Klartext bedeutete, dass man die ansehnlicheren Präsente auf Ebay verhökerte und den Rest in irgendeinen Schrank stopfte, der bereits überquoll vor lauter Schnickschnack und Gedöns.

Hannah seufzte tief. Sollte das denn ewig so weitergehen? Ziemlich ratlos hockte sie auf der gemütlichen roten

Familiencouch und grübelte darüber nach, wie sie das bevorstehende Weihnachtsfest stressbefreit gestalten könnte. Ohne den üblichen Geschenkewahnsinn. Ihr blieben nur noch vier Wochen. Der Countdown lief.

Sie lehnte sich zurück, in der Hoffnung, dass sich die zündende Idee ganz von selbst einstellte, wenn sie sich ein wenig entspannte. Geistesabwesend ließ sie ihren Blick durch das Wohnzimmer schweifen. Vor ihr auf dem Couchtisch stand ein Teller mit selbstgebackenen Lebkuchenkeksen, daneben ein Adventskranz, auf dem die erste Kerze brannte. Auch der übrige Raum war bereits weihnachtlich dekoriert, mit Tannenzweigen, blinkenden Lichterketten und zwei hüfthohen Rentierfiguren, auf denen die Kinder tagsüber herumkletterten. Hannah fand das viel zu gefährlich. Ihr Gatte hingegen war der Meinung, man müsse auch Kleinkindern Gelegenheit geben, schmerzhafte Lernprozesse zu durchlaufen. Auf diese Weise könnten sie ihre Grenzen austesten. Männer.

»Schatz?«, ertönte eine sonore Stimme. »Schon Ideen, was wir dieses Jahr der Familie und den Freunden schenken? Also, ich brauche ja nichts, mein bestes Geschenk aller Zeiten habe ich schließlich schon – dich.«

Hannah sah auf. Mit einem kleinen Lächeln kam Pascal ins Wohnzimmer geschlendert, in Jeans und einem schwarzen T-Shirt, das seinen wohlgeformten Oberkörper zur Geltung brachte. Ein kleiner Schauer überrieselte Hannahs Nacken. Auch nach fünf Jahren Ehe und zwei entzückenden Kindern hatte ihre Gänsehaut immer noch Gänsehaut, wenn sie Pascal anschaute. Da war dieser schalkhafte Charme, der sie elektrisierte. Und diese Leidenschaft in allem, was Pascal tat: sei es, dass er in seinem Beruf als Weinhändler erlesene Tropfen verkostete, sei es, dass er Hannah einfach mal zwischendurch auf dem Küchentisch vernaschte.

Sicher, der erste Rausch der Verliebtheit war längst verflogen. Doch sie hatten immer noch Lust aufeinander, und ihre Handys hatten es noch nicht ins Bett geschafft. Es passte einfach. Erstaunlich, denn Pascal war ein Messie vor dem Herrn. Ein passionierter Jäger und Sammler von Krimskrams und Klimbim. Kennengelernt hatten sie einander, als Hannah seine hoffnungslos verkramte alte Villa auf Vordermann gebracht hatte. Für ihre Freundin Tess, die damals in ihn verliebt gewesen war, und gegen seinen erbitterten Widerstand. Es war ein Kampf gewesen. Pascal hing an Gerümpel aller Art wie ein Süchtiger an der Nadel. Von der abgegrabbelten Playmobilsammlung bis zu den sperrmüllreifen Möbeln war das Haus ein Messieparadies gewesen.

Neben diversen Schrankleichen hatte Hannah damals eine echte Leiche auf dem Dachboden gefunden. Ja, so romantisch konnte eine große Liebe ihren Anfang nehmen.

»Du sagst ja gar nichts.« Ein Hauch von Vorwurf schwang in Pascals Stimme mit. »Weihnachtszeit, Geschenkezeit.«

Hannah legte den Kopf schräg und blinzelte ihn an.

»Sag mal besser: Weihnachtszeit, Messiezeit. Mir graut jetzt schon vor den Scheußlichkeiten, die da wieder angeflogen kommen. Lauter unnützes Zeug mit Schleife drum rum. Nun, wir sind auch nicht besser. Jedes Jahr im Dezember geben wir ein Heidengeld für Geschenke aus, die dann irgendwo im Nirwana landen.«

»Ach, Hannah.« Er setzte sich zu ihr auf die Couch, hauchte ihr einen Kuss auf die Wange und strich ein paarmal über seinen gepflegten Dreitagebart. »Du übertreibst halt mit deinem Geschenkewahn. Dieses Jahr sollten wir kurzen Prozess machen. Alle bekommen das Gleiche, basta. Das spart Zeit und Nerven.«

Kopfschüttelnd schaute Hannah ihn an. Das war mal wieder typisch Pascal. Er war ein Bild von einem Mann, liebenswert, aufmerksam, aber komplett unstrukturiert und schusselig. Bei Dingen, die Organisationstalent und logistische Kompetenzen erforderten, versagte er auf der ganzen Linie. Deshalb wollte er solche Sachen immer so rasch wie möglich hinter sich bringen: Augen zu und durch, zack, zack, erledigt.

»Kommt überhaupt nicht in die Tüte«, entgegnete sie sehr bestimmt. »Ein Geschenk ist nur so wertvoll wie der liebende Gedanke, der dahintersteckt.«

Was Pascal von dieser herzwärmenden Devise hielt? Schwierig. Nachdem er Hannah einen undefinierbaren Seitenblick zugeworfen hatte, klaubte er einen Lebkuchenkeks vom Couchtisch und schob ihn sich in den Mund.

»Also, in dieser Hinsicht kannst du mir nun wirklich keinen Vorwurf machen«, sagte er kauend. »Ich denke immer nach, bevor ich etwas verschenke.«

»Ja, aber du verschenkst immer nur Dinge, die du selbst gern hättest. Ich denke da an den Barttrimmer für Onkel Alfred, der sich seit einigen Jahren glattrasiert. Oder an den gasbetriebenen Profikorkenzieher für deinen Freund Timo, der – finde den Fehler! – nur Bier trinkt.«

»Timo ist aber auch nicht ohne«, hielt Pascal dagegen. »Weißt du noch? Letztes Jahr hat er deiner Mutter ein Buch über das optimale Lauftraining geschenkt, obwohl sie im Rollstuhl sitzt.«

»Jetzt mal gaaanz ruhig«, konterte Hannah gereizt. »Meiner Freundin Tess, die sich einen Pups für Videospiele interessiert, hast du vorige Weihnachten ein Daddelspiel geschenkt, das nicht mal mehr eingeschweißt war.«

Erwischt. Pascal verzog sein Gesicht zu einer gleichermaßen schuldbewussten wie ärgerlichen Grimasse.

»Vergiss bitte nicht, dass Tess mir im Gegenzug eine angebrochene Tube Anti-Cellulite-Creme überreicht hat. Hallo? Welcher Mann leidet unter Cellulitis? Und deine liebe Tante Gesine, die seit ihrer Pensionierung nur noch auf Kreuzfahrtschiffen rumgondelt, schenkt unseren Kindern immer den ganzen Souvenirschnickschnack, den sie sich in Thailand und Timbuktu aufschwatzen lässt.«

»Erinnere mich bloß nicht an die verschluckbaren Kleinteile in dem Voodoo-Set aus Hawaii.« Hannah stöhnte vernehmlich. »O Pannenbaum!«

»Klingt verdächtig nach weihnachtlicher Vorfreude«, grinste Pascal, bevor er Hannah mit einem weiteren zarten Kuss bedachte, diesmal aufs Ohr. »Schatz, du bist nicht allein. Ich übernehme wieder das Baumschmücken, da hast du eine Sorge weniger.«

Ein ganz, ganz heikles Stichwort. Sie rückte ein Stückchen von ihm ab.

»Tu mir einen Gefallen: Bitte schmück den Weihnachtsbaum diesmal im nüchternen Zustand. Letztes Mal hingen Ostereier an den Zweigen. Ostereier, Pascal!«

Entschuldigend hob er die Arme. Den passenden zerknirschten Gesichtsausdruck hatte er echt gut drauf.

»Weil ich die Kartons verwechselt habe, Schatz, das kann doch jedem mal passieren.«

»Nein, nicht jedem – nur einem Typen, der vorher eine feuchtfröhliche Weinprobe mit seinen Kumpels veranstaltet hat.« Hannah zog die Knie ans Kinn und umschlang sie mit den Armen, bevor sie ihren Ehemann mit aller gebotenen Strenge fixierte. »Dieses Jahr erwarte ich absolute Konzentration und volles Engagement. Ich bin eine berufstätige Frau mit einem betreuungsintensiven Mann und zwei kleinen Kindern, da brauche ich deine uneingeschränkte Unterstützung. Auch bei den Geschenken.«

Die Wirkung ihrer Worte war nicht unbedingt gemütsaufhellend. Pascal zeigte in etwa so viel Begeisterung, als hätte er soeben eine Fußpilzdiagnose bekommen.

»Okay, okay, ich streng mich an«, ruderte er missmutig zurück. »Aber zwing mich bloß nicht, beim Geschenkeeinpacken zu helfen. Schon wenn ich Schleifenband sehe, werde ich nervös. Dieser ganze Tüdelkram ist nichts für echte Kerle. Dafür braucht es die feinmotorischen Talente einer Frau.«

Langsam wurde es Hannah zu bunt. Immer dieselben Ausflüchte. Immer dieselbe Drückebergerei. Sie hatten sich für eine faire partnerschaftliche Rollenaufteilung entschieden, damit Hannah Job und Familie unter einen Hut bekam. Doch wenn's ernst wurde, kniff der Herr Gemahl. Hatte sie nicht schon genug zu tun? Mit Kindern, Küche, Krempel?

»Jetzt sag bloß nicht wieder, Geschenkeeinpacken ist das Rückwärtseinparken der Männer«, zischte sie. »Womit du aus dem Schneider wärst, weil du es ja angeblich nicht kannst. Den Spruch hast du schon bei der Waschmaschine, der Spülmaschine und der Mikrowelle gebracht. Und mich mit dem ganzen Schlamassel sitzen gelassen.«

»Gar nicht wahr.«

»Doch.«

Pascals Miene umwölkte sich. Fahrig strich er sich durchs Haar.

»Warum knallst du mir eigentlich permanent Vorwürfe vor den Latz?«

»Warum machst du nie das, worum ich dich bitte?«

Na, toll. Jetzt hatten sie den Salat. Aus einer harmlosen kleinen Unterhaltung war ein eheliches Scharmützel geworden. Vor dem Fest der Liebe kochten eben nicht nur schöne Emotionen hoch. Selbst die besten Beziehungen gerieten in gefährliche Turbulenzen, wenn Weihnachten nahte. Da halfen nur Kompromisse. Hannah stand auf Weihnachtsgans am Heiligabend, Pascal auf Nudelsalat; mittlerweile gab es beides. Hannah mochte es schon aus beruflichen Gründen schlicht, Pascal hatte eine Schwäche für albernen Deko-Firlefanz – sofern Hannah das Haus für ihn schmückte; irgendwo in der Mitte hatten sie sich getroffen.

Nur bei den Geschenken kam es immer wieder zu Auseinandersetzungen. Als klassischer Arbeitsvermeider neigte Pascal zu schnellen unkomplizierten Lösungen. Einmal hatte er doch glatt vorgeschlagen, sämtliche Freunde und Verwandte mit einer Flasche Wein zu beglücken; Minderjährige, Abstinenzler und trockene Alkoholiker inklusive. Selbstverständlich hatte Hannah das nicht zugelassen. Ohnehin bestand sie darauf, dass maßvoll, aber mit maximaler Liebe geschenkt wurde. Dass sich Pascal nun schon wieder mit einer lieblosen Ratzfatz-Variante aus der Affäre ziehen wollte, erbitterte sie.

»Wir haben ein Problem«, sagte sie so ruhig, wie es einem Menschen möglich war, der kurz vor einem Wutausbruch stand.

»Sei ehrlich«, erwiderte er. »Wir? Oder du?«

»Wir natürlich!«

Auch Pascals entnervter Blick sprach Bände. Die Anspannung im Raum war mit Händen zu greifen.

»Ist das neuerdings ein offizielles Partnerproblem?«, knurrte er. »Weihnachtsgeschenke, Hannah? Ernsthaft?«

»Ja, in unserem Falle sind Geschenke definitiv ein Partnerproblem«, bestätigte sie kühl.

»Okay«, er verdrehte die Augen, bis er schielte, »dann ist das jetzt ein Beziehungsgespräch?«

»Absolut.«

Was denn sonst?, dachte Hannah. Sich verlieben kann jeder. Aber eine Liebe wirklich leben, auch im Grau in Grau des täglichen Einerleis – genau daran bewies sich doch, wie groß die Gefühle wirklich waren. Nach fünf Jahren Ehe und zwei Kindern wusste sie, wovon sie sprach. Honeymoon war was für Anfänger. Fortgeschrittene schafften auch den Alltagswahnsinn aus Terminen, Haushalt und Babygeschrei in unerschütterlicher Liebe. Sogar Weihnachten. Doch wie's aussah, verwandelte sich die diesjährige Vorweihnachtszeit in einen Beziehungstest.

Pascal holte tief Luft. Schon die Art, wie er tief Luft holte, verhieß nichts Gutes. Hannah kannte ihren Mann. An seiner linken Schläfe pochte eine winzige Zornesader.

»Wir haben also ein Beziehungsgespräch«, wiederholte er grimmig. »Dann möchte ich erst mal meine verletzten Gefühle zum Ausdruck bringen, dass du meine schönen schwarzen Sneakers mit den grünen Streifen weggeschmissen hast.«

»Die waren uralt und rochen schon ziemlich fies«, winkte Hannah ab.

»Das sind deine Kriterien?« Sein jungenhaftes Gesicht, das sie so sehr liebte, verzerrte sich. »Was machst du mit mir, wenn ich siebzig bin? Oder achtzig? Werde ich dann auch als Sondermüll entsorgt, weil du einen Wegwerffimmel hast?«

Oje. Der alte Kampf flammte wieder auf. Vor fünf Jahren hatten sie einen Waffenstillstand geschlossen, der Krieg ging trotzdem weiter. Mit Engelszungen hatte Hannah damals auf Pascal eingeredet, dass sein Faible für Schund und Schrott die Grenze des Tolerierbaren überschritt. Zehn Container mit altem Plunder hatte sie damals abtransportieren lassen; erst danach war die Villa einigermaßen bewohnbar gewesen. Seither achtete Hannah peinlichst darauf, dass sich kein neuer Ramsch ansammelte – Pascals Verlustängste in allen Ehren. Früh hatte er seine Mutter verloren und klammerte sich deshalb an alles, was ihm in die Finger kam. Hätte Hannah ihn gewähren lassen, im Handumdrehen hätte es in der Villa wieder so unfassbar verkramt ausgesehen wie zuvor. Aber das war hier nicht der Punkt.

»Du lenkst bloß ab, weil du dich vor dem Geschenkestress drücken willst«, fauchte sie ihn an. »Bei der Gelegenheit kann ich dir übrigens mitteilen, dass ich deine

Geschenke der letzten Jahre rigoros entsorgen werde. All die Präsente, die du angeblich mir, in Wahrheit jedoch dir selbst geschenkt hast. Den Massagestuhl, der im Keller rumsteht. Den tragbaren Mini-Whirlpool für Wellnessfußbäder. Den elektrischen Tischgrill, der beim Erstgebrauch einen Kurzschluss hatte und den du seit drei Jahren reparieren willst.«

»Den Massagestuhl?«, heulte er auf. »Nicht meinen schönen Massagestuhl!«

»Auf dem du genau zweimal gesessen hast. Außerdem rattert das Mistding wie ein alter Trecker.«

Eine unbehagliche Stille trat ein. Mit verkniffenen Mienen sahen beide starr geradeaus und planvoll aneinander vorbei, so dass sie freie Sicht auf die weihnachtliche Idylle des Wohnzimmers hatten. Die Rentiere glotzten sie an. Die Lichterketten blinkten lustig. Die Kerze auf dem Adventskranz flackerte knisternd. Hannah reichte es. Aber so was von. Zu allem entschlossen straffte sie ihre Schultern.

»Bevor das hier noch komplett aus dem Ruder läuft, lassen wir es lieber«, grummelte sie und stand abrupt auf. »Weihnachten fällt aus.«

»Waaaas?« Auf einmal wirkte Pascal wie ein kleiner Junge, dem man die Bauklötze weggenommen hatte. »Das kannst du mir nicht antun! Ich wäre untröstlich! Nein, am Boden zerstört!«

»Ist mir egal«, erwiderte Hannah achselzuckend.

»Deine Mutter und ihr Freund, Onkel Alfred, Tante Gesine, Tess und Roberto, mein Freund Timo – was sollen die von uns denken?«

»Ist mir egal.«

»Und vergiss nicht Marie und Paul! Du wirst unsere Kinder voll traumatisieren!«

»Ist mir …«

Nein, halt, die Kleinen waren Hannah ganz und gar nicht egal. Marie war süße vier, Paul zuckersüße zwei. Damit befanden sich beide in einem Alter, in dem ihre Augen noch leuchteten, wenn sie die Weihnachtsstube betraten. Sie glaubten ans Christkind, sie staunten den Weihnachtsbaum an wie ein Wunder, sie freuten sich wie verrückt auf die Geschenke. Hannah atmete einmal tief durch. Plötzlich stellte sie staunend fest, dass die Luft raus war aus ihrem Ärger. Worüber stritten sie eigentlich? Über das Fest der Liebe? War das nicht ein Anlass, sich gefälligst mal zusammenzureißen?

»Tut mir leid«, murmelte sie kleinlaut. »Ich habe wohl überreagiert.«

»Komm her.« Mit seinem besten Dackelblick klopfte Pascal auf den Platz neben sich. »Ich möchte dich mal in den Arm nehmen.«

Das war eine sehr liebe, sehr versöhnliche Geste. Allzu schnell wollte Hannah allerdings nicht klein beigeben. Wäre ja wohl noch schöner. Deshalb machte sie sich ganz steif, als sie wieder auf der Couch Platz nahm und sich von Pascal umarmen ließ. Immerhin, um ihre Mundwinkel zuckte es. Eigentlich war es ja zum Piepen. Weihnachtsgeschenke? Was für ein absurd doofer Streit. Sie liebten sich doch.

»Du bist ein Scheusal«, flüsterte sie zärtlich, als Pascal sie endlich küsste, erst sacht, dann immer fordernder.

»Und du bist das einzige Geschenk, das sich täglich selbst verpackt«, raunte er. Seine rechte Hand wühlte in ihrem Haar, mit der anderen Hand öffnete er höchst geschickt die Knöpfe ihrer Bluse. »Also, auspacken kann ich.«

Wer hätte da noch widerstehen können? Im nächsten Moment fielen sie auch schon übereinander her. Hannahs Bluse flog auf die Rückenlehne der Couch, Pascals T-Shirt hinterher. Mit bebenden Fingern pulte sie an den Metallknöpfen seiner Jeans herum. Warum zum Teufel trugen Männer solche unpraktischen Sachen?

Pascal erledigte den Rest in einer Geschwindigkeit, die jede Behauptung über fehlende feinmotorische Begabungen Lügen strafte. Im hohen Bogen warf er seine Jeans auf den Boden, knapp an der Adventskranzkerze vorbei, die sang- und klanglos erlosch. Nur für Hannahs Rock hatte er keine Geduld mehr. Den schob er einfach hoch. Und nun liebten sie sich so wild wie seit Langem nicht mehr. Hemmungslos und in Stellungen, die Hannah fast vergessen hatte. Eine schäumende Lustwoge nach der anderen schlug über ihrem Kopf zusammen.

»War das jetzt eigentlich Wutsex oder Versöhnungssex?«, keuchte Pascal, als er sich eine köstliche Ewigkeit später von ihr herunterwälzte.

»Eindeutig Versöhnungssex.« Sie blies sich eine feuchte Haarsträhne aus der Stirn. »Du, Schatz, ich weiß jetzt, wie wir das Problem lösen. Die besten Ideen kommen mir nämlich beim Sex.«

Er starrte sie an, als hätte sie soeben verkündet, dass sämtliche Orgasmen der letzten Jahre nur vorgespielt gewesen waren.

»Oh Gott, sag das bitte nicht«, seine Stimme brach fast, so erschüttert war er, »das ist ja furchtbar.«

»Wieso, ich ...«

»Das macht alles kaputt!«, rief er heftig. »Du siehst mir leidenschaftlich in die Augen, und ich denke, dein Blick verschmilzt mit meinem, und du bist voll bei der Sache, aber in Wirklichkeit denkst du über – Weihnachtsgeschenke nach?«

»Was soll ich sagen«, Hannah räusperte sich verlegen, »es ist irgendwie so – na ja, so inspirierend mit dir.«

Fassungslos schaute er sie an. So fassungslos, wie Männer nun mal dreinschauten, wenn sie einen Angriff auf ihre Männlichkeit witterten.

»Nicht dein Ernst«, stieß er zwischen zusammengebissenen Zähnen hervor. »Wie verstörend ist das denn?«

Hannah hätte ihm jetzt einen längeren Vortrag über weibliches Multitasking halten können. Dass sie mitten in einem Kundengespräch überlegte, ob sie Marie den Turnbeutel in die Kita mitgegeben hatte. Dass sie im Kopf die Termine des nächsten Tages koordinierte, während sie Paul leise singend in den Schlaf wiegte. Dass sie beim Kochen den nächsten Urlaub plante und beim Sex – nun ja, an alles Mögliche dachte. Heute eben an Weihnachtsgeschenke.

»Es war magisch gerade, ehrlich«, flötete sie stattdessen. »Ich zittere immer noch. Du warst ein echter Liebesgott. Ach was, du bist ein echter Liebesgott. Manchmal frage ich mich, womit ich einen so verdammt erotischen und phantasievollen Liebhaber wie dich verdient habe. Den besten aller Zeiten.«

Es war ein durchschaubares Manöver, doch es verfehlte nicht seinen Zweck. Jeder, wirklich jeder Mann wollte so was hören.

»Ach, echt?« Pascal zwinkerte ihr zu. »Dann mach dich auf was gefasst. Die Nacht ist noch nicht zu Ende.«

»Wow«, hauchte Hannah. Eine gewisse Begehrlichkeit in seiner Miene verriet ihr, dass er sich schon so kurz nach dieser recht sportlichen Einlage zu neuen Taten bereit fühlte. Gar nicht übel. »Wir können ja im Bett weitermachen«, schlug sie vor, »lass uns vorher nur noch schnell meine Idee besprechen.«

Sie angelte sich ihre Bluse von der Sofalehne und setzte sich auf, um dem Folgenden den nötigen Nachdruck zu verleihen. Halbnackt und in der Horizontalen argumentierte es sich nicht sonderlich gut.

»Diesmal machen wir es anders mit den Geschenken«, erläuterte sie ihre Idee. »Ganz anders. Ich will nicht mehr wie ferngesteuert durch die Läden rennen, auf der Suche nach etwas, was hinterher dann doch nur verstaubt.«

Er lachte vergnügt, mit der flachen Hand schlug er sich vor die Stirn.

»Stimmt, es gibt da diese fabelhafte Erfindung namens Internet! Nur zu. Wir können auch auf der Couch einkaufen. Neulich habe ich im Netz eine Wursttrommel gesehen. Scharfes Teil, in jeder Hinsicht. Das wäre was für Timo.«

Hannah hatte einige Mühe, ihre entgleisenden Gesichtszüge zu kontrollieren.

»Eine – was?«

»Sieht aus wie eine Kabeltrommel«, erklärte Pascal eifrig, »ist aber kein Kabel draufgewickelt, sondern eine dreieinhalb Meter lange Krakauer.«

Was sagte man dazu? Am besten nichts.

»Ich habe eine bessere Idee, Pascal. Wir verschenken nur Immaterielles. Nichts, was rumsteht oder gleich wieder weggeworfen wird und auch noch Verpackungsmüll produziert.«

»Immaterielles«, echote er langsam, wobei er auf dem Wort herumkaute wie auf einer besonders zähen Wurstscheibe.

»Ja, Gutscheine für Spaziergänge, Konzerte oder gemeinsames Kochen zum Beispiel!«, bekräftigte Hannah voller Emphase. »Maßgeschneiderte Quality Time, verstehst du? Schöne Momente, ganz ohne Krempelalarm und Geschenkpapierorgien. Natürlich liebevoll auf die Beschenkten abgestimmt.«

Während sich Hannah zu dieser grandiosen Lösung beglückwünschte, zog Pascal seine Oh-Gott-meine-Frau-hat-wieder-Ideen-Grimasse.

»Weiß ja nicht …«

»Aber ich. Stell dir das doch mal konkret vor. Meine superesoterische Mutter fände es bestimmt klasse, wenn wir ihr eine Meditationssession bei dem legendären indischen Guru schenken, der kurz nach Weihnachten in unsere Stadt kommt.« Die Ideen sprudelten nur so aus ihr heraus. »Tante Gesine würde sich kaputtfreuen über einen Ausflug in den Botanischen Garten mit all den exotischen Blumen, die sie von ihren Reisen kennt. Und Onkel Alfred, unser Tabakjunkie, würde ausflippen, wenn wir ihm ein Zigarrenseminar gönnen.«

Skeptisch kratzte sich Pascal am Kopf.

»Wo in aller Welt gibt es – Zigarrenseminare?«

»Na, in dem exklusiven Laden neben dem Rathaus, wo man auch seltene Spirituosen wie uralte Sherrys und Portweine bekommt. Kennst du doch. Wir könnten mit Onkel Alfred hingehen und einen unvergesslichen Abend zu dritt verbringen.«

»Solange ich selbst keine Zigarren rauchen muss«, brummte Pascal.

»Die Kinder bekommen natürlich Spielzeug, die sind von der Aktion ausgeschlossen«, beeilte sich Hannah hinzuzufügen. »Die würden es nicht verstehen, wenn sie nur eine handgeschriebene Karte mit einer schönen Idee bekämen.«

»Da bin ich aber erleichtert.« Pascal sah sie sinnend an, dann hob er eine Augenbraue. »Und wir? Was schenken wir uns?«

Hannah unterdrückte einen Seufzer. Diese Frage hatte selbstverständlich Priorität für einen Mann, der Massagesessel und Wursttrommeln für erstrebenswerte Geschenke hielt und sich wie ein Kind über allen möglichen Tinnef freute. Jetzt hieß es, umsichtig vorzugehen, damit nicht der nächste Geschenke-Tsunami anrollte. Am besten, sie knüpfte an seine erotischen Qualitäten an.

»Schatz, unser Beziehungsgespräch mitsamt deinem glanzvollen Liebesspiel hat eine wundervolle Dynamik in unsere Beziehung gebracht«, schwärmte sie drauflos. »Deshalb schlage ich vor, dass wir uns unsere geheimsten Wünsche gestehen.«

Ein Hoffnungsfunke glomm in Pascals Augen auf.

»Die neue Xbox?«

Herrje, manchmal brauchte man wirklich Contenance, wenn einem etwas am Fortbestand einer Ehe lag.

»Ich hatte eher an etwas gedacht, was richtig sexy ist. Deshalb …«

»Hui, scharfe Wäsche?«, fiel er ihr ins Wort. Im selben

Augenblick flaute seine Euphorie deutlich ab. »Streng genommen wäre das dann aber ein Geschenk für dich. Obwohl ich natürlich auch was davon habe.«

»Im-ma-te-ri-ell!« Hannah formte jede Silbe einzeln. Für Begriffsstutzige, sozusagen. »Es heißt doch immer, Paare haben Schwierigkeiten, ihre geheimen erotischen Wünsche zu artikulieren. Ich spreche hier von langjährigen Paaren, wohlgemerkt.«

»Könnte was dran sein, aber …«

»Und wenn die so geheim sind, wie soll man sie dann verwirklichen?« Allmählich redete sich Hannah in echte Begeisterung. »Wir gestehen uns unsere gewagtesten erotischen Phantasien. Richtig versaute Sachen, die man kaum zu denken wagt. Geschweige denn, dass man sie dem Ehepartner anvertraut.«

Und da war er wieder, der hoffnungsvolle Funke in Pascals Augen.

»Du meinst so Sachen wie, na ja, wenn ich zum Beispiel Sprühsahne von deinem Bauch schlecken möchte? Oder Sex im Freien will?«

»Klar!«, bekräftigte Hannah todesmutig. »Das mit der Sprühsahne hast du übrigens schon mal gemacht. Nach dieser Silvesterparty vor zwei Jahren, als wir ein paar Cocktails zu viel intus hatten.«

Sie sah ihm an, dass er es tatsächlich vergessen hatte. Schwamm drüber. Hannah hatte eine Mission, und die würde sie jetzt durchziehen.

»Pass auf, Schatz«, verschwörerisch senkte sie ihre Stimme, »wir haben noch knapp vier Wochen bis Weihnachten. In diesen vier Wochen schicken wir uns jedes Mal eine WhatsApp, wenn uns eine abgefahrene Phantasie in den Sinn kommt.«

»Puh.« Pascal lächelte schwach. »Mir wird ganz heiß.«

»Ist ja auch Sinn der Sache.«

»Wie viele Schüsse, äh, Wünsche habe ich denn frei?«

»Unbegrenzt viele Wünsche«, antwortete Hannah verführerisch zurücklächelnd. »Fünf davon werden anstandslos erfüllt und als Gutschein überreicht. Dazu schreiben wir jedes Mal: In Liebe, nur für dich! Die Einlösung des Gutscheins erfolgt nach Vereinbarung. Wenn du willst, können wir direkt in der Nacht des Heiligabends damit anfangen.«

Es war herrlich zu sehen, wie Pascal förmlich das Wasser im Munde zusammenlief. Gleichzeitig war er so perplex, dass er fast das Atmen vergaß.

»Und du bist sicher, dass was total Versautes dabei sein darf?«, vergewisserte er sich heiser.

»Was sonst? Du wirst sehen, das bringt neuen Schwung in unser Liebesleben! Nicht, dass ich Grund zur Beschwerde hätte, ganz im Gegenteil, aber da geht doch noch was, oder?«

Ergriffen neigte er sich zu ihr herüber und bedeckte ihr glühendes Gesicht mit kleinen schmatzenden Küssen.

»Hannah, meine Hannah«, murmelte er tief bewegt,

»weißt du eigentlich, dass du die tollste Frau der Welt bist?«

»Und du bist der tollste Lover der Welt«, flüsterte sie zwischen zwei feuchten Küssen.

»Weißt du was?« Er richtete sich halb auf. »Deine Idee ist so phantastisch, dass ich voll einsteige. Ich packe sogar die Gutscheine ein. Mit Schleife! So wie du es magst.«

War er nicht zauberhaft? Mit einer Hand strich sie ihm sanft über die Wange.

»Das würdest du für mich tun?«

»Ich würde es nicht nur tun, ich werde es tun!«, rief er aus. »Für dich, die tollste Frau aller Zeiten!«

Die folgenden Wochen gerieten zu den knisterndsten ihrer gesamten Ehe. Ohne ein Wort darüber zu verlieren, beschränkten sich Hannah und Pascal auf braven Blümchensex, um dem, was da kommen mochte, einen umso größeren Knalleffekt zu verleihen. Es war ein höchst raffinierter Kick. Wenn sie im Bett das Pflichtprogramm absolvierten, dachten sie unablässig an die Kür. Wenn sie Arm in Arm einschliefen, wanderten ihre Gedanken zu den sagenhaften Dingen, die sie miteinander anstellen würden. Die Vorfreude steigerte sich stetig.

Einmal, als Pascal nach der Erfüllung seiner ehelichen Pflichten schnarchend neben Hannah im Bett lag, schaute sie ihm mit aufgestütztem Ellenbogen beim Schlafen zu. Dabei schoss ihr durch den Kopf, wie seltsam es doch war, dass einem selbst der vertrauteste Partner immer ein kleines bisschen fremd blieb. Jeder hatte doch seine geheimen Phantasien, die er wohlweislich verschwieg. Es würde eine neue Ebene ihrer Beziehung bedeuten, wenn sie gemeinsam das Wunderland ihrer verborgenen erotischen Phantasien erkundeten. Hannah konnte es kaum erwarten.

Und dann brach er an, der Heilige Abend. Schon am Morgen des denkwürdigen Tages spürte Hannah ein Kribbeln im Bauch, wie frisch verliebt. Auch Pascal wirkte ziemlich hibbelig, so als stünde ihm ein erstes Date bevor. Immer wieder trafen sich ihre Blicke – im Badezimmer, beim Frühstück und wenn sie einander bei den weihnachtlichen Vorbereitungen im Haus begegneten. Dann sprühten die Funken. Nein, ein wahres Feuerwerk banger wie lustvoller Erwartungen explodierte in ihren Köpfen. Ihre geheimen Wünsche hatten sie einander ja schon offenbart. Aber welche würden sie einander erfüllen? Welche Wahnsinnsabenteuer würden sie zusammen erleben?

Kurz vor der Bescherung schloss sich Pascal mit sämtlichen Gutscheinen, einigen Rollen Geschenkpapier sowie diversen Schleifenbändern im Schlafzimmer ein, um alles hübsch weihnachtlich zu verpacken, wie versprochen.

Hannah verging fast vor Neugierde. Jetzt, jetzt, jetzt passierte es. Jetzt packte er die Gutscheine ein. Für Freunde und Familie, vor allem aber für seine über alles geliebte Gattin. Damit traf er die endgültige Entscheidung darüber, welchen ihrer Wünsche er erfüllen würde.

Auch Pascals gefahrlosere Phantasien hatte Hannah bereits aus der Flut seiner WhatsApp-Nachrichten ausgewählt, zu Papier gebracht und ihm in sorgfältig zugeklebten Kuverts überreicht. Wie besprochen endeten die gewagten Botschaften stets mit den Worten: In Liebe, nur für dich! Was würde Pascal zu ihrer Auswahl sagen? Würde er schockiert sein? Oder rasend vor Lust alles verwirklichen?

Schon mittags begann Hannah die Stunden bis Mitternacht zu zählen. Wenn die Gäste verschwunden waren, die Kinder schliefen und sie das Haus wieder für sich allein hatten, würde die Nacht der Nächte anbrechen. In den Wochen danach würde die fortlaufende Einlösung der Gutscheine für weitere erotische Gipfeltreffen sorgen. Traumhaft.

Um vier Uhr nachmittags trudelten die Gäste ein. Timo, ein rustikaler Naturbursche und Pascals bester Fußballkumpel, war der erste. Es folgte Onkel Alfred, der das Gartenhaus der Villa bewohnte – ein rüstiger Mittsiebziger mit einem dunklen Punkt in seiner Vergangenheit, den niemand mehr ansprach. Gleich nach Onkel Alfred klingelte Tante Gesine, die ein exotisches Phantasieoutfit aus einem fernen Land trug. Sodann Tess, Hannahs beste Freundin samt Ehemann Roberto, der ein kleines Restaurant am Stadtrand betrieb. Wie stets kultivierte Tess den leicht bitchigen Glitterbaby-Style, heute in Form eines megakurzen Minikleids mit rotschimmernden Pailletten.

»Süße, du siehst phantastisch aus«, säuselte sie. »Was ist passiert? Ich erkenne dich ja kaum wieder!«

Das nahm Hannah mal als Kompliment. Zur Feier des Tages hatte sie sich ein tief ausgeschnittenes Kleid aus sündiger schwarzer Spitze gegönnt, mit einem offenherzigen Dekolleté, in dem ein silberner Herzanhänger baumelte. Dazu trug sie schwarze halterlose Strümpfe und hohe schwarze Lackpumps. Kein Mamilook heute. Die Aufmachung als Vamp war dem Anlass angemessen, und sie genoss es.

Als Letzte trafen ihre Mutter und deren Freund Jan-Philipp ein. Einst war Jan-Philipp ihr Pfleger gewesen, mittlerweile lebten sie sehr glücklich im Hier und Jetzt zusammen. Beide waren in bunte indische Gewänder gehüllt, die ein bisschen nach Räucherstäbchen und Marihuana rochen. Wobei Hannahs Mutter lediglich aus medizinischen Gründen kiffte, wie sie beteuerte, und ihr Lebensgefährte nur aus solidarischen Beweggründen. Ein interessantes Paar. Seit einem Drachenflugunfall am Himalaya saß Hannahs Mutter im Rollstuhl, was ihrer charismatischen Ausstrahlung keinen Abbruch tat. An ihrem lila Turban wippte eine Pfauenfeder, auf die Stirn hatte sie sich einen funkelnden Halbedelstein geklebt. Ihr Freund punktete mit lila Pumphosen zur bestickten Indienbluse und mit einem Zopf, der ihm bis zum Po reichte.

Lasset die Spiele beginnen, dachte Hannah aufgeregt. Dieser Heilige Abend wird in die Geschichte eingehen.

Vor der Bescherung gab es frisch gebackene Zimtwaffeln mit heißen Kirschen und Schlagsahne, dazu Tee, Säfte, Sherry und Glühwein. In angeregte Gespräche vertieft, verteilten sich die Gäste im Wohnzimmer. Man kannte sich, man mochte sich, einem harmonischen Abend stand nichts im Wege. Als Pascal die Kerzen am untadelig geschmückten Weihnachtsbaum entzündet hatte, durften auch Marie und Paul die Weihnachtsstube betreten. Mit hochroten Wangen und glänzenden Augen trippelten sie zum Weihnachtsbaum, vor dem sie ehrfurchtsvoll stehen blieben. Darunter lagen viele, viele Kuverts in Geschenkpapier mit buntfarbigen Schleifen. Pascal hatte ganze Arbeit geleistet.

»Ihr Lieben«, setzte er zu einer Ansprache an, »ich freue mich sehr, dass wir wieder unseren traditionellen Heiligabend in vertrauter Runde begehen.«

»Ganz so traditionell ist der Heiligabend in diesem Jahr allerdings nicht«, übernahm Hannah. »Wir haben uns Gedanken gemacht. Diesmal wollten wir die Geschenke noch persönlicher halten, persönlicher und …«

»… immateriell«, ergänzte Pascal mit einigem Stolz.

»Jeder bekommt mehrere Gutscheine für besondere gemeinsame Unternehmungen mit Hannah und mir.«

»Ja, für individuell zugeschnittene Quality Time, die uns unvergessliche gemeinsame Momente schenken wird«, setzte Hannah feierlich hinzu.

Sie tauschte einen Blick mit Pascal. Prickelnde Wellen der Erregung durchpulsten ihren Körper. Und das Schöne war: Niemand ahnte, welche unvergesslichen gemeinsamen Momente sie einander zu bescheren gedachten.

»Bravo, meine Kleine, mein Licht und mein Leben.« Ihre Mutter applaudierte wohlgefällig, was die unzähligen Armbänder an ihren Handgelenken klimpern ließ. »Endlich hast du es verstanden. Wahre Geschenke überwinden den schnöden Materialismus unserer dekadenten Konsumgesellschaft. Die echten Herzensgeschenke sind die positiven Energien, die aus Begegnungen der Seelen erwachsen.«

»Wer's glaubt, wird selig«, brummte Onkel Alfred, der esoterische Theorien als Hokuspokus betrachtete.

»Na jaaa, ist mal was anderes«, sagte Tante Gesine, obwohl sich eine gewisse Enttäuschung auf ihrem Gesicht abzeichnete.

»Hey, lass mich raten!«, juchzte Tess und schüttelte ihre mahagonibraunen Locken. »Ein exzessiver Zug durch die Gemeinde und abtanzen bis zum Morgengrauen – so was in der Art?«

»Lasst euch überraschen«, lächelte Hannah unergründlich. »Erst mal sind die Kleinen dran, danach bin ich gespannt, was ihr zu euren persönlichen Gutscheinen sagt.«

Verzückt rückte ihre Mutter den lila Turban gerade.

»Ich liebe es jetzt schon. Nicht wahr, Jan-Philipp?«, wandte sie sich an ihren Lebensgefährten, der neben ihr im Schneidersitz auf dem Boden hockte. »Das ist doch absolut wundervoll?«

»Ich atme da grade mal rein«, verkündete er mit verklärtem Blick auf die Kuverts unter dem Tannenbaum.

Hannah war einfach nur glücklich. Alles wirkte so stimmig. Die erwartungsvollen Gesichter, der festlich geschmückte Baum, der Duft nach Tannenzweigen und Gewürzen, die zappeligen Kleinen. Sie ergriff ein Messingglöckchen und läutete. Daraufhin kam Timo reingestiefelt, der sich unterdessen als Weihnachtsmann verkleidet hatte, mit rotem Kapuzenmantel und wallendem Wattebart. Da er ohnehin ein wenig beleibt war, stand ihm der Aufzug ausgezeichnet. Über die Schulter hatte er einen prall gefüllten Sack geworfen.

»Von drauß', vom Walde komm' ich her und muss euch sagen, es weihnachtet sehr«, rezitierte er in knorriger Basslage. »Wie mir zu Ohren kam, sollen hier ganz besonders liebe Kinder wohnen.«

Es war unglaublich niedlich, wie Marie und Paulchen ihn anstarrten. Gespannt und respektvoll, mit weit aufgerissenen Kinderaugen. Nach und nach holte Timo nun die liebevoll verpackten Geschenke aus dem Sack. Marie hatte sich sehnlichst eine neue Barbiepuppe sowie ein Barbieschloss gewünscht, das sie unter großem Jubel auspackte. Hannah fand das Geschenk zwar nicht gerade pädagogisch wertvoll, doch in der Kita lief soeben die unvermeidliche Barbiephase an, und sie wollte nicht, dass Marie sich ausgeschlossen fühlte. Pascal hatte die einzelnen Elemente separat verpackt, damit der Spaß noch größer wurde. Auch die kleine rosa Reitkappe, verbunden mit einem Gutschein für den ebenfalls sehnlichst erwünschten Ponyreitkurs, löste größte Begeisterung bei Marie aus.

Paulchen hatte noch Schwierigkeiten mit dem Auspacken. Ganz der liebe Papa, half ihm Pascal deshalb, den großen Schaufelbagger aus Massivholz vom Geschenkpapier zu befreien. Wäre es nach Hannahs Mann gegangen, hätte Paul einen ferngesteuerten Hubschrauber bekommen. Definitiv kein Geschenk für einen Zweijährigen, aber so war Pascal nun mal drauf. Natürlich hatte sich Hannah durchgesetzt; auch bei den kleinen Holzfigürchen, passend zum Bagger, die erfüllte Spielnachmittage im Kinderzimmer versprachen.

»Und es war euch wirklich ernst damit, dass wir keine Geschenke bekommen und auch keine mitbringen durften?«, erkundigte sich Tante Gesine, die wie die anderen Erwachsenen ihre helle Freude an der Freude der Kinder hatte. Das heißt, möglicherweise mischte sich auch eine winzige Spur Neid in Tante Gesines Worte.

»Absolut ernst«, nickte Hannah. »Ehrlich gesagt hat doch jeder von uns alles, was er braucht. Sogar mehr als das. Niemand braucht noch weitere Vasen, Tortenplatten, Kerzenständer, Aschenbecher, Parfums, Pralinen und all den Schnickschnack, den man sich gegenseitig zu Weihnachten schenkt.« Sie legte eine kleine Pause ein, in der ihr die vollgestopften Wohnungen in den Sinn kamen, die sie professionell ausmistete. »Deshalb fokussieren wir uns heute aufs Wesentliche: auf unsere Beziehungen, auf die Liebe, die zwischen uns fließt. Das ist der Geist der Weihnacht.«

»Wie schön du das formuliert hast«, wurde sie von Pascal gelobt, was ihr einen weiteren prickelnden Schauer über den Rücken trieb.

»Hm, eigentlich habe ich nichts gegen Parfums, Pralinen und – Schnickschnack, wie du dich auszudrücken beliebst«, sagte Tante Gesine etwas säuerlich.

»Da stimme ich dir zu«, brummte Onkel Alfred. »So ein neuer Aschenbecher hätte mir gefallen können.«

»Also, ich finde die Idee mit den Immobiliengeschenken oder wie das heißt total cool«, mischte sich Tess ein, die ihren äußerst attraktiven Roberto mit Waffeln und Sahne fütterte. »Bin ja schon gespannt wie ein Flitzebogen.«

»Wer ist denn als Erster dran?«, fragte Jan-Philipp.

»Natürlich das weibliche Familienoberhaupt«, antwortete Hannah weich. »Pascal hat sich sogar ein System ausgedacht. Die Kuverts mit den lila Schleifenbändern bekommt Marie-Luise, meine verehrungswürdige Mutter. Die mit den roten Bändern sind für Jan-Philipp, die mit den gelben für Tante Gesine. Grün für Timo – wo ist er denn nur?« Scheinheilig schaute sie sich um, so als sei Timo, der noch seine Weihnachtsmannverkleidung trug, gar nicht da. »Braun für Onkel Alfred, Pink für Tess, Türkis für Roberto.« Eine etwas atemlose Pause folgte, in der sie zu ihrem Mann blickte. »Weiß für dich, Pascal, Schwarz für mich.«

Passend zu meinem schwarzen Kleid und zu den rattenscharfen halterlosen Strümpfen, hätte sie ergänzen können. Sie erwähnte es ebenso wenig wie die neue schwarze Korsage, die sie unter ihrem Kleid aus schwarzer Spitze trug.

»Marie-Luise?« Pascal zog ein Kuvert mit lila Schleife aus dem Haufen unter dem Tannenbaum und hielt es Hannahs Mutter hin. »Darf ich dir dein Präsent überreichen? Fröhliche Weihnachten!«

Huldvoll nahm sie das Kuvert entgegen. Mit geschlossenen Augen presste sie es an ihre Brust, bevor sie es öffnete. Dann las sie die Karte, die sich darin befand.

»Na? Wie findest du das?«, fragte Hannah, der es tatsächlich gelungen war, noch vier Tickets für die Meditationssession zu ergattern – zum Missfallen von Pascal, der sich jetzt schon davor gruselte, auf irgendwelchen farbigen Matratzen zu hocken, neben lauter Leuten in Wallewallegewändern, die »schwer einen an der Waffel hatten«, wie er es unverblümt nannte.

»Mein Licht, mein Leben.« Die Augen von Hannahs Mutter hatten sich eigentümlich verschleiert. »Das ist, das ist …«, ganz offenkundig rang sie nach Worten, »next level, würde ich sagen. Eine neue spirituelle Erfahrung, die uns einander sehr viel näher bringen wird.«

»Das freut mich«, seufzte Hannah beseligt. »Genau so hatte ich es mir erhofft.«

»Andererseits ist es auch recht erstaunlich, derart neue Facetten von dir kennenzulernen«, hüstelte ihre Mutter.

In ihren Augen lag nun ein merkwürdiger Glanz, in den sich leichtes Befremden mischte. Wahrscheinlich hat sie sich schon einen Joint reingezogen, beruhigte sich Hannah. So was kam vor. Marihuana war eine Art Schmerztherapie für ihre Mutter. Umso verständlicher, dass sie den Heiligabend schmerzfrei und unbeschwert erleben wollte.

»Darf ich als Nächster?«, drängelte sich Jan-Philipp vor.

Nun, eigentlich hatte Hannah diese Ehre Onkel Alfred zugedacht. Aber was wollte man machen? An Weihnachten hatte eitel Harmonie zu herrschen.

»Natürlich«, erwiderte sie milde. »Pascal? Waltest du deines Amtes?«

»Sehr gern, Schatz.«

Er zwinkerte ihr verstohlen zu, bevor er ein weiteres Kuvert aus dem Haufen fischte und es dem Lebensgefährten von Hannahs Mutter reichte. Auch der drückte das Kuvert zunächst an seine Brust, dazu murmelte er ein Mantra, das sich wie »Oje-raman-gadamda-benusambo« anhörte. Mit spitzen Fingern – bei ihm hieß das achtsam – öffnete er sodann sein Kuvert.

»Oh.« Er sah erst zu Hannah, dann zu Pascal. »Ähm, ja, Peace und so, finde ich voll einfühlsam, dass ihr eure Grenzen überschreitet und euch für gewagte karmische Verschmelzungen öffnet.«

Hannah runzelte die Stirn. War das nicht etwas dick aufgetragen für einen gemeinsamen Yogakurs im neu eröffneten Wellnesszentrum?

Ein heiser gebrülltes »Was zum Teufel?« riss sie aus ihren Überlegungen. Aus dem Augenwinkel gewahrte sie, dass sich die anderen Gäste bereits über die restlichen Kuverts hergemacht hatten. Und plötzlich war die Hölle los.

»Swingerclub! Geil!«, kicherte Tess, während Onkel Alfred in einem fort »Schweinkram! Verdammter Schweinkram!« brüllte. Tante Gesine hyperventilierte. Die Kinder kreischten vor Vergnügen, dass mal richtig was los war. Kreidebleich stand Pascal daneben.

In Hannah ging gleichzeitig ein Licht auf und die Welt unter. Schwankend sank sie auf den nächstbesten Sessel. Sie konnte kaum sprechen, als sie das Wort an Pascal richtete, den schlimmsten Verpackungskünstler und katastrophalsten Schussel des Universums.

»Was – hast – du – getan?«, würgte sie mit tonloser Stimme hervor.

»Ich, ich, ich …«

Weiter kam er nicht. Sein Gesicht nahm eine grünliche Färbung an, dann stürzte er in blanker Panik aus dem Wohnzimmer.

»Hey, Hannah«, raunte der Weihnachtsmann ihr zu, mit verdächtig roten Backen und einem ungekannten Glitzern im Blick. »Wie süß von euch: In Liebe, nur für dich! Nur eine Frage: Diese erotische Ölmassage, bei der man sich aneinander reibt, wäre das auch bei mir daheim möglich? Ich eskalier nämlich lieber zu Hause.«

Komisch, genau das hatte Hannah auch gerade vor: eskalieren. Ganz ohne Öl, aber mit so viel Rotwein wie noch nie nach einer Bescherung. Und so bewahrheitete sich, was sie seit Wochen gemutmaßt hatte – dieser Heiligabend würde in die Geschichte eingehen. Mit einem einzigen Schönheitsfehler: Leider war es keiner dieser Abende, von denen man dereinst noch seinen Enkelkindern erzählen konnte.

KATHARINA PETERS

Das Schweigen des Kommissars

Kasper hatte keine Ahnung, wer der Mann war, der vor seiner Gartentür stand, und das lag nicht allein daran, dass er seinen Schal zweimal um Hals und Mund gewickelt hatte. Es war frostig kalt geworden auf Rügen in diesem seltsamen Jahr, und man konnte wenig von den Gesichtern sehen. Ein Fest für Leute, die Überwachungskameras schon immer mal ein Schnippchen hatten schlagen wollen.

Kasper schob den Gedanken beiseite. Er war seit fast sechs Jahren pensioniert, aber sein Polizistenherz war das gleiche geblieben. Er musterte den Mann, der schließlich den Schal herunterzog, unter dem ein grauer Vollbart verborgen war, und wusste immer noch nicht, wen er vor sich hatte.

»Moin, Kasper.«

Der Expolizist blinzelte.

»Du erkennst mich nicht.« Das klang nach einer Feststellung, sogar dezent amüsiert, als hätte der Mann nichts anderes erwartet.

Kasper zögerte und schüttelte schließlich den Kopf. Ein ehemaliger Kollege? Oder gar ein Exhäftling – einer von den Typen, die er gemeinsam mit seiner Kollegin Romy zur Strecke gebracht hatte, und der wieder auf freiem Fuß war und nun möglicherweise Redebedarf hatte? Romy Beccare. Hauptkommissarin aus München mit unübersehbar italienischen Wurzeln und einer besonderen Vorliebe für die Insel. Sie waren ein gutes Team gewesen.

»Ich bin es, Simon. Dein Schwager.«

Kaspers Augen weiteten sich.

»Dein ehemaliger Schwager trifft es wahrscheinlich besser«, fügte Simon hinzu. »Hast du ein paar Minuten Zeit? Wenn mich nicht alles täuscht, sind wir immer noch gleichaltrig, und du dürftest mit siebzig längst den Ruhestand genießen.«

Kasper nickte verblüfft.

Nun ja. Manchmal mehr, manchmal weniger. Hin und wieder unterstütze ich das Team, wollte er gerade hastig einwenden, und sei es nur, indem ich die Ermittlungen von Weitem verfolge, mir vorstelle, wie Romy die Täter aufspürt, und die Daumen drücke. Doch er schluckte die Worte herunter. Sie klangen, ja – verdächtig melancholisch. Das musste niemand so genau wissen, schon gar kein ehemaliger Schwager.

»Natürlich, komm rein«, erwiderte er schließlich.

Simon schob die Gartentür auf und streckte bereits im Näherkommen die Hand aus. Sein Händedruck war fest, das war er schon immer gewesen, wie Kasper sich erinnerte, seine Augen tiefgrau, der Blick aufmerksam und neugierig. Auch das hatte sich nicht verändert, und die Jahre hatten dieser Eindringlichkeit kaum etwas anhaben können.

Kasper war einige Jahre mit dem Bruder seiner geschiedenen Frau zur Schule gegangen. Das lag gefühlt hundert Jahre zurück, ganz gewiss jedoch eine halbe Ewigkeit. Schon damals hatte er Polizist werden wollen, genauer gesagt: Hauptmann bei der Volkspolizei. Und so war es dann auch gekommen – bis zur Wende, später war er Kommissar und Hauptkommissar gewesen, mit Leib und Seele, wie es immer so schön hieß und in seinem Fall den Nagel auf den Kopf traf.

»Kaffee oder Tee?«, fragte Kasper, als Simon abgelegt und in der Eckbank am Küchenfenster Platz genommen hatte.

»Tee mit Kandis und etwas Sahne. Daran hat sich nichts geändert.«

Wenn sich auch sonst so vieles geändert hatte. Kasper nickte und spülte die Kanne mit heißem Wasser aus. Er warf einen Blick zum Fenster hinaus. Der morgendliche Frost war nicht gewichen. Im Garten herrschte winterliche Kargheit, Zweige und Äste waren unter einer dünnen Eisschicht erstarrt, der Rasen wirkte wie frisch gepudert.

Der Kessel summte leise. Schließlich standen die Tassen

bereit, der Tee duftete, und es gab nichts mehr zu hantieren.

Lass uns bitte nicht über Anna sprechen, dachte Kasper, als er sich auch gesetzt hatte, und eine bittere Wehmut stieg in ihm auf. Immer die gleiche bittere Wehmut.

»Wie lange haben wir uns nicht gesehen?«, ergriff Simon schließlich das Wort.

Kasper holte tief Luft. Zwanzig Jahre? So ungefähr. Kurz nachdem Anna ihn verlassen hatte. Seinerzeit gab es dann auch keinen Grund mehr für ihn, den ohnehin oberflächlichen Kontakt zu ihrer Familie zu halten. Nicht nach diesem Bruch. Sie war einfach gegangen. Er spürte, wie Simons Blick über sein Gesicht tastete.

»Lange«, erwiderte er schließlich, und plötzlich wünschte er sich, dass er das Klingeln überhört hätte.

Es hatte keinen anderen gegeben. Und keine andere. Sie hatten zwei Kinder großgezogen, die ihren Weg gegangen waren, und die DDR vergleichsweise unbeschadet überstanden. Keine dubiosen IM-Akten und bösen Überraschungen, keine heftigen Erschütterungen und starken Ausschläge, und danach war es gut für sie weitergegangen. Keine großen Krisen, schlimmen Krankheiten oder Brüche, die nicht zu bewältigen oder zu kitten waren. Nein, keine schwindelerregenden Hochs, aber auch keine schmerzhaften Tiefs, seiner Ansicht nach. Vielleicht war es gerade das gewesen. Die Gleichförmigkeit und Vorhersehbarkeit.

Sie wollte noch was vom Leben haben, hatte sie damals betont, wie aus dem Nichts heraus, so war es ihm vorgekommen, aber sicherlich hatte er die Anzeichen übersehen und verdrängt, für unwichtig erachtet und sich schöngeredet, was längst nicht mehr schön gewesen war, zumindest nicht für sie. Etwas anderes als diese Insel und die Beständigkeit und Gezeiten ihres Alltags, die Zufriedenheit, Sicherheit und Behaglichkeit bedeuteten, doch das hatte ihr nicht mehr gereicht. Nicht bis ans Lebensende.

»Wer weiß, wie schnell das kommt. Verzeih mir.«

Nein, Kasper hatte ihr nie verziehen. Nicht tief drinnen im Herzen – dort, wo er sich so schmerzhaft genau an alles erinnerte. An ihr Lächeln und ihre Worte, an ihre zärtlichen Berührungen und den lasziven Klang ihrer Stimme, wenn sie sich geliebt hatten und sie seinen Namen flüsterte, dass es ihm einen Schauer über den Rücken jagte – auch noch nach Jahren, sogar jetzt noch, mit fast siebzig, nach so langer Trennung und obwohl es zwischendurch dann doch mal eine andere Frau gegeben hatte. Der alte wehmütige Groll war geblieben, er hatte sich ungefragt und höchst behaglich bei ihm eingerichtet.

Kasper erinnerte sich immer noch daran, wie ihr Haar roch, wenn sie halbe Tage im Garten verbracht hatte oder mit den Kindern in Zittvitz am Bodden gewesen war, und sah immer noch vor sich, wie sie die Stirn runzelte, wenn sie die Aufsätze ihrer Schülerinnen und Schüler korrigierte. Anna war Deutschlehrerin am Ernst-Moritz-

Arndt-Gymnasium gewesen und hatte ihren Beruf geliebt. Im Sommer waren sie an freien Tagen über die Insel gefahren und hatten sich ruhige Badestellen im Norden gesucht, oben auf Wittow, wo die großen Steine den Strand bewachten und man natürlich nackt in die Ostsee sprang. Abends kochte Kasper. Anna liebte die satten Herbstfarben im Jasmund, während Kasper die kalten grau-weißen Monate bevorzugte. Die Winter auf Rügen waren oft von beeindruckender Schönheit – frostige Stille, rauer Wind, der einem die Tränen in die Augen trieb. Schneeverwehte Hügel, Eisschollen, die übermütig auf den Wellen tanzten und sich von der See ins Nichts treiben ließen.

»Kasper?«

Er blickte hoch. »Entschuldige, ich …«

Simon winkte ab. »Du denkst an sie. Ich verstehe.«

Du verstehst gar nichts, dachte Kasper. Du warst nie verheiratet, du hast keine Kinder. Du hast nie erfahren, was so eine Trennung bedeutet … Woher wollte er das eigentlich so genau wissen, nachdem sie all die Jahre keinen Kontakt gehabt hatten?

Kasper legte seine Hände auf den Tisch und hob den Blick.

»Warum bist du hier?«

Das klang alles andere als freundlich, wie er im gleichen Moment feststellte, in dem er die Worte ausgesprochen hatte.

Simon kratzte sich am Bart. Für einen Moment erstarrte

sein Blick. »Gertrud ist kürzlich gestorben. Meine Mutter, unsere«, fügte er nach kurzer Pause hinzu, als wäre diese Erklärung nötig.

»Ich wusste gar nicht, dass sie noch lebte«, erwiderte Kasper überrascht. Auch das ging nicht unbedingt als angemessene Bemerkung durch, aber Simon nahm es gelassen.

»Sie ist fünfundneunzig geworden.«

»Ein stattliches Alter.«

»Das Herz hat nicht mehr so richtig mitgemacht, und dann kam eine Lungenentzündung hinzu, die einfach nicht verschwinden wollte. Aber sie hat nicht damit gehadert.«

»Verstehe«, sagte Kasper, und Simon warf ihm einen dezent ironischen Blick zu. Das Schweigen dehnte sich erneut zwischen ihnen aus.

»Ich wollte, dass du es weißt«, sagte Simon schließlich.

Warum eigentlich? Und hätte nicht ein Anruf genügt?

»Ich gehe nicht gerne auf Beerdigungen, falls du ...«

»Ich kenne niemanden, der das gerne tut.« Simon deutete ein Lächeln an, dann verdunkelte sich seine Miene wieder. »Manchmal muss es wohl sein. Man hat keine Wahl.«

Ich in diesem Fall schon, dachte Kasper mit fast trotzigem Unterton, den nur er selbst hören konnte, ergriff die Teekanne und goss ungefragt nach. Plötzlich kam ihm ein Gedanke. Anna würde wohl zur Beerdigung anreisen und auch ihre gemeinsamen Kinder, zu denen Kasper wenig Kontakt hatte, seitdem sie die Insel verlassen hatten. Vielleicht war Simon deswegen hier. Er rührte den Kandis um. All das hatte nichts mehr mit ihm zu tun. Nicht nach all der Zeit.

Simon schlürfte leise. »Erinnerst du dich noch an diesen Winter?«, fragte er plötzlich.

An diesen Winter. Das war natürlich eine rhetorische Frage. Damit war dieser lange, eisige Katastrophenwinter mit den unzähligen Schneestürmen gemeint: 1978/79. Niemand würde ihn vergessen, der ihn hautnah miterlebt hatte. Alles war zusammengebrochen. Und Annas und Simons Vater Georg war damals verunglückt, genauer gesagt: im Schneechaos verschwunden und nie wieder aufgetaucht. Eines der vielen Opfer der Schneekatastrophe.

»Wir haben Seite an Seite Schnee geschaufelt, bis wir die Arme nicht mehr spürten«, sagte Kasper leise. Und wir haben jahrelang ein ums andere Mal die Ereignisse in jenen Wintertagen heraufbeschworen, bis sie allmählich verblassten und nur noch bei passenden Gelegenheiten in vielen Details im gleichen Kreis wiedergekäut wurden – gerne bei Schnaps und Bier zwischen den Jahren –, weil es andere Ereignisse gab, die näher und einschneidend waren.

Simon nickte, als wäre er dankbar für das Stichwort. »So etwas Verrücktes. Noch am Morgen des 28. Dezember lagen die Temperaturen über zehn Grad, es herrschte Weihnachtstauwetter!«, entsann er sich mit andächtig erstaunter Miene. »Und dann der Temperaturabsturz um fast dreißig Grad. Das muss man sich mal vorstellen! Gefrierender Regen, Eis. Dann folgt der Schneesturm, der Rügen unter sich begräbt – drei Tage lang.«

»Rügen versinkt im Schnee, niemand kommt mehr über den Rügendamm«, sponn Kasper den Faden weiter, wie er es schon so oft getan hatte. »Schon am nächsten Tag waren wir komplett von der Außenwelt abgeschlossen, und keiner hat unsere Hilferufe vernommen.« Meterhohe Schneewände standen auf einmal in gleißender Helligkeit vor seinem inneren Auge, und er meinte, die sibirische Kälte zu spüren, die die Haut spannen ließ und tonnenschwer auf die Lunge drückte.

Simon hob die Hände. »Und was machen die Genossen? Weder in Rostock noch das ZK in Berlin ruhren sich«, erklärte er mit grimmiger Miene. So oft sie darüber gesprochen hatten, war an genau dieser Stelle stets dieser zornig aufgeregte Schatten über sein Gesicht geflogen. »Und warum nicht?«

»Ganz einfach«, antwortete Kasper, wie er es schon Dutzende Male getan hatte. »Weil die Wetterlage alles ist, nur nicht einheitlich. In Berlin herrscht fast noch Frühling, und der Obergenosse macht sich auf den Weg nach Afrika. Freundschaftsbesuch. Die Minister fahren ins Silvesterwochenende. Doch die Schneefront schiebt sich weiter vor. Der Frost bringt den Bahnverkehr zum Erliegen, und alles andere kommt auch nicht mehr voran.«

»Russische Soldaten verteilen Brot und helfen, wo sie können.«

»Richtig, doch erst am dritten Katastrophentag sind Helfer im Einsatz. Es herrscht ein erschreckendes Chaos – kein Strom, kein Telefon. Dreizehn Kinder werden zu Hause geboren.«

Simon lächelte. »Das erwähnst du an dieser Stelle immer.«

»Ich weiß.« Anna war damals schwanger.

»Es hat Tage gedauert, bis eine Luftbrücke zwischen Rügen und dem Festland errichtet wurde«, fuhr Simon fort. »Hubschrauber bringen das Notwendigste, und am dritten Januar werden endlich Tausende von Einsatzkräften tätig.«

»Und die DDR-Presse überschlägt sich mit Erfolgsmeldungen.«

»Was sonst?« Simon lächelte. Dann schwieg er, wandte kurz das Gesicht zur Seite und suchte wieder Kaspers Blick. »Es gab Tote.«

»Georg war einer von ihnen.«

Sein Schwiegervater hatte sich auf den Weg gemacht, um einen Kanister mit Diesel zu besorgen, rief Kasper sich in Erinnerung. Bei einem Nachbarn, in der Garage oder in irgendeinem Schuppen. Sie brauchten den Diesel für einen Traktor, der sie beim Schneeräumen unterstützte – zumindest wollte Georg rechtzeitig für Nachschub sorgen, obwohl der Tank noch gut zu einem Drittel gefüllt war und es nicht ganz ungefährlich war, einfach alleine loszulaufen.

Aber Georg war noch nie der Typ gewesen, der sich lange erklärt oder auf guten Rat gehört hätte.

»Er ist einfach alleine losgestapft, obwohl das niemand für eine besonders gute Idee hielt«, fuhr Kasper fort. »Sturkopf.« Er schüttelte den Kopf.

»Als er nicht wieder auftauchte, sind wir zunächst davon ausgegangen, dass er eine Pause eingelegt oder sich am anderen Ende der Straße nützlich gemacht hatte«, ergänzte Simon. Er griff zur Teetasse.

»Wir haben nie wieder etwas von ihm gehört oder gesehen.«

Stille breitete sich aus. Kasper beschlich plötzlich ein merkwürdiges Gefühl. Er setzte sich gerade auf.

»Was ist los, Simon? Warum bist du wirklich gekommen?«

»Meine Mutter ist tot.«

»Das sagtest du bereits.«

»Nun … Vielleicht bin ich gerade ein wenig melancholisch. Es ist die richtige Zeit dafür und der richtige Anlass.«

Simon streckte die Hände aus, und Kasper bemerkte, dass seine Finger zitterten. »Hattest du einen guten Draht zu deiner Mutter?«

Simon neigte den Kopf zur Seite. »Nein. Ganz und gar nicht. Sie war eine verlogene Heuchlerin.«

Kaspers Augen weiteten sich. Einen Moment dachte er, dass er sich verhört hätte, doch Simon nickte. »Das meine ich ernst. Ich kann mich kaum daran erinnern, wann sie das letzte Mal offen und ehrlich war, abgesehen von den Minuten, vielleicht sogar Stunden vor ihrem Tod. Ach nein, warte!« Er legte kurz einen Finger über die Lippen. »Es war in diesem Winter, in dem Georg verschwand. In dem Katastrophenwinter.«

Kasper starrte ihn schweigend an.

»Sie hat die ganze Nacht in der Küche gesessen und gewartet – ruhig, gefasst, mit im Schoß gefalteten Händen, und ihre Miene spiegelte zunehmende Erleichterung, je mehr Zeit verging, ohne dass es eine Nachricht, eine Spur von ihrem Mann, meinem Vater gab.«

»Was …«

»Nein – unterbrich mich nicht!«, forderte Simon energisch. »Hör einfach zu.«

Kasper atmete tief durch.

»Zweimal klopfte es an der Haustür, doch jedes Mal hieß es lediglich, dass es keine Spur von ihm gab«, fuhr Simon fort. »Niemand hatte ihn gesehen, nachdem er mit dem leeren Kanister losgelaufen war. Der Trupp stellte die Suche ein, als der Sturm nach kurzer Verschnaufpause erneut mit ganzer Wucht loslegte. Die Männer waren völlig erschöpft und verlegen zugleich – du weißt das genauso gut wie ich, denn wir waren beide dabei.«

Kasper nickte.

»Und meine Mutter hat allen mit ruhiger Stimme gedankt. Ich bin bei ihr geblieben. Sie schloss die Tür und zündete eine Kerze an. Im warmen Licht leuchtete ihr Gesicht. Es war gelöst und freundlich und frei von jeglicher Maskerade.«

Kasper beugte sich über den Tisch. »Simon …«

Er schüttelte den Kopf. »Noch einmal: Unterbrich mich jetzt nicht. Ich weiß nicht, ob ich noch einmal den Mut finde, zu dir zu kommen und reinen Tisch zu machen.« Er überlegte kurz. »Letztlich bin ich nicht viel besser als sie, wenn auch auf andere Weise.«

»Wovon redest du?«, flüsterte Kasper entsetzt. Seine Gedanken schlugen Kapriolen.

»Ich stelle gerade fest, dass ich ein bisschen weiter ausholen muss.«

Ich verstehe kein Wort, dachte Kasper. Plötzlich hatte er Angst.

»Meine Mutter hat ein Testament hinterlassen«, fuhr Simon Augenblicke später mit konzentrierter Miene fort. »Erinnerst du dich an das kleine Gartengrundstück, das sich hinter dem Hofgelände erstreckte? Natürlich erinnerst du dich.« Er winkte ab. »Sie hat dort alles Mögliche angebaut. Obst und Sträucher, Beeren, Kräuter und wilde Blumen, Gemüse und vieles mehr. Du fandest ihn immer schön, oder?«

»Das stimmt …«

»Auch wenn du dich kaum dort hast blicken lassen. Aber wenn du doch mal aufgetaucht bist, hast du dir fast immer den Garten angesehen.«

Das war richtig. Kaspar hatte bei den Schwiegereltern meist durch Abwesenheit geglänzt – bis auf die unumgänglichen Pflichtbesuche, ein- bis zweimal im Jahr. Anna hatte es ihm nicht übel genommen, ganz im Gegenteil. Auch sie war immer sehr zurückhaltend gewesen, was Familientreffen anging.

»Und stell dir vor, meine Mutter hat den Garten an die Tochter eines Fischers aus Garz vererbt, der seinen Lebensunterhalt inzwischen mit der Vermietung von Zimmern an Feriengäste verdient. Offenbar hat eine lange Freundschaft zwischen ihnen bestanden.«

Was hatte das eine mit dem anderen zu tun? Kasper starrte Simon an.

Komm zum Punkt, dachte er und musste erneut an Romy denken. Die lebhafte Kommissarin zeichnete sich durch alle möglichen Stärken aus – Geduld hatte allerdings nie dazugehört. Sie wäre wahrscheinlich längst Haare raufend aufgesprungen und hin und her gelaufen.

»Sie wollen Bungalows auf dem Grundstück errichten, zwei, drei kleine Ferienhäuser mit Terrasse und allem, was Touristen schön finden. Das ist keine schlechte Idee, denn die Feriengäste kommen nach wie vor in Scharen auf die Insel, und mit guten Unterkünften lässt sich was verdienen.« Simon blickte auf seine Hände.

Wo führt das hin?, dachte Kasper.

»Vor ein paar Tagen war die junge Frau da und hat sich umgesehen. Sie hat große Pläne, wie es aussieht. Sie will sogar den alten Brunnen an der Außenmauer wieder in Gang setzen. Das hat sie mir mit hochroten Wangen erzählt. Gertrud hätte es gefallen, sagte sie immer wieder. Gibt es noch Tee? Oder auch etwas Stärkeres?«

Kasper stand sofort auf und holte den Kräuterschnaps aus dem Wohnzimmer. Es war noch nicht einmal Mittag, aber er war froh, etwas tun zu können.

Simon kippte das erste Glas in einem Zug, beim zweiten ließ er sich Zeit.

»Sie werden ihn im Brunnen finden. Oder besser gesagt das, was nach zweiundvierzig Jahren noch von ihm übrig ist«, erklärte er schließlich leise.

Kasper rührte sich sekundenlang nicht, dann goss er sich auch einen Schnaps ein. Simon sah ihn an. »Na, Herr Kommissar, was glaubst du, ist passiert? Hast du schon eine Theorie?«

Kasper starrte ihn wortlos an, kippte den Schnaps und goss sofort erneut ein.

»Was ist passiert? Und warum ist es geschehen?«, wiederholte Simon in seltsamem Tonfall.

Kasper schob sein Glas beiseite, stützte die Ellenbogen auf den Tisch und legte sein Kinn auf die gefalteten Hände.

»Der alte Brunnen ist seit ewigen Zeiten nicht mehr in Betrieb«, fuhr Simon fort. »Das war ein guter Ort, um rasch jemanden unbemerkt verschwinden zu lassen. Noch dazu in einer stürmischen Winternacht, die uns über Jahrzehnte hinweg in lebhafter Erinnerung bleiben würde.

Aber selbst auf die Ewigkeit ist kein Verlass mehr. Also, was könnte geschehen sein?«

»Ich bin kein Freund von Ratespielen«, entgegnete Kasper.

»Hier ist eher dein kriminalistisches Gespür gefragt.«

»Können wir das Theater nicht lassen?«

»Tu mir den Gefallen.«

Kasper ließ die Hände sinken. »Na schön. Georg ist in dieser Nacht ums Leben gekommen«, sagte er schließlich mit leiser rauer Stimme. »Und jemand wollte dafür sorgen, dass er nicht entdeckt wird – das hat zwar nicht ewig, aber zumindest zweiundvierzig Jahre lang geklappt.« Er spürte, dass sein Herz kräftig und schnell schlug.

»Georg ist in dieser Nacht ums Leben gekommen«, wiederholte Simon in andächtigem Ton. »Jemand wollte dafür sorgen, dass er nicht entdeckt wird. Interessante Zusammenfassung. Das passt zu dir.«

Kasper presste die Kiefer aufeinander. »Kannst du jetzt bitte mit diesem seltsamen Spiel aufhören?«

»Nein, noch nicht. Und es ist kein Spiel.« Simon griff zur Flasche und goss für beide nach. »Du hast nie geahnt, wer Georg wirklich war, oder?«

Kasper runzelte die Stirn. »Was meinst du? Ich kannte ihn nicht besonders gut, weder ihn noch sie. Ich war nie der Familientyp, wie du weißt.«

»Hat Anna nie etwas erzählt?« Simon trank einen Schluck.

Kasper spürte, wie sein Hals eng wurde.

»Nein, hat sie nicht. Natürlich nicht. Georg war ein Schläger. Ein Tyrann.« Das sagte Simon in fast beiläufigem Ton. »Wir haben uns alle vor ihm geduckt und ihn ertragen. Niemand hat sich gegen ihn aufgelehnt, gegen Gerte und Gürtel.«

Kasper war erbleicht.

»Und Gertrud hat die größte Schuld auf sich geladen, denn von ihr haben wir zugleich gelernt, unsere Wahrheit als etwas zu begreifen, was wir tief in uns verbergen müssen. Verstehst du?«

Nein.

»Sie hat uns gelehrt, einen Mann und Vater wie Georg still zu ertragen und niemals darüber zu reden, was er uns antat …« Simons Stimme begann kaum merklich zu zittern. »Was in der Familie geschieht, bleibt in der Familie. So gehört es sich. Nur dort hat es seinen Platz. Für immer und ewig. Aber das mit der Ewigkeit ist so eine Sache, wie ich schon festgestellt habe. Manchmal endet sie bereits nach zweiundvierzig Jahren.«

Anna hatte selten über ihr Elternhaus oder ihre Kindheit gesprochen, seine Schwiegereltern waren Kaspar fremd geblieben, doch niemals wäre er auf den Gedanken gekommen, dass Georg ein gewalttätiger Tyrann gewesen war, gegen den niemand gewagt hatte aufzubegehren. Warum nicht? Weil er sich stets entzogen hatte oder weil Anna diesen Teil ihres Lebens vor ihm versteckt hatte, wie sie ihn vor jedem versteckt hatte? Weil er nicht scharf genug hingesehen – nicht zum letzten Mal in ihrer Ehe – und zu wenig gefragt hatte? Eines war womöglich zum anderen gekommen.

»Als er in der Nacht nicht zurückkam, hat Gertrud ihre Maske abgelegt«, berichtete Simon weiter. »Wie ich schon sagte: Sie wirkte froh, erleichtert, zufrieden. Aber vielleicht konnte nur ich das sehen – und Anna.«

Kasper kniff die Augen zusammen. Was wollte er andeuten? War es möglich, dass Gertrud ... Simon hielt seinen Blick fest und deutete ein sanftes Kopfschütteln an. »Ich habe ihn gefunden. Im Garten, auf dem Weg zum Schuppen. Er war zusammengebrochen, ein Herzanfall nach der anstrengenden Schneeschaufelei, so dachte ich im ersten Moment. So etwas kann passieren. Er hat noch gelebt. Aber er hatte keine Chance. Bei der Wetterlage wäre jede medizinische Hilfe zu spät gekommen. Es blieb nicht mal Zeit, ins Haus zurückzugehen und euch zu rufen. Ich habe mich zu ihm gesetzt. Ich dachte ...«

Er blickte auf seine Hände. »Wir warten einfach gemeinsam. Ich bleibe bei ihm. Er war mein Vater, immerhin. Niemand sollte in einer solchen Nacht einen einsamen Tod in der Kälte sterben, selbst er nicht.«

Simon zögerte. »Er starb schnell. Ich weiß nicht, wie viel Zeit vergangen war – ein, zwei Minuten, nicht länger. Und dann habe ich das Blut im Schnee und an seinem Hinterkopf entdeckt – und die Schaufel, fast vollständig unter frischem Schnee begraben, auch sie voller Blut. Kein Herzanfall – jemand hatte ihm den Schädel eingeschlagen.« Er atmete tief durch. »Was hätte ich tun sollen? Noch dazu in dieser außergewöhnlichen Nacht? Nach Lage der Dinge …«

»Wäre der Verdacht auf dich gefallen«, fiel Kasper ihm ins Wort. Und die Chancen, das Geschehen aufzuklären, standen denkbar schlecht – in dieser außergewöhnlichen Nacht.

»Du sagst es.«

»Und so hast du dich entschlossen, ihn in den Brunnen zu werfen?«

Simon goss die Gläser voll. »Ja. Die Idee kam mir in dem Moment, als mein Blick auf den alten Brunnen fiel, nur ein paar Meter neben uns. Es war so naheliegend wie einfach. Dort würde ganz sicher niemand nach ihm suchen.«

Naheliegend und einfach.

»Niemand hat ihn wirklich vermisst«, fuhr Simon fort, nachdem er einen Schluck getrunken hatte. »Und meiner Mutter fiel es sichtlich schwer, auch nur angemessen und überzeugend zu trauern, obwohl sie die Kunst des Heuchelns doch so gut beherrschte. Nach drei Monaten reichte sie den Antrag ein, ihn für tot zu erklären – ein Vorgang, der aufgrund der Umstände in diesen Tagen beschleunigt vorgenommen wurde.«

Kasper erinnerte sich. Es musste ja irgendwie weitergehen, und die Auswirkungen nach der Schneekatastrophe waren einschneidend gewesen. Das ganze Land war damit beschäftigt gewesen, aufzuräumen und alles wieder in Gang zu bringen. Die intensive Suche nach Vermissten wurde notgedrungen vernachlässigt, und das war eine geschönte Umschreibung.

»Nun weißt du es«, fügte Simon nach langem Schweigen hinzu. »In Kürze werden sie diesen Brunnen ausheben – vielleicht in ein paar Wochen, vielleicht erst im Frühjahr, je nach Wetterlage. Man wird ihn entdecken. Und was dann beginnt, Herr Exkommissar, muss ich dir kaum erklären.«

Nein. Wenn die Todesursache noch nachvollziehbar war – wovon bei einem eingeschlagenen Schädel ausgegangen werden konnte –, musste man ein Tötungsdelikt in Erwägung ziehen. Das Stralsunder Kommissariat, Romy und ihr Team würden sich der Sache annehmen. Eine Mordermittlung, in deren Mittelpunkt Annas Familie stehen würde, so unwirklich es auch klang.

Kasper hob plötzlich den Blick. »Wusste Anna Bescheid?«

»Keine Ahnung.«

»Wie meinst du das?«

»Wie ich es sage. Sie wird sich ihren Teil gedacht haben.« Simon schob sein Glas beiseite und stand abrupt auf. Er wankte leicht und hielt sich einen Moment an der Tischkante fest. »Wir haben nie darüber gesprochen.«

Das glaube ich dir nicht, durchfuhr es Kasper. So eine Geschichte kann unmöglich verborgen geblieben sein!

»Ich wollte es loswerden, bevor das ganze Theater losgeht. Damit du Bescheid weißt.« Simon atmete tief durch und wandte sich um. »Und vielleicht kommst du ja doch zur Beerdigung. Wir wollen das vor Weihnachten hinter uns bringen. Nicht dass mir Weihnachten etwas bedeutet, aber … Na, du weißt schon. Passt irgendwie nicht so gut zusammen.«

Er hob eine Hand zu einem beiläufigen Gruß und wandte sich um. Seine Schritte verhallten im Flur. Wenig später fiel die Tür ins Schloss.

Kasper blieb einige Minuten in der Stille sitzen und wünschte sich sehnlichst, aus einem schlechten Traum aufzuwachen.

Schließlich begann er mit mechanischen Bewegungen Tassen und Gläser abzuräumen und stellte die Schnapsflasche in den Wohnzimmerschrank zurück. Dann öffnete er das Fenster und atmete tief ein und aus. Die Kälte traf ihn mit spitzen Nadeln. In der Ferne türmten sich Schneewolken auf. Ich habe nichts mitbekommen. Der Gedanke durchfuhr ihn ein ums andere Mal. Ich habe offensichtlich vieles nicht mitbekommen, Anzeichen nicht wahrgenommen, Fragen zurückgedrängt. Ein Kommissar mit blinden Flecken.

Er rieb sich über die Stirn und fröstelte. Schließlich schloss er das Fenster. Mordermittlung. Das klang monströser, als es wahrscheinlich war. Nichts wird so heiß gegessen … Das Ganze wird im Sande verlaufen, überlegte er. Niemand wird sich an etwas anderes als den winterlichen Sturm erinnern, die Schneemassen, die Kälte und die erfolglose Suche nach Georg, der ein paar Liter Diesel besorgen wollte und nicht wieder aufgetaucht war. Streit? Doch nicht in dieser Nacht, als Rügen im Schnee versank. Dafür war neben Erschöpfung, Sorgen und Ängsten angesichts der Witterung kein Platz gewesen.

Nur, was war tatsächlich geschehen? War Gertrud ihrem Mann gefolgt? Warum hätte sie das tun sollen? Eine schwelende Auseinandersetzung, die eskaliert war? Der berühmte Tropfen, der eine Kettenreaktion in Gang gesetzt hatte, und die kleine, hagere Frau hatte plötzlich ungeahnte Kräfte entwickelt? So etwas konnte passieren und war nicht auszuschließen nach dem, was Kasper inzwischen von Simon erfahren hatte, auch wenn er nach wie vor Mühe hatte, sich eine solche Situation vorzustellen. Und dann sitzt Gertrud den Rest der Nacht mit zunehmend gelassener und zufriedener Miene in ihrer Stube und beginnt, sich ein Leben ohne den Tyrannen auszumalen? Wusste sie, dass man ihn nicht finden würde, weil sie mitbekommen hatte, was – vielleicht – ihr eigener Sohn getan hatte? Darüber hinaus stand der Verdacht im Raum, dass Simon nicht nur derjenige gewesen war, der die Leiche entsorgt hatte, sondern auch der Täter – Stichwort: kriminalistisches Gespür. Aber vielleicht war alles auch ganz anders abgelaufen.

Kasper rieb sich mit beiden Händen über die Wangen. Sein Erinnerungsvermögen war während seines gesamten Berufslebens immer beeindruckend zuverlässig gewesen und hatte ihn auch im Ruhestand selten im Stich gelassen – davon war er zumindest bislang immer ausgegangen –, doch wenn er an diese Nacht zurückdachte und sich Gertruds Haltung auszumalen versuchte, erkannte er kein Bild, das mit Simons Bericht übereinstimmte. Sie hatten gesucht, Gertrud hatte Kaffee gekocht und Essen bereitgestellt, und später waren sie nach Hause gegangen und in einen tiefen Erschöpfungsschlaf gefallen. Vielleicht hatte sie erst später begonnen, ihr wahres Gesicht, ihre verborgenen Gefühle zu zeigen, die, einmal losgelassen, nicht mehr unterdrückt werden konnten. Doch warum hatte Simon beschlossen, ausgerechnet Kasper einzuweihen? Was erhoffte er sich von diesem Schritt? Wähnte er sich damit in Sicherheit?

Kasper wusste nicht, wie viel Zeit vergangen war, als er in seine Winterjacke schlüpfte. Bis zum kleinen Jasmunder Bodden benötigte er zu Fuß fast eine Stunde. Der lange Blick über das dunkle Wasser, auf dem sich kleine Wellen unter dem scharfen Wind kräuselten, sorgte für Klarheit in seinem Kopf. Als er Stunden später zurückkehrte, war er durchgefroren, müde und hungrig. Und sein Herz brannte.

Die Beerdigung fand eine gute Woche später am frühen Vormittag statt. In kleinem Kreis. Kasper beobachtete aus gut zweihundert Metern Entfernung hinter einem Baum stehend, wie die Trauergäste am Grab etwas zusammengerückt waren, unter ihnen Anna, aber keines ihrer gemeinsamen Kinder. Sie war schmal und grau geworden, doch er hätte sie auch aus einem Kilometer Entfernung auf den ersten Blick erkannt.

Kasper schluckte. Sie hatte sich bei Simon untergehakt. Einen Moment lang hätte er am liebsten die Flucht ergriffen. Diese Familie war seit zwanzig Jahren nicht mehr seine, sie war es auch vorher nur in einem kleinen Rahmen gewesen. Der Schwiegersohn. Ende. Und nach so langer Zeit hatte ihm ausgerechnet sein ehemaliger Schwager die Augen geöffnet. Was auch immer ihn angetrieben haben mochte. Ich bin es Anna schuldig, dachte er plötzlich.

Kasper hatte unruhige Tage verbracht und wenig geschlafen seit Simons Besuch. An einem Nachmittag wäre er fast ins Kommissariat gefahren, um sich Rat bei Romy zu holen. Den Plan hatte er im letzten Moment fallengelassen. Keine gute Idee. Romy würde unter Zugzwang geraten. Schließlich hatte er sich auf den Weg nach Garz gemacht. Das Gartengrundstück hatte sich kaum verändert, aber Gärten sahen im Dezember ohnehin alle gleich aus. Karg und still, oftmals trist. Manchmal märchenhaft schön unter frischem Schnee oder von glitzerndem Eis umhüllt. Im Winterschlaf.

Der Brunnen befand sich im dunklen Schatten der Mauer. Er war mit einer schweren Steinplatte abgedeckt.

Wie hatte Simon es in dieser Nacht fertiggebracht, den Stein ohne Hilfe beiseitezuschieben und anschließend wieder in seine ursprüngliche Lage zu bringen? Er war noch nie ein athletischer Typ gewesen. Und diese Nacht voller Aufregung und Anstrengung hatte viel Kraft gekostet. Er hat es später nachgeholt, überlegte Kasper. Oder er hatte Hilfe.

Kasper schob die Gedanken beiseite, als die Trauergäste Abschied nahmen und sich wenig später auf den Weg machten. Anna blieb dicht neben Simon, der sich einige Male umblickte, bevor sie den Friedhof verließen. Sie würden sich im nahegelegenen Gasthof zusammensetzen, überlegte Kasper. So war es üblich. Ein Imbiss, viele Schnäpse, alte Geschichten, rührselig, wieder und wieder aufgewärmt. Ein paar Tränen, falsche und echte. Lachen, echtes und falsches.

Er atmete tief durch. Wenn er es richtig einschätzte, hatte er nur zwei Möglichkeiten: Er könnte sich zum einen mit Simons unfertiger Geschichte zufriedengeben und einfach abwarten, was geschehen würde. Das Ganze hatte schließlich mit ihm herzlich wenig zu tun. Zudem waren die Befürchtungen womöglich übertrieben. Es war nicht auszuschließen, dass das Skelett aufgrund des Sturzes beschädigt und nach der langen Zeit in Einzelteile zerfallen war. Im Rahmen der Brunnensanierung könnte es übersehen oder für die sterblichen Überreste eines Tieres gehalten werden. Zumindest könnte man vielleicht die Kopfverletzung nicht mehr erkennen. In diesem Fall würde kaum jemand die Polizei einschalten. Oder der Fund wurde gemeldet, aber die Ermittlungen liefen ins Leere. Der Stralsunder Staatsanwalt würde ein paar Fragen stellen und einige Nachforschungen anstellen lassen, wobei jedoch nichts Verwertbares herauskäme. Ende.

Doch Simon hatte einen wunden Punkt getroffen – und vermutlich war ihm das bewusst. Der wunde Punkt war Anna. Falls Kasper sich entschloss, die zweite Möglichkeit in Erwägung zu ziehen, nämlich aktiv zu werden, dann ausschließlich ihretwegen.

Er gab sich einen Ruck, ging zum Wagen und fuhr zum Gasthof. Es war keine gute Idee, in die Trauerfeier zu platzen. Er blieb im Auto sitzen, bis seine Beine klamm wurden, dann stieg er aus und vertrat sie sich. Er lief die Hauptstraße der kleinsten und zugleich ältesten Stadt der Insel hinauf und hinunter. In einigen Gärten verbreitete weihnachtliche Deko eine beschauliche Stimmung. Als er eine gute halbe Stunde später zurückkam, standen zwei Leute vor der Tür und rauchten. Sie drückten ihre Kippen aus und gingen wieder ins Warme, nur Augenblicke später trat Anna auf die Straße. Sie hatte die Arme verschränkt und schien Luft schnappen zu wollen, dann blickte sie in seine Richtung und ließ die Arme sinken.

Kasper spürte, wie ihn die Aufregung flutete, als wäre er ein siebzehnjähriger Teenager, der dem Mädchen, das ihn hatte abblitzen lassen, unvermutet begegnete. Sein Herz klopfte bis zum Hals, als sie eine Hand hob und näher trat; er gab sich einen Ruck und ging ihr mit steifen Schritten entgegen.

»Kasper«, sagte sie leise, mit großen erstaunten Augen, und er konnte sich kaum sattsehen an ihrem Gesicht – vertraut und fremd zugleich, gealtert und doch unverändert. Wärme stieg in ihm auf.

Er ergriff ihre Hand und drückte sie behutsam. Sie lächelte, wie sie immer gelächelt hatte. »Willst du nicht hereinkommen und dich einen Moment zu uns setzen, wenn du schon mal hier bist?«

Er schüttelte den Kopf. »Ich …«

»Schon gut.« Sie wandte kurz das Gesicht ab. »Ich verstehe. Nach all der Zeit.« Sie sah ihn wieder an. Die Frage, warum er sich überhaupt auf den Weg nach Garz gemacht hatte, stand ihr ins Gesicht geschrieben, begleitet von einem zarten Lächeln und Neugierde.

»Ich wollte dich sehen«, sagte er und war selbst verblüfft über seine offenen Worte.

Anna neigte den Kopf zur Seite. Sie schien ebenso überrascht.

»Wie sehen deine Pläne aus?«, fuhr er rasch fort. »Fährst du sofort zurück, oder bleibst du noch auf der Insel?«

»Ich bleibe noch einen Tag oder auch zwei«, erwiderte sie. »Es gibt einiges zu erledigen, wobei ich Simon unterstützen werde.«

Ich kann mir denken, dass ihr viel zu tun habt, dachte

er. »Hast du Lust auf einen Spaziergang? Weiter oben auf der Insel?«

Sie zögerte nur den Bruchteil eines Augenblicks, um dann zu nicken. »Ja, die Idee gefällt mir. Heute noch?«

»Gerne. Treffen wir uns am Fährhafen und laufen hoch bis Sassnitz?«

Anna lächelte. »In zwei Stunden?«

Er sah auf die Uhr. »Perfekt. Dann erwischen wir die Nachmittagssonne.«

Sie war pünktlich. Kasper erkannte bereits von Weitem, dass sie sich umgezogen hatte: festes Schuhwerk, robuste Winterjacke, Mütze und Schal. Bis Sassnitz waren es vier Kilometer am Strand entlang. Der Himmel hatte aufgeklart, die See war still – ein kristallklarer Spiegel in frostigem Blau. Sie gingen in stiller Eintracht schweigend nebeneinander. Kasper beschlich ein unwirkliches Gefühl. Eine Mischung zwischen Déjà-vu, Wunschtraum und alten Erinnerungen. Fehlte nur noch das Kindergeschrei und sein Arm um ihre Schultern … Vielleicht sollte er das Geschenk des unerwarteten Zusammenseins einfach in vollen Zügen genießen. Ein Weihnachtsgeschenk der besonderen Art. Der Gedanke war verführerisch – und doch fühlte er sich falsch an.

»Was hast du auf dem Herzen, Kasper?«, ergriff sie plötzlich das Wort.

Ich vermisse dich so sehr, dachte er. Immer noch, immer wieder. Die Liebe meines Lebens. Womöglich habe ich sie verloren, weil mir die Worte und richtigen Fragen fehlten – oder der Mut und die Einsicht, sie zu stellen.

Er atmete tief ein. »Wirst du sie vermissen?«

Sie ging etwas langsamer. »Nein.«

Er warf ihr einen Seitenblick zu.

Sie spitzte die Lippen. »Wir hatten nur noch wenig Kontakt. Sie hat mir nicht verziehen, dass ich die Insel verlassen habe. Dass ich dich verlassen habe, auch nicht.«

»Ach?«

Sie lächelte. »Das wusstest du nicht, oder? Sie hat große Stücke auf dich gehalten und meine Entscheidung nicht akzeptiert …« Sie blieb kurz stehen, bevor sie mit zwei eiligen Schritten wieder zu Kasper aufschloss.

In der Ferne war der Leuchtturm von Sassnitz im Nachmittagslicht zu erkennen. Kasper kniff kurz die Augen zusammen, dann blieb er stehen und suchte ihren Blick. »Du hast nie viel von deinen Eltern erzählt«, wagte er sich noch ein Stück vor.

Ein Schatten glitt über ihr Gesicht. Sie schob die Hände in die Jackentaschen und zog die Schultern hoch.

»Ich habe versäumt zu fragen«, schob er nach.

Sie starrte ihn einen Moment an, blickte übers Wasser und dann zu ihm zurück. »Es war nicht einfach zu Hause«, sagte sie schließlich. »Mein Vater war …« Sie atmete tief durch. »Er hat uns geschlagen, meine Mutter genauso wie Simon und mich«, fuhr sie dann fort. »Niemand hatte die

Kraft, sich gegen ihn zu wehren. Also schwiegen wir und taten so, als sei alles in Ordnung. Das habe ich, das haben wir sehr lange durchgehalten, warum auch immer … Wahrscheinlich weil sie es von uns verlangte. Man lernt erstaunlich schnell zu verdrängen und den anderen eine heile Welt vorzuspielen. Manchmal glaubt man selbst daran.«

Sie senkte kurz den Blick, wandte sich abrupt um, und sie gingen langsam weiter. Die Mole kam allmählich näher. Schreiende Möwen kreisten über ihnen. Sie griff nach seinem Arm. Er drückte ihre Hand und konnte nicht sagen, was ihn tiefer berührte – ihre plötzliche Offenheit, der schmerzvolle Ton oder der Inhalt ihrer Worte.

»Und dann?«

Er sah, dass sie tief einatmete. »Es ist schwer, darüber zu sprechen«, sagte sie leise, fast trug der Wind ihre Worte davon.

»Hat es mit der Katastrophennacht zu tun, in der Georg verschwand?«, fragte Kasper.

Sie blieb erneut ruckartig stehen, dann lief sie rasch weiter. »Woher weißt du …«

»Das spielt keine Rolle, schon gar nicht nach all den Jahren.«

Er spürte Annas Zittern und wollte ihr gerade erzählen, dass Simon ihn besucht hatte, als sich ihr Rücken straffte. »Er hat nie aufgehört damit«, flüsterte sie. »Mit dem Schlagen, meine ich. Manchmal dachte ich, dass es vorbei war.

Aber ich erkannte an manchen Gesten meiner Mutter – an ihrem plötzlichen Zusammenzucken oder der Angst, die tief in ihren Augen schimmerte, dass er es immer noch tat. Das letzte Mal in dieser Nacht.«

Kasper schloss kurz die Augen.

»Sie hat Holz aus dem Schuppen geholt, um den alten Ofen zu befeuern. Das ging ihm nicht schnell genug. Er hat ihr mit dem Schürhaken auf den Rücken geschlagen. Simon hatte es zufällig mitbekommen … und hat es mir erzählt.«

Anna drehte sich langsam um und blickte erneut zum Leuchtturm hinüber. »Er ist prächtig, oder? Sein Anblick ist wunderschön«, sagte sie plötzlich in völlig verändertem Tonfall. »Als würde ich ihn nach langer Zeit zum ersten Mal richtig wahrnehmen. Laufen wir vor bis zur Fischfabrik?«

»Natürlich.«

Die Dämmerung setzte langsam ein. Es roch nach Schnee.

»Etwas hatte sich verändert«, fuhr sie eine Weile später fort, als sie auf Höhe der Mole angelangt waren und stehen blieben. »Vielleicht hing es mit meiner Schwangerschaft zusammen, vielleicht konnte ich es auch einfach nicht länger ertragen, oder mir war mitten in dieser Wetterkatastrophe klar geworden, dass es so nicht mehr weitergehen konnte, keine einzige Minute mehr. Meine Mutter hatte auch all die Jahre weiter so getan, als sei alles in bester Ordnung, und ich habe es geglaubt – oder bereitwillig glauben und mich nicht länger damit beschäftigen wollen. Bis zu diesem Augenblick. Diese Nacht hatte alles verändert. Ich bin ihm gefolgt, als er sich auf den Weg machte und habe ihn im Garten abgepasst. Der Sturm toste, es war bitterkalt, ich stand dicht vor ihm und nahm all meinen Mut und meine ganze Kraft zusammen.«

Kasper hatte die Hände zu Fäusten geballt, während er mit bebendem Herzen lauschte.

»›Du wirst damit aufhören‹, habe ich zu ihm gesagt. ›Wenn du sie noch ein einziges Mal schlägst, wird sich Kasper um dich kümmern‹ …« Sie brach ab. »Er hat mich ausgelacht, sein Lachen dröhnte selbst im stürmischen Wind. Dann hat er mich geschubst. Ich bin gestürzt. Als ich mich wieder aufgerappelt hatte, lag die Schaufel in meiner Hand. Er hat noch lauter gelacht, aber plötzlich ist er wütend geworden, kam näher und wollte sie mir entreißen, sein Gesicht war eine einzige Maske aus Wut … Ich wusste gar nicht, dass ich so viel Kraft hatte«, flüsterte Anna. »Ich entwand mich seinem Griff und schlug zu. Er stürzte zu Boden, und ich bin davongelaufen.«

Kasper starrte sie entsetzt an. »Warum …«

»Ich konnte nicht mit dir reden!«, unterbrach sie ihn mit heller, verzweifelter Stimme. »Nicht in diesem Moment, auch nicht am nächsten oder übernächsten Tag oder ein Jahr später. Ich habe das alles komplett verdrängt. Die Angst hat mir geholfen. Darin hatte ich Übung, verstehst du?«

Ja. Nein. Es war Notwehr. Warum hatte er nichts bemerkt?

»Kasper – du warst ein engagierter Hauptmann der Volkspolizei. Es ging nicht, ich war auch später nicht in der Lage …« Sie schüttelte den Kopf.

Er nahm ihre Hand. »Ich habe nichts bemerkt«, sagte er. »Wie kann ich mir das je verzeihen?«

»Das solltest du unbedingt sofort tun!«, erwiderte sie energisch. »Alle waren nur mit diesem Schneesturm beschäftigt, und später fing die Suche an – es herrschte Aufregung und ein einziges Hin und Her. Und als man ihn nicht fand, dachte ich, er wäre aufgestanden und dann irgendwo abseits der Wege zusammengebrochen und erfroren. Ich beschloss, mir erst dann weitere Gedanken zu machen, wenn man ihn fand. Das hat funktioniert.«

»Aber wir haben ihn nicht gefunden.« Kasper runzelte die Stirn. »Wie hat deine Mutter darauf reagiert?«

Anna überlegte kurz. »Sie war sehr besonnen.«

»Sie wusste, dass man ihn nicht finden würde.«

»Wie kommst du darauf?«

Kasper zögerte. War es denkbar, dass Simon nur ihm gegenüber die Karten auf den Tisch gelegt hatte? Es war zumindest offensichtlich, dass Anna nichts wusste. Er hatte die Leiche verschwinden lassen, mit wessen Hilfe auch immer, und nie wieder ein Wort darüber verloren – bis vor einigen Tagen. Weil er die Entdeckung fürchtete und jemanden brauchte, dem er vertrauen konnte.

»Sie hat sich mit dem Gedanken angefreundet, dass er verunglückt war«, fuhr Anna fort. »Und sie war nicht besonders traurig darüber, falls du das meinst.«

Ja, das meinte er. Es wurde kühl. Er zog die Schultern hoch und wandte sich um. Der Straßenverkauf an der Fischfabrik hatte noch geöffnet. »Wollen wir etwas Heißes trinken?«

Sie nickte.

Kasper besorgte zwei große Tassen heißen Tee. Sie schlürften leise und blickten zur Mole.

»Weißt du, warum ich dich verlassen habe?«, ergriff Anna schließlich wieder das Wort. »Besser gesagt: Kennst du den Auslöser?«

Er ließ die Tasse sinken und wandte ihr langsam das Gesicht zu. »Nein.«

»Du hast damals diesen Fall bearbeitet, häusliche Gewalt. Ein Achtzehnjähriger hatte seinen Vater erschlagen.«

Kaspers Atem stockte.

»Du hast mir davon erzählt. Erinnerst du dich?«

»Ja.«

»Der Junge hat sich nicht geäußert. Er war stumm …«

Wie ein Fisch, entsann sich Kasper. Aber es existierte bereits eine Akte über ihn.

»Es gab ein paar Zeugen, die andeuteten, dass der Vater ein Schläger gewesen war«, fuhr Anna fort. »Doch vor Gericht stand der Junge alleine da. Niemand ergriff Partei für ihn. Er galt als Raufbold. Vielleicht war er das sogar längst geworden, durchaus möglich …«

Sie schwieg einen Moment, trank einen Schluck. »Ich empfand tiefes Mitleid, obwohl ich natürlich gar nicht wissen konnte, ob es tatsächlich eine Parallele zu meinen Erfahrungen gab. Es kam alles wieder hoch und wurde immer lauter, Tag und Nacht. Irgendwann wollte ich nur noch weg – weg von der Insel, weg von allem, was mich mit ihr verband.«

Warum hatte sie nicht mit ihm geredet? Sie sah ihn von der Seite an. »Ich weiß, das war unfair«, fügte sie hinzu. »Aber ich konnte nicht anders. Und aus der Ferne war es tatsächlich leichter, alles ruhen zu lassen und ein neues Leben zu beginnen. Ich wusste, dass ich irgendwann zumindest mit dir würde reden müssen. Dass zwanzig Jahre darüber vergehen würden, hatte ich nicht vorhergesehen.«

Sie schwiegen. Ein Schiffshorn erklang. Es wurde stetig dunkler.

»Lass uns zurückgehen«, sagte Anna schließlich.

Kasper brachte die Tassen zurück. Sie liefen schweigend und in gleichmäßigem Tempo. Als sie bei ihren Wagen ankamen, war der Fährhafen hell erleuchtet.

»Wie geht es eigentlich unseren Kindern?«, fragte er, als sie ihren Schlüssel aus der Tasche zog.

Anna hob das Gesicht und lächelte. »Sehr gut.« Sie öffnete die Tür.

Er gab sich einen Ruck. »Sehen wir uns wieder?«

»Das hoffe ich sehr.« Sie sah ihn einen Moment unschlüssig an. »Vielleicht verbringe ich Weihnachten hier. Wir werden sehen.«

Er nickte und zog sie in eine behutsame Umarmung. Sie fuhr als Erste vom Parkplatz, und er blickte ihr lange nach.

Als er nach Hause kam, drehte er die Heizung auf und holte die Schnapsflasche. Der Inhalt reichte noch für vier Schnäpse. Zwei genehmigte er sich vor dem Essen, zwei danach. In der Nacht schreckte er mehrfach hoch. Als er am frühen Morgen aufwachte, stand sein Entschluss fest – so verrückt er sich auch anfühlte.

Sie trafen sich zwei Tage vor Weihnachten. Kasper trug derbe Arbeitsklamotten und hatte die nötige Ausrüstung dabei, Simon war für das Werkzeug zuständig. Es war still im Garten. Die Temperaturen waren in der Nacht gesunken. Niemand war zu sehen. Von der Straße aus schützte die Mauer sie gegen neugierige Blicke, und im Haus war niemand. Kasper hatte sich verboten, das geplante Unterfangen, mochte es noch so verrückt und fragwürdig klingen, auch nur für Momente infrage zu stellen. Einen Rückzieher im letzten Moment würde er mehr bereuen als alles andere. Davon war er hundertprozentig überzeugt.

Sie setzten das Stemmeisen von zwei Seiten an und verschoben die Platte Zentimeter für Zentimeter. Als die Öffnung groß genug für einen Einstieg war, hielt Kasper keuchend inne und fasste Simon ins Auge. »Das Teil wiegt Tonnen! Wer hat dir damals geholfen?«

»Niemand.«

»Warum glaube ich dir nicht?«

»Keine Ahnung. Das Ganze liegt Jahrzehnte zurück. Ich war stark und ziemlich verzweifelt. Das hat mir die nötige Kraft verliehen.«

Kasper runzelte die Stirn. Das konnte man so stehenlassen.

»Und warum ich nicht selbst schon längst in den fast zehn Meter tiefen Schacht geklettert bin, um das Problem alleine zu lösen, habe ich dir bereits gesagt.«

Kasper winkte ab. »Ja, Klaustrophobie, schon klar.« Außerdem hatte er Angst und wollte einen Komplizen dabeihaben. Und irgendwie konnte Kasper ihn ja verstehen.

Er leuchtete mit der Taschenlampe in die Tiefe – nichts als Schwärze. Dann griff er nach der Strickleiter und ließ sie hinab. Anschließend befestigte er ein Sicherungsseil um seine Taille, setzte eine Stirnlampe auf, schulterte einen alten Armeerucksack und schob sich über den Brunnenrand. Simon kratzte sich am Hinterkopf. »Sei …«

»Vorsichtig? Klar.«

Mit jedem Tritt in die Tiefe wurde es dunkler und feuchter. Kasper atmete tief und gleichmäßig. Das Stirnlicht flackerte über die Wände. Als er festen Boden erreicht hatte, zog er zweimal am Seil. Alles in Ordnung. Er sah sich aufmerksam um. Das Skelett lag ausgestreckt am Boden. Der

Sturz hatte diverse Brüche und Absplitterungen zur Folge gehabt, doch dass es sich um menschliche Überreste handelte, war unübersehbar. Reste von Kleidung waren zu erkennen, derbes Schuhwerk, eine Schirmmütze mit Ohrenklappen. Kasper atmete tief durch, dann setzte er den Rucksack ab. Er zögerte nur einen Moment, dann begann er mit dem Verstauen der Skeletttteile. Seine Hände zitterten.

Als er wieder aus dem Brunnen kletterte, war eine knappe halbe Stunde vergangen. Ihm war flau im Magen, und Simon war verdächtig blass. Bei der Frage, wie es nun weitergehen sollte, waren sie sich im Vorfeld schnell einig geworden. Simon würde mit seinem Boot rausschippern und für ein spätes nasses Grab in der Ostsee sorgen. So gab es nichts mehr zu besprechen.

Kasper fuhr nach Hause und legte sich in die heiße Badewanne. Später kuschelte er sich aufs Sofa und zündete ein paar Kerzen an. Es gab Kartoffelsalat und Fisch. Als das Telefon klingelte, zögerte er einen langen Moment. Ich will nicht wissen, ob etwas schiefgegangen ist, dachte er plötzlich, und ein eisiger Schreck durchfuhr ihn. Er griff zum Hörer.

»Ich bin es«, sagte Anna. Ihre Stimme klang sanft und warm.

Kasper schloss kurz die Augen. Erleichterung durchflutete ihn – und Freude. »Wie geht es dir?«

»Ganz gut.«

»Hm.«

Sie lachte leise. »Wollen wir Weihnachten zusammen verbringen? Einen Versuch wäre es wert, finde ich.«

»Das finde ich auch«, flüsterte Kasper.

MICHAELA SCHWARZ

Weihnachten mit dem Jungen

Gunnar war am Rhein spazieren gegangen, hatte sein Gesicht in den Wind gehalten, für ein paar Sonnenstrahlen und damit ihm die dunklen Gedanken aus dem Kopf geblasen wurden. Er würde wieder in die Schule gehen müssen – nach den Weihnachtsferien. Lena hatte ihm zugeredet. Er sei doch immer ein Lehrer gewesen, der seinen Beruf liebte – obschon die Schüler mit der Zeit immer unruhiger und unaufmerksamer geworden waren. Niemand notierte mehr etwas, was er mit Kreide an die Tafel schrieb, sondern jeder zog sein Smartphone hervor und fotografierte es. Gerade deshalb musst du dich um deine Schüler kümmern, hatte Lena gesagt. Sie hatte wie immer recht.

An dem Kiosk am Schokoladenmuseum gönnte er sich einen Kaffee. Die Frau mit den hellorangefarbenen Haaren nickte ihm freundlich zu. Der Kaffee war heiß und tat gut. Er machte sich auf den Rückweg. Der kleine Weihnachtsmarkt war noch kaum besucht; es war erst kurz nach zwölf. Düfte von heißem Brot, Glühwein und Maronen wehten herüber. Für einen Moment schloss er die Augen. Ja, sagte er sich, ich gehe wieder in die Schule. Er würde aber keine Kompromisse mehr machen. Klar müssten seine Schüler auch den Werther von Goethe lesen oder Gedichte von Trakl. Mit Trakl würde er den nächsten Leistungskurs beginnen, nahm er sich vor.

Aber wenn er ehrlich war, hatte er sich das schon häufiger vorgenommen, zuletzt vor zwei Wochen, und dann hatte er es doch nicht geschafft, einen Fuß auf die erste Stufe hinauf zu seiner Schule zu setzen. Es war einfach nicht gegangen.

Die Sonne spähte zwischen dunklen Wolkenmassiven hervor, als er zurück in der Südstadt war. Weiträumig wich er der Straßenbahn aus; Schulkinder kamen ihm lärmend entgegen; sie hatten wohl ihren letzten Schultag. Er zuckte zusammen und spürte Blutgeschmack in seinem Mund.

In der Wohnung schaltete er das Licht nicht an. Lena war in ihrem Atelier, sie hatte einen großen Auftrag bekommen; eine längere Fotosession. Nachhaltige Mode eines neuen Kölner Labels. Sie würde bis Heiligabend in vier Tagen rund um die Uhr arbeiten müssen.

Der Junge stand im Flur und schaute ihn an. Seine blonden Haare fielen ihm ins Gesicht, er brauchte dringend einen neuen Haarschnitt.

»Na, schon Schule aus«, sagte Gunnar, während er seine Jacke auszog. Nun erst spürte er, wie kalt ihm gewesen war.

Der Junge nickte; er war barfuß und hatte seine graue Trainingshose an, mit der er so gerne Fußball spielte.

»Keine Hausaufgaben?«

Der Junge schüttelte den Kopf. Er wich ein wenig zurück, als Gunnar an ihm vorbei ins Wohnzimmer ging. Für einen Moment wusste er nicht, was er hier tun sollte. Das Wohnzimmer war vollkommen aufgeräumt, nicht einmal ein Buch lag da. Der Fernseher war dunkel. Also hatte der Junge nicht davor gegessen. Meistens aber war er ja in seinem Zimmer und daddelte da auf seinem Smartphone herum. Der Junge war auch schweigsamer geworden, fiel ihm auf.

Gunnar wandte sich um. »Fehlt hier nicht was?«, fragte er mit einem Lächeln, das ihm selbst kalt vorkam.

Der Junge schaute ihn an; seine Augen waren dunkel und fragend. Er strich sich die Haare aus dem Gesicht. Eine Sekunde lang sah er aus, als würde er sich abwenden wollen und gehen, als hätte er genug, als würde er sich am liebsten vor den Augen seines Vaters in Luft auflösen.

»Wir haben keinen Weihnachtsbaum«, sagte er und deutete auf eine Stelle neben dem Flachbildschirm, an dem sonst in den letzten Jahren eine über zwei Meter hohe Tanne gestanden hatte.

»Genau«, sagte Gunnar. »Der Weihnachtsbaum fehlt.« Es tat ihm gut, die Stimme seines Sohnes zu hören. »Aber was ist Weihnachten ohne Weihnachtsbaum?« Das Geschenk für den Jungen hatte er schon im Sommer gekauft – eine Gitarre; nichts wünschte der Junge sich mehr, als Musik machen zu können. Mit neun Jahren war es nun an der Zeit, mit dem Unterricht zu beginnen.

»Wir könnten einen kaufen gehen«, sagte der Junge. »Jetzt sofort – bevor Lena kommt.« Er sagte selten Mama, sondern meistens Lena zu seiner Mutter, wie er auch fast immer Gunnar sagte und eigentlich nie Papa.

»Gut«, sagte Gunnar, »eine gute Idee. Lass uns einen Weihnachtsbaum kaufen!«

Der Junge nickte erneut, nun mit strahlenden Augen. Er half ihm, seinen roten Anorak anzuziehen, den er im Geschäft zwar geliebt, aber dann erst einmal gehasst hatte, weil man ihn in der Schule damit aufgezogen hatte, dass er plötzlich Mädchenkleider trug. Einer hatte sogar »Schwuchtel« zu ihm gesagt, ein Wort, das der Junge nicht verstanden hatte.

Gunnar musste dem Jungen beim Reißverschluss helfen, der ganz oft klemmte, dann zog er sich seine Jacke wieder an, und sie gingen.

Die Sonne war schon wieder verschwunden. Die Wolken schienen noch tiefer zu hängen, ein feuchter Wind wehte vom Fluss herauf.

»Wir gehen zum Chlodwigplatz«, sagte Gunnar. »Zu dem Händler, bei dem wir auch letztes Jahr unseren Baum gekauft haben.«

Der Junge nickte. Letztes Jahr hatte der Verkäufer, ein vierschrötiger Mann mit einem rötlichen Gesicht, der aus einem Dorf aus der Eifel kam, dem Jungen noch einen Luftballon geschenkt, einen riesigen blauen Ballon, der ihm dann aber entglitten und sofort zum Himmel aufgestiegen war. Wie das Bild eines Malers hatte es ausgesehen – ein blauer Ballon vor einem schmutzigen Wolkenhimmel. Der Junge war traurig gewesen, aber er hatte nicht geweint.

Am Zebrastreifen blieben sie stehen. Von nirgendwo kam eine Straßenbahn. Er dachte daran, wie der Junge früher, wenn sie nebeneinander hergegangen waren, den ausgestreckten Zeigefinger in seine geschlossene Hand geschoben hatte. Fast war er versucht, ihn zu bitten, das nun wieder zu tun.

»Lena«, sagte er stattdessen, »sie wird Augen machen, wenn wir mit einem Weihnachtsbaum zurückkommen.« Es waren nur noch vier Tage, aber bisher hatten sie kein Wort darüber verloren, dass sie auch in diesem Jahr einen Weihnachtsbaum bräuchten. Nein, einmal hatte Lena wohl gesagt, dieses Jahr verzichten wir, an Weihnachten muss man sich nicht unbedingt einen Baum in die Wohnung stellen.

»Der Weihnachtsbaum muss nicht riesig groß sein«, sagte der Junge, »aber er muss duften, nach Wald und so, der Duft ist das Wichtigste. Und oben, an der Spitze muss ein Engel schweben, ein Engel mit langen weißen Haaren.«

Daran hatte er noch gar nicht gedacht; es würde als

Überraschung gar nicht reichen, einen Baum zu kaufen, sie würden ihn auch schmücken müssen.

»Wir schmücken den Baum«, sagte er laut, »aber anders als sonst. Es muss dieses Jahr ein besonderer Baum sein.«

Als eine Straßenbahn dröhnend vorüberfuhr, zuckte er zusammen, nur der Junge zeigte keine Regung. Gunnar spürte, dass er fror; manchmal in letzter Zeit hatte er sich einen Schluck Rotwein gestattet, in dem Café am Chlodwigplatz, an einem der hinteren Tische, wo man möglichst wenig von dem Verkehr mitbekam. Aber nun, mit dem Jungen an seiner Seite, könnte er natürlich nichts trinken.

Es begann nun leicht zu regnen, ein graues Nieseln. Ein paar Leute spannten ihre Schirme auf. Er sah, dass der Junge gar keine Schuhe angezogen hatte, sondern seine blauen Filzpantoffeln trug, und wahrscheinlich hatte er nicht einmal Strümpfe angezogen. Frierst du nicht?, wollte er ihn fragen. Und: He, es macht keinen Spaß, an Weihnachten krank zu sein. Aber dann ließ er es.

Sie hatten den Chlodwigplatz erreicht. Ein alter Mann mit langen schütteren Haaren spielte an einer Ecke Geige; er hieß Waldemar, jeder kannte ihn hier, er war der Geiger des Viertels. So etwas gab es hier wirklich noch, deshalb liebte Gunnar diese Ecke der Stadt und hatte sich geschworen, niemals wegzuziehen – trotz der Straßenbahn und all der Autos.

Der Geiger spielte kein Weihnachtslied, sondern »Air« von Bach. Der Junge blieb stehen, als hätte er diese Musik schon einmal gehört. Der Geiger lächelte und zwinkerte ihnen zu. Gunnar holte ein Portemonnaie hervor und warf einen Fünf-Euro-Schein in einen Schlapphut, der in der Mitte ein Loch hatte. Waldemar der Geiger deutete eine Verbeugung an und spielte gleich ein wenig schwungvoller. Dann fiel Gunnar ein, dass er eigentlich dem Jungen den Schein hätte geben sollten, damit er das Geld in den Hut warf, aber der Junge schien es ihm nicht übel zu nehmen.

Der Regen hörte auf, fing wieder an und hörte wieder auf. Eine Kehrmaschine fuhr vorüber und hätte sie beinahe gerammt. Fasziniert beobachtete der Junge, wie zwei kreisrunde Bürsten den Dreck vor der Maschine herankehrten und all der Schmutz dann unter das Gefährt gesogen wurde. Das hatte ihm schon als Kleinkind gefallen: Maschinen beobachten – wie ein Kran sich bewegte, wie ein Bagger seine Schaufeln ausfuhr oder wie ein Müllwagen den Dreck aus grauen Abfalltonnen schluckte. Schon mit fünf Jahren hatte er mehr Automarken gekannt als sein Vater.

Heute haben wir Zeit, sagte er sich, ich muss nicht hetzen. Vor achtzehn Uhr wird Lena kaum zurück sein, eher wird sie noch später kommen.

Der Händler mit den Weihnachtsbäumen befand sich auf dem hinteren Feld des Platzes, direkt an dem mächtigen Stadttor. Wie ein kleiner Wald sah der Stand aus der Entfernung aus. Einmal, zu Karneval hatte der Junge sich ein Ritterkostüm angezogen, das sie auf der Severinstraße gekauft hatten, und dann hatte er sich vor das Tor gestellt, wie einer, der aus einer Schlacht gekommen war, mit gezücktem Schwert. Gunnar hatte ihn mit dem Smartphone mehrmals fotografieren müssen; immer mehr wie ein echter Krieger hatte der Junge ausgesehen, mit grimmigem Gesicht. Erst später, als sie sich ein Eis gegönnt hatten, hatte er wieder gelacht. Lena hatten die Aufnahmen gar nicht gefallen. Viel zu martialisch, hatte sie gesagt, fällt euch zu Karneval nichts Besseres ein? Männer!, hatte sie kopfschüttelnd hinzugefügt, doch sie beide hatten sich nur angesehen und sich wissend angelächelt.

»Hast du Hunger?«, fragte er den Jungen. »Bevor wir den Baum kaufen, könnten wir noch etwas essen.«

»Okay«, sagte der Junge. Das war eine Zeitlang sein Lieblingswort gewesen – zu allem »okay«. Räum dein Zimmer auf – okay. Wie war es in der Schule? – okay. Wie war das Fußballtraining? – okay. Dann kam die Phase mit »krass«, und eine Zeitlang hatte er das Wort »nichtig« verwendet, das er natürlich völlig falsch eingesetzt hatte. Alles Schlechte war nichtig; die Schule war nichtig und Paul, sein bester Freund, auch.

»Ich habe aber nicht viel Hunger«, sagte der Junge.

»Okay«, erwiderte Gunnar daraufhin, ein wenig ironisch. »Warte hier.« Er ging zu einem Imbiss mit einem offenen Fenster zur Straße und bestellte einen Döner. Erst als er ihn bezahlt und schon einmal hineingebissen hatte, fiel ihm ein, dass der Junge kein Fleisch mehr mochte, auch keine Milch mehr, seit Lena dazu übergegangen war, sich fast völlig vegan zu ernähren. Er reichte ihm trotzdem den Döner rüber, doch der Junge schüttelte den Kopf.

»Man soll doch keine Tiere essen«, sagte der Junge ein wenig vorwurfsvoll. Als der Schäferhund gestorben war, den sie manchmal im Römerpark gesehen hatten, wie er hinter einer Frisbeescheibe herjagte, hatten sie überlegt, wie wohl ein Himmel für Hunde aussehen mochte. »Da gibt es ganz viele Knochen«, hatte der Junge gesagt, »und Sandhaufen, in denen man buddeln kann.«

»Und wenn es regnet, fallen Frisbeescheiben vom Himmel«, hatte Gunnar hinzugefügt, aber das hatte dem Jungen nicht gefallen.

»Im Himmel kann doch nichts vom Himmel fallen«, hatte er gesagt, als hätte er ein begriffsstutziges Kind vor sich.

Als würde es im Himmel kein Oben und Unten geben, hatte Gunnar gedacht, aber er hatte lieber geschwiegen und nichts mehr erwidert.

Auf einer Bank hockte ein Mann in schwarzer Kluft mit rotgefärbten Haaren; solche Leute hatte man früher Punker genannt; wie sie heute hießen, fiel ihm nicht ein. Als wolle der Mann gegen alles um ihn protestieren, plärrte aus dem Radio, das er bei sich trug, schrille Karnevalsmusik.

»Als was willst du eigentlich an Karneval gehen?«, fragte

Gunnar den Jungen und deutete zu dem Mann auf der Bank hinüber.

Der Junge schaute ihn an; wieder fiel ihm eine Haarsträhne ins Gesicht. »Als Engel vielleicht«, sagte er und korrigierte sich sofort, »nein, besser als Pilot. Ich will ein Pilot sein, mit einer Pilotenkappe und einer richtigen Uniform.«

»Eine gute Idee«, sagte Gunnar und biss wieder in den Döner. Zuletzt hatte er zu wenig gegessen, aber eindeutig zu viel getrunken. Das hatte Lena auch gemeint und hatte deshalb spätabends noch angefangen zu kochen. Der Junge aß am liebsten Spaghetti, da war er wie alle anderen Kinder, nur musste die Tomatensauce scharf und würzig sein, und niemals durfte man ein Stück echte Tomate hineinschneiden, auch Pilze gehörten seiner Meinung nach da nicht hinein.

Sie gingen weiter. Die Sonne lugte wieder hervor. Ein Mann in einem blauen Overall ließ eine Marionette vor ihnen auf und ab laufen. Der Junge lachte leise. Die Puppe trug ein Trikot vom FC. Lukas stand auf ihrem Rücken.

»Was hast du früher werden wollen?«, fragte der Junge auf einmal. Fragen waren eine Spezialität von ihm: Wo sind wir vor unserer Geburt? Wo schlafen die Sterne am Tag? Wie heiß ist es auf der Sonne?

Er antwortete nicht sofort. Lehrer – nein, Lehrer hatte er niemals werden wollen, sondern Musiker.

»Am liebsten wäre ich Klavierspieler geworden«, sagte

er dann. »Jemand, der sich einfach an ein Klavier setzen und losspielen kann. Der ganz viele Melodien im Kopf hat.«

Die Junge lachte auf, ein kurzes, kicherndes Lachen, das er sich von seiner Mutter abgeschaut hatte. Sein Blick verriet, dass er sich seinen Vater so gar nicht als Klavierspieler vorstellen konnte.

Sie hatten den Stand mit den Weihnachtsbäumen fast erreicht, als Gunnar ein Gedanke kam.

»Sollen wir nicht ein Foto machen?«, fragte er. »Haben wir schon einmal gemacht – in so einem Automaten.«

»Okay«, erwiderte der Junge nach einem Moment, aber es klang nicht wirklich begeistert.

Sie bogen kurz von dem Platz ab zu einem altertümlichen Fotogeschäft, vor dem ein Automat für Passbilder aufgebaut war. Zum Glück war niemand vor ihnen, so dass sie sich sofort hineinbegeben konnten. Als hätten sie sich abgesprochen, setzte der Junge sich gleich auf seinen Schoß, nachdem er drei Münzen in den Schlitz geworfen hatte. Dann warteten sie auf das Blitzlicht. Der Junge kam ihm ganz leicht vor. Vielleicht friert er, dachte er, und er hat Hunger, weil er nichts von dem Döner gegessen hat.

Das Blitzlicht ließ sie beide kurz aufstöhnen; es war immer viel greller, als sie erwarteten.

»Was hältst du davon, wenn wir noch ein paar Tüten Lakritz kaufen?«, fragte er, während sie auf das fertige Foto warteten.

»Cool«, sagte der Junge. »Das wird bestimmt ein schöner Baum – mit Engelhaaren und Lakritz.«

Er freute sich, dass dem Jungen die Idee gefiel. Als das Foto, schwarz-weiß und noch feucht, aus dem Automaten glitt, beugte er sich als Erster vor. Ich sehe müde und ein wenig abgehetzt aus, dachte er, und der Junge hatte die Augen geschlossen, als wäre er auf seinem Schoß in einen Dämmerschlaf gefallen. Das hatte er schon als kleines Kind gekonnt – immer und überall schlafen, gleichgültig, wie laut es um ihn war. Einmal hatten sie ihn sogar in eine Opernaufführung mitgenommen – zur großen Verwunderung der anderen Besucher. Ausgerechnet bei der Arie Nessun dorma war er tatsächlich aufgewacht und hatte zu krähen begonnen. Lena war dann eilig mit ihm auf dem Arm aus dem Saal gestürmt.

Zufrieden betrachtete der Junge das Foto. »Schön«, sagte er, »gefällt mir.«

Dann gingen sie zu dem Stand mit den Weihnachtsbäumen. Derselbe vierschrötige Mann, der dem Jungen vor einem Jahr den Luftballon geschenkt hatte, stand neben einem Gerät, mit deren Hilfe die Weihnachtsbäume zusammengebunden wurden. Er musterte sie, als würde er versuchen, sich zu erinnern, ob er sie schon einmal gesehen hatte. Dann tippte er sich zu einem flüchtigen Gruß an die Stirn.

»Die besten Bäume aus der Eifel, mein Herr«, sagte er. Sein Blick wanderte über den Jungen hinweg direkt zu

Gunnar. »Tipptopp – feinste Qualität. Nadelt kein bisschen. Da haben Sie noch bis Ostern was von, wenn sie wollen.«

Der forschende Blick des Mannes war Gunnar unangenehm; auch dass er diesmal keine Luftballons parat hatte, gefiel ihm nicht.

»Wir schauen uns ein wenig um«, sagte er leise und wandte sich ab, den größten Bäumen zu, die bestimmt über drei Meter hoch waren und damit gar nicht in ihre Wohnung gepasst hätten. Der Duft von Harz und Tannennadel umfing sie. Wenn man die Augen geschlossen hätte, hätte man wirklich glauben können, in einem dichten Wald zu stehen. Einmal war er mit dem Jungen in der Eifel in einem Wald gewesen, und plötzlich hatte sich eine unheimliche Stille über den Weg gelegt, den sie entlang gelaufen waren; sie hatten es selbst bemerkt, kein Gesang der Vögel mehr, kein Rauschen in den Blättern; wenig später war eine riesige Katze vor ihnen auf den Weg gesprungen. Erschreckt war er zusammengezuckt und hatte im ersten Moment geglaubt, da stände ein leibhaftiger Gepard vor ihnen. Schon hatte er überlegt, sich schützend über den Jungen zu werfen, der stocksteif stehen geblieben war. Dann aber hatte die Katze ihnen einen kurzen, irgendwie verächtlich wirkenden Blick zugeworfen und war im Unterholz auf der anderen Seite des Weges verschwunden. Wahrscheinlich, hatte er gedacht, hat das Tier meine Angst gerochen.

Am Abend hatte er dann recherchiert und herausgefunden, dass sie einem ausgewachsenen Luchs begegnet waren, was eigentlich in der Eifel so gut wie niemals vorkam.

Unschlüssig schauten sie sich die Bäume an. Ein Mann in einem teuren Mantel drückte sich an ihnen vorbei, eilte auf eine Tanne zu und zerrte sie an sich, als habe er Angst, man könne sie ihm wegschnappen.

»Was wäre«, sagte der Junge unvermittelt, »wenn wir dieses Jahr einen kleinen Baum in einem Eimer kaufen? Nach Weihnachten pflanzen wir ihn im Römerpark ein, dann muss er gar nicht sterben.«

Er wandte sich um. Der Junge sah ihn an und lächelte. Eine Welle von Zuneigung überflutete ihn auf der Stelle und hätte ihn beinahe zum Weinen gebracht. Ich liebe dieses Kind, dachte er, ein Gedanke, der ihn wärmte, dieses Kind ist das Beste, was mir in meinem Leben jemals passiert ist.

»Eine brillante Idee«, sagte er etwas übertrieben und strich dem Jungen über das Haar. »Das wird dann unser Baum im Park, den wir immer, wenn wir wollen, besuchen können.«

Der Junge lächelte.

Sie machten kehrt und gingen zu den kleineren Bäumen. Die Auswahl war viel bescheidener, doch nach ein paar Minuten hatten sie eine kleine Tanne ausgesucht, die in einem roten Plastikeimer steckte. Sie hatte ungefähr die

Größe des Jungen, und ihre Zweige waren grün und kräftig.

»Nicht zu viel gießen und immer gut zureden«, sagte der Weihnachtsbaumhändler, als sie mit dem Bäumchen zu ihm gingen. Er grinste, als habe er einen guten Witz gemacht. An einem Ständer neben seiner Metallkasse hingen drei Luftballons, grün, blau, rot, doch diesmal gab der Verkäufer dem Jungen keinen; den schien das allerdings nicht zu stören, oder er hatte die Ballons gar nicht bemerkt.

»Lena wird Augen machen«, sagte Gunnar zu dem Jungen, als müsse er ihn von den Luftballons ablenken.

Der Junge nickte. »Und die Spitze ist sehr schön. Da passt ein Engel mit weißen Haaren gut hin.«

Nun mussten sie nur noch Lakritz kaufen und vielleicht ein paar Kugeln. Er wusste nicht genau, wo Lena ihren Weihnachtsschmuck deponiert hatte.

Während sie sich auf den Rückweg machten, summte ein Telefon. Er schaute den Jungen fragend an, der, seit er acht war, ein Smartphone besaß, aber dann begriff er, dass sein Gerät dieses Geräusch von sich gab. Zuletzt hatte er kaum mehr telefoniert. Er stellte den Weihnachtsbaum ab.

»Deine Mutter«, sagte er zu dem Jungen, nachdem er auf das Display geschaut hatte, »aber da gehe ich jetzt nicht ran, sonst ist es ja keine Überraschung mehr, dass wir einen Weihnachtsbaum gekauft haben.«

Der Junge nickte mit verständiger Miene.

Gleich wird sein Smartphone summen, dachte Gunnar.

Lena wurde schnell ungeduldig, wenn sie jemanden nicht erreichte, doch das Telefon des Jungen blieb stumm.

Auf der anderen Seite des Chlodwigplatzes holten sie in einem Kiosk drei durchsichtige Tüten Lakritz, und dann gingen sie auch noch in ein Blumengeschäft und kauften drei Glaskugeln, in denen winzige rote Rosen lagen.

»Eine Rose für dich, eine für Lena, eine für mich«, erklärte er dem Jungen überflüssigerweise.

Es war dunkel geworden; eine hell erleuchtete Straßenbahn ratterte dröhnend vorbei.

»Wir müssen nach Hause gehen«, sagte er zu dem Jungen.

Vielleicht würde Lena früher von ihrem Fotoshooting zurückkommen, weil sie ihn nicht erreicht hatte. Sie hatte sich in letzter Zeit immer zu viele Sorgen um ihn gemacht.

»Gehst du nach den Ferien wieder in die Schule?«, fragte der Junge, während sie den Baum und ihre Einkäufe durch das Treppenhaus in den dritten Stock hinaufschleppten. »Ich fände, das wäre eine gute Idee. Deine Schüler warten bestimmt schon auf dich.«

»Ja«, erwiderte er außer Atem, nachdem er die Wohnungstür aufgeschlossen hatte. »Ich gehe wieder zur Schule. Ich verspreche es.«

Aus der Wohnung wehte eine eigentümliche tiefe Stille heran, und Dunkelheit schwappte ihnen wie eine ölige Flüssigkeit entgegen. Als würde hier niemand richtig leben, dachte er und schaltete sofort das Licht ein.

»Ich schlage vor«, rief er und klatschte laut und auffordernd in die Hände, »dass wir sofort anfangen, den Baum aufzustellen. He, in vier Tagen ist Heiligabend. Da gibt es Geschenke, und die muss man ja irgendwo hinlegen.«

Der Junge klatschte auch in die Hände, und sie machten sich sofort an die Arbeit.

In der Küchenbank fand er ein Wachstuch mit einem Sternenmuster, das ihnen als Unterlage für den Weihnachtsbaum diente. Kerzen hatte er vergessen zu kaufen, aber der Junge wusste, dass unten im Küchenschrank noch welche lagen. Zum Glück waren sie rot, so dass sie zu den Kugeln passten. Und irgendwie auch zu den drei Tüten Lakritz, die von den stärksten Zweigen baumelten. Der Junge wusste auch, wo sich die Kerzenhalter befanden – in einer Schublade im Sideboard im Wohnzimmer. Auf einen schmalen Ast legte er auch das Foto aus dem Passbildautomaten, und dann … dann, obwohl sie beide doch in so guter Stimmung waren, machte er einen Fehler. Statt es dem Jungen zu überlassen, setzte er den Engel mit den langen weißen Haaren auf die Spitze. Aber der Junge nahm es ihm nicht übel. Gemeinsam betrachteten sie ihr Werk und waren zufrieden, und irgendwie hatte er das Gefühl, dass der Junge seinen rechten Zeigefinger in seine rechte Hand geschoben hatte, um ihn ein wenig zu wärmen.

Alles gut, dachte er, alles ist gut so.

Dann musste er vor Erschöpfung eingeschlafen sein, auf dem Teppich, den Kopf auf dem Wachstuch, direkt vor dem Weihnachtsbaum. Er erwachte, weil Lena in der Tür stand. Sie hatte das grelle Deckenlicht eingeschaltet. Sie trug ihren hellen, eigentlich viel zu dünnen Trenchcoat. Ihre Haarfarbe glich der des Jungen; überhaupt hatten die zwei eine große Ähnlichkeit.

Er richtete sich mühsam auf. Der Junge war nirgends zu sehen.

»Was ist passiert?«, fragte Lena ein wenig atemlos. Sie strich eine Strähne ihres langen dunkelblonden Haares beiseite, obwohl es ihr gar nicht ins Gesicht gefallen war. Diese Geste kannte er von dem Jungen. »Ich konnte dich nicht erreichen. Habe mir schon Sorgen gemacht. Ich dachte, du wärest vielleicht …« Sie verstummte abrupt, als hätte sie Angst, etwas Falsches sagen zu können.

Er lächelte und wandte sich zu dem Weihnachtsbaum um; klein und stolz stand die Tanne da in ihrem roten Plastikeimer, als wollte sie sagen: Ich gehöre nun hierhin. Behandelt mich gut.

»Ich war mit dem Jungen einen Weihnachtsbaum kaufen«, sagte er leichthin. »Wir haben einen Baum ausgesucht, der weiterlebt, den wir dann in den Park pflanzen können, nach dem Fest.«

Lena kam zögernd näher, sie roch nach Regen. Interessiert betrachtete sie den Baum.

»So einen Weihnachtsbaum gibt es sonst nirgendwo – mit Lakritz und Rosen und einem Engel«, sagte er und schob sich neben sie, als müsse er ein Kunstwerk erklären.

»Habe ich mit dem Jungen gekauft – er hat ihn mit ausgesucht.«

»Simon war dabei?«, fragte Lena.

»Die ganze Zeit«, erwiderte er lächelnd. Er hatte das Gefühl, dass sie leicht zitterte; in der Hand hielt sie einen aufgerissenen grauen Briefumschlag. »Er war immer an meiner Seite.« Dass der Junge bei ihrem Einkauf nur Filzpantoffeln getragen hatte, erwähnte er lieber nicht.

Lena beugte sich vor; sie roch an den Nadeln des Bäumchens, als müsse sie sich überzeugen, dass er echt war, dann nahm sie das Foto aus dem Automaten, das auf einem Zweig lag und ein wenig schwankte, und betrachtete es eingehend.

»Du bist mein Mann«, sprach sie nachdenklich vor sich hin, die Augen forschend auf das Foto gerichtet, »so mit diesem dunklen Gesichtsausdruck habe ich dich zum ersten Mal im Seminar gesehen. Worum ging es noch? Französische Surrealisten, nicht wahr? Gut, du warst ein wenig jünger damals, hattest kein graues Härchen, weniger Falten und sprachst ziemlich schlecht Französisch.«

Er beugte sich gleichfalls vor. Er sah aus wie ein mittelalter Lehrer, der zuletzt ein paar Sorgen zu viel gehabt hatte, dachte er, und ja, seine Stirn war gerunzelt, seine Augen waren zusammengekniffen, als versuchte er, etwas in ganz weiter Ferne zu erkennen. Der Junge war von seinem Schoß verschwunden. Die Leere tat ein wenig weh.

Lena seufzte, dann strich sie ihm über den Arm und

schaute ihn an. Für einen Moment war sie still, als suchte sie nach Worten.

»Ich habe dich unbedingt erreichen wollen«, sagte sie dann mit leicht bebender Stimme. »Wir … Wir haben recht gehabt. Der Anwalt hat heute endlich den Brief bekommen … vom Amt. Die Ampelschaltung …« Sie stöhnte auf und wedelte mit dem Papier. »Da muss es wirklich eine Störung gegeben haben. Beide hatten grün … grün für die Straßenbahn und grün für die Fußgänger. Simon muss geglaubt haben, er dürfe gehen, als die Straßenbahn herankam, und der Fahrer hat gedacht, er darf fahren. Verstehst du? Simon hat keinen Fehler gemacht. Es war ein tragischer Unfall. Die Ampeln … sie waren schuld.«

Er sah, dass Lena nun noch heftiger zitterte; außerdem liefen ihr Tränen über die Wange, zwei winzige Lichter, die im Deckenlicht glitzerten.

»Es war so, wie du vermutet hast«, flüsterte sie. »Unser Junge …«

Er umarmte sie und drückte ihr einen Kuss auf die kühle, feuchte Wange. Ihr Haar fühlte sich genauso an wie Simons.

»Nach den Ferien gehe ich wieder in die Schule«, sagte er. »Ich habe es dem Jungen versprochen. Außerdem hat er mir verraten, dass er im Karneval Engel werden wollte, Engel oder Pilot.«

LENA JOHANNSON

Vier Jahreszeiten im Winter

September 1961. In Istanbul fängt Deutschland an. Mit dem Betreten des Sonderzuges. Bundesbahn, das klingt sehr deutsch für Nikolo. Mit zwei Koffern rein in ein enges Abteil. Wie die vielen anderen auch, die ihre Heimatdörfer und -städte in Anatolien verlassen haben, um zu Gast zu sein in einem Land, das viel Arbeit hat. Und viel Geld. Ein schriller Pfiff, ein Rumpeln. Nikolo hat Glück, er hat einen Fensterplatz ergattert. Er drückt sich die Nase an der kalten Scheibe platt. Istanbul. Hier hat er als Schuhputzer das Geld für Fladenbrot, für Zwiebeln und frische Tomaten verdient. Hier hat er einen Vater gefunden, der ihm ein kleines Vermögen hinterlassen hat. Eine warme Welle schwappt an sein Herz. Jede Lira ist bei den Frauen und Kindern in Erzurum gut aufgehoben. Und jetzt ein Neuanfang. Mit Anzug, Hemd, Hut und sogar Krawatte. Sauber und ordentlich, wie die deutschen Behörden es verlangen. Ein paar Worte hat er schon gelernt, seit er vor der Anwerberkommission bestanden hat: Guten Tag, Danke schön. Er muss noch viel mehr lernen, denn er will bleiben. Nicht nur ein Jahr als Gast arbeiten oder zwei, sondern für immer. In einem Land, in dem der Staat für die Schwachen sorgt. Klingt wie das Paradies. Dort darf Nikolo auch mal an sich denken.

Beinahe fünfzig Stunden dauert die Reise. Die Männer haben Essenspakete bekommen, einige Lebensmittel sind schon bei der Abfahrt verdorben. Das Wasser reicht hinten und vorne nicht. Durst. Es ist dreckig. Vor allem in den Zugtoiletten, die sich viel zu viele Menschen teilen müssen. Es gibt keine Schlafmöglichkeit, Nikolo hat Rückenschmerzen, da haben sie noch nicht einmal Bukarest erreicht. Arthritis an der Wirbelsäule. Kann man nichts machen.

»Wo wirst du arbeiten?« Nikolo braucht lange, ehe er begreift, dass er gemeint ist. »Ich bin Sadi.« Der Mann, der Nikolo gegenübersitzt und ihm ständig auf die Füße tritt oder gegen das Schienbein, weil er nicht weiß, wohin mit seinen langen Beinen, hat buschige schwarze Augenbrauen. Sein Bart sieht genauso aus. Als wäre er irgendwann von der Stirn gerutscht und auf der Oberlippe festgewachsen. Die Ohren sind irgendwie zu groß für das Gesicht. Der Blick in die Augen ist, als wenn Nikolo in den Spiegel schaut. Vertraut zwischen all dem Fremden. Das tut gut.

»Nikolo!« Er greift die kräftige Hand.

»Also, wo wirst du arbeiten?«

Nikolo langt in die Innentasche des Jacketts, das einmal seinem Vater gehört hat. »Thyssen«, liest er vor und steckt das Schreiben schnell wieder weg. Er hütet es besser als seinen Augapfel.

»Ich auch! Ich auch Thyssen. Wir sind Kollegen.« Sadi lacht und schüttelt ihm gleich wieder die Hand. Er ist laut, als wären sie allein in dem Abteil. Er redet schnell und viel. Dass er geschummelt hat, erzählt er und zwinkert. »Ich war im Gefängnis. Früher mal.«

»Aber dann darfst du nicht nach Deutschland fahren.« Nikolo flüstert. Er weiß gar nicht, warum.

Sadi winkt ab. »War ja nur ganz kurz.« Er beugt sich vor. Sein Atem verrät den Proviant aus der Heimat. »So kurz, dass es in der Anwerberkommission niemanden interessiert hat.« Er reibt seinen Daumen über die Spitze des Mittelfingers und hebt dabei vielsagend die dicken Brauen.

Wer in Haft war, kommt nicht infrage, das weiß Nikolo genau. Er erinnert sich noch gut an die gesamte Prozedur, all die Fragen und Untersuchungen. Nicht möglich, die Kommission zu betrügen. Oder doch? Nikolo hätte sich niemals getraut, denen Geld zu bieten oder falsche Angaben zu machen. Das wäre auch nicht richtig. Entweder man ist geeignet oder eben nicht. Nikolo ist geeignet. Beruflich und körperlich. Die Untersuchung vergisst er nie. Viele Männer gleichzeitig in einem Raum, mehrere Ärzte, Krankenschwestern. Deutsche. Sein Röntgenbild ist in

Ordnung. Die Ärzte machen Markierungen mit Filzstift auf die Haut, stellen Fragen, die er nicht versteht. Selin ist Übersetzerin und mit dabei, um den Bewerbern zu helfen. Nikolo sagt, dass er noch nie operiert wurde. Sie übersetzt. Gut, dass sie da ist. Aber er schämt sich auch vor ihr. Sie ist so hübsch, und er steht da, nackt mit Filzstiftmarkierungen auf der Haut und der großen Hoffnung in den Augen. Er kommt sich so lächerlich vor.

In Hamburg angekommen, ist die Müdigkeit verflogen. Auch die Schmerzen im Rücken vergisst Nikolo. Herren in grauen Anzügen heißen sie willkommen. Wie gut, dass es auch hier einen Übersetzer gibt. Die grauen Männer sind Beamte der Landesarbeitsämter, erklärt er Nikolo, Sadi und den anderen. Nikolo hat keine Vorstellung, was das bedeuten soll. Steif sind sie. Keiner von ihnen sieht glücklich aus, obwohl sie behaupten, dass sie sich über die Ankunft der Türken freuen. Alle müssen ihre Verträge zeigen. Nur Sadi und Nikolo werden zu Thyssen nach Billbrook gebracht. Im Bus sitzen sie nebeneinander. Selbst Sadi ist ganz still. Alles so fremd. Viel roter Backstein, Autos, Straßenbeleuchtung, Strommasten. Sogar das Wasser, das sie zweimal überqueren, ist ordentlich verpackt in einer schnurgeraden Rinne. Fremde Schilder. Nikolo versteht nichts. Tiefstack, HEW, Moorfleet. Vier riesige Schornsteine ragen in den grauen Himmel. Ihm ist kalt. Die schönen Häuser liegen längst hinter ihnen. Hier gibt es nur noch Fabrikhallen, Lagerhäuser und planierte Plätze. Sand und Steine. Kein Leben, kein Grün. Trostlos. Der Bus fährt auf ein Gelände, so groß, dass Nikolo nicht bis zu seinem Ende sehen kann.

»Siehst du«, sagt Sadi und zeigt auf die großen Buchstaben oben an einem mehrstöckigen grauen Klotz. Die kennt Nikolo von seinem Vertrag: Thyssen.

Sie müssen ihr Gepäck selbst ausladen. Kaum haben sie das erledigt, zischt es einmal, die Tür geht zu, der Bus rumpelt vom Hof. Ein Mann kommt auf sie zu. Kein Anzug, dafür eine braune Hose und eine blaue Jacke, auf die die gleichen Buchstaben gestickt sind. Er hat ein breites Kreuz, kräftige Arme, eine tiefe Stimme. Die kratzt etwas, vielleicht ist er krank.

»Aha, die Neuen. Heute mal Türken. Mitkommen, ich zeige euch, wo ihr wohnt.« Nikolo versteht nur wenig. Er sieht Sadi an, der hebt die Schultern. Sie trotten hinter dem großen Kerl her, müssen sich ranhalten, er macht lange Schritte. Die Koffer kommen Nikolo schwerer vor als bei der Abfahrt. Beide Hände voll. Der Mann mit der kratzigen Stimme trägt nichts. Vielleicht weil er krank ist. Sie kommen zu einer langen Reihe Hütten, die sich Wand an Wand aufrecht halten.

»Hier schlaft ihr«, erklärt er und zeigt erst auf eine Baracke, faltet dann die Hände und drückt das Ohr dagegen, dann deutet er auf die beiden. Sie nicken. Nikolo betrachtet die Unterkunft. Fensterläden aus Holz, Schornsteinrohre, die vorne aus der Wand kommen. Ein bisschen wie in Anatolien.

»Danke schön«, sagt er und lächelt.

»Hier gibt's nichts zu lachen«, donnert der Mann. »Das sag ich euch gleich. Ach ja … Und nich, dass ihr auch so lange Finger macht wie die Nudelfresser, ne. Denn gibt's Ärger mit mir. Ich bin hier nämlich für Ordnung zuständig. Mit mir legt ihr Knoblauchfresser euch lieber nich an.« Dann sagt er merkwürdig langsam und abgehackt: »Sonst ich breche euch Knochen.« Er lacht. Nicht freundlich. Aber vielleicht denkt Nikolo das nur. Weil er nichts versteht. Nikolo lächelt einfach, hebt hilflos die Schultern. »Ich bin Pit«, sagt der Deutsche noch und zeigt dabei mit beiden Händen auf seinen massigen Oberkörper. So heißt er also.

»Guten Tag«, antwortet Nikolo.

»Sadi«, wiederholt Sadi mehrmals, nickt eifrig und bohrt sich den Finger in die Brust.

Vier zweistöckige Betten, dazwischen Tisch und Stühle. Eng. Schmale Stahlschränke, eine Hälfte ist für Nikolo. Überall Wäscheleinen mit Unterhosen und Hemden. Die anderen, die hier wohnen, haben schwarze Haare und dunkle Augen, sprechen aber kein Wort Türkisch. Nikolo nimmt das obere Bett. Ehe er sich endlich hinlegt, blättert er in seinem Wörterbuch. Nicht leicht, sich an Pits Worte zu erinnern. Lange Finger wie die Nudelfresser. Lange Finger. Er blättert. Uzun parmaklar. Nichts ergibt einen Sinn. Warum sollte jemand längere Finger haben als andere, was wäre schlimm daran? Vielleicht ein Wortspiel, ein Witz, vielleicht hat er deshalb gelacht. Ich breche Knochen. Nikolo blättert, versteht. Der Brecher also. Das passt besser zu ihm als Pit.

Die ersten Wochen sind die Hölle. Nikolo fühlt sich wie auf einem anderen Planeten. Keine türkischen Nachrichten oder Zeitungen, keine Bekannten, alles neu und fremd. Nicht einmal Briefe aus der Heimat wie die anderen. Da ist niemand in der Heimat. Selbst in seiner Baracke sind es insgesamt nur drei Türken. Der Dritte spricht nicht, geht nach der Arbeit weg. Keiner weiß, wohin. Um zehn Uhr abends ist er wieder da, dann wird das Gelände abgeschlossen. Bleibt nur Sadi. Er ist ein lustiger Vogel, aber Nikolo weiß nicht, ob er ihm trauen kann. Er erzählt zu viele Geschichten. Normalerweise würde er einen Bogen um ihn machen. Aber in Hamburg-Billbrook ist nichts normal. Nicht für Nikolo. Also wird Sadi so was wie ein Freund.

Am Tag geht es. Die Arbeit ist gut. Pausen sind geregelt. Da will er sich nicht beklagen. Dem Brecher geht man besser aus dem Weg. Er ist für Ordnung zuständig. Was das ist, entscheidet er allein. Es ändert sich danach, ob er einen guten Tag hat oder einen schlechten. Abends, wenn die anderen sieben in der Baracke in ihren Betten schnarchen, stellt Nikolo sich immer wieder die gleiche Frage: Warum ist er nicht in der Türkei geblieben? Er hätte den Frauen nicht sein gesamtes Vermögen geben müssen. Vielleicht hätte er nur Ayda versorgen, bleiben und gut leben können. Aber die anderen Mädchen brauchten doch genauso dringend Hilfe. Die Menschen hier sind nicht freundlich. Vielleicht versteht er sie nur nicht, vielleicht sind sie nur anders. Sie sehen anders aus, haben andere Stimmen, ihre Sprache hört sich so viel härter an als seine. Bestimmt meinen sie es gut, wenn es auch oft böse klingt. Er hat sich das Paradies ganz anders vorgestellt. Warum ist er gekommen? Es muss einen Grund, einen Sinn dafür geben. Vielleicht Helga. Ihr gehört immer sein letzter Gedanke vor dem Einschlafen. Helga, die Sekretärin. Wenn sie spricht, hört es sich weich an. Und sie weiß immer, welches Wort ihm gerade fehlt.

Nikolo will besser Deutsch sprechen. Mit Sadi zu lernen, ist mühsam. Er konzentriert sich nicht. Er erzählt lieber.

»Ich weiß jetzt, warum die alle so schlechte Laune haben.« Normalerweise interessieren Sadis Geschichten Nikolo nicht. Er möchte lieber Vokabeln wiederholen. Aber jetzt wird er doch hellhörig. Kennt Sadi wirklich den Grund für die Spannung, die Nikolo von Anfang an gespürt hat? »Hier klaut jemand«, flüstert er. »Die Nudelfresser wahrscheinlich.« Seine dunklen Augen rollen einmal nach links, dann nach rechts. »Lange Finger machen.« Sadi grinst. »Das kannst du gleich lernen. Das heißt stehlen.« Darum sind alle so nervös.

Die Italiener der Baracke essen wirklich oft Nudeln. Da hat der Brecher recht. Pasta sagen sie dazu. Pasta gibt es in Hamburg. Zutaten für türkisches Essen gibt es nicht. Weder Weinblätter noch Bulgur oder wenigstens einfache Sesamkringel hat Nikolo in einem Geschäft gesehen. Köfte heißen hier Frikadellen, aber die schmecken ganz anders. Um richtige zu machen, fehlt ihm Kreuzkümmel und grober scharfer Paprika. Helga sagt immer, sie sollten einfach Bescheid sagen, wenn sie etwas bräuchten. Er sagt ihr, dass er gern Kreuzkümmel kaufen würde und Chilischoten.

»Kein Problem.« Sie lächelt ihn an. Wie hübsch ihre Sommersprossen wohl im Juli oder August sind. »Hier in Billbrook gibt es einen Drogenhandel.« Nikolo erschrickt. Keine Drogen, das hat der Brecher gleich am ersten Tag gesagt. Helga lacht. »Keine Sorge, das heißt nur so. Da bekommst du alle Kräuter und Gewürze, die du dir vorstellen kannst. Ich kenne da eine Sekretärin. Schreib mir auf, was du brauchst, und ich bringe es dir mit.« Das tut sie wirklich und verlangt nicht mal einen Pfennig von ihm. Ihre Freundin hat ihr ein paar Proben besorgt. »Das kostet nichts.« Ihre Finger berühren sich ganz kurz, als er ihr das in Papier eingeschlagene Päckchen abnimmt. Plötzlich weiß Nikolo, dass er verliebt ist. Wie lange hat sich sein Herz nicht mehr so warm angefühlt? Denn er ist sicher, dass sie ihn auch mag. Warum sonst sollte sie so nett zu ihm sein?

Ende November. Schon bald drei Monate ist Nikolo jetzt in Deutschland. Es kommt ihm wie eine Ewigkeit vor, seit er die Türkei in Istanbul gelassen hat. Sonntage hier sind furchtbar. Sie sind viel länger als alle anderen Tage, weil nicht gearbeitet wird. Unzählige Stunden in dem feuchtkalten Wohnraum oder der viel zu kleinen Küche, in der nach dem Kochen das Wasser die Wände runterläuft. Dieser Sonntag ist anders.

»Komm, wir gehen spazieren«, sagt Sadi und zerrt Nikolo regelrecht ins Freie. Es ist lausig kalt. Nikolos Jacke ist zu dünn. Trotzdem, Sadi gibt nicht nach. »Ich habe einen Plan«, wispert er, als sie das Gelände verlassen haben. Über die Kreuzung und vorbei an zweistöckigen Gebäuden, in denen kein Mensch ist, an Höfen mit Lkw, mit verschnürten Altpapierbündeln, über Bahngleise, die durch die Straße laufen. Erst dann sagt Sadi: »Ich habe aufgepasst, ich weiß ganz genau, wann das Geld für die Gehälter in den Tresor gelegt wird. Du brauchst nur Schmiere stehen.« Sie sind auf der Brücke mit dem roten Geländer und den breiten Metallbögen. Dicke Nieten rosten vor sich hin.

»Ob der Kanal bald zufriert?« Nikolo starrt aufs Wasser.

»Hast du mir zugehört?«, zischt Sadi.

»Ich mach so was nicht. Du sollst nicht stehlen.« Der Mann, der ihn aus dem Waisenhaus für armenische Kinder geholt hat, war Christ. Seitdem ist Nikolo auch Christ.

»Mann, ich hab's dir doch erklärt. Du brauchst nichts

machen, nichts Verbotenes. Nur aufpassen, bis ich mit dem Geld zurück bin.« Das ist nichts für Nikolo, damit will er nichts zu tun haben. Aber Sadi achtet gar nicht auf ihn. »Ich hab dir doch gesagt, hier klaut jemand. Hat er schon gemacht, bevor wir überhaupt in Hamburg angekommen sind. Uns verdächtigen die nie!« Eine Wolke bildet sich vor Sadis bläulichen Lippen und löst sich auf.

Nikolo schüttelt den Kopf. »Vielleicht nicht, aber die erwischen uns sofort, weil sie nur darauf warten, dass es wieder passiert. Ich bin kein Idiot.« Er stapft allein zurück zur Baracke.

Am Montag ist die Welt weiß. Der erste deutsche Schnee. Alles sieht viel hübscher aus, so sauber und hell. Und dann kommt auch noch Helga, als er gerade Feierabend hat. Kurz vor der Unterkunft erwischt sie ihn. Ihr Mantel ist schon ein bisschen abgewetzt, und das Fell am Kragen nicht echt. Steht ihr trotzdem gut.

»Am Wochenende beginnt der Weihnachtsmarkt.« Sie lächelt. »Mit dem Bus kommt man gut hin. Bestimmt ist der Stand mit den Gewürzen wieder da. Der ist jedes Jahr dort. Da bekommst du alles, was du für Köfte brauchst. Nicht nur Pröbchen, sondern gleich einen ganzen Vorrat. Überhaupt, der ist schön, der Markt am Rathaus. Wird dir gefallen.« Sie hat sich gemerkt, dass es Köfte heißt. Sie denkt darüber nach, was ihm gefällt. Sie mag ihn wirklich. Nikolo kriegt kaum Luft vor Glück. Schwere Schritte knirschen durch den Schnee heran. Der Brecher. Ausgerechnet.

»Na, Helga, was hast hier zu suchen? Frauenbesuche sind den Knoblauchfressern nich erlaubt. Weißt ganz genau.«

»Ich arbeite hier. Schon vergessen?« Sie reckt das Kinn. Mutig, findet Nikolo.

»Lass dich bloß nicht mit einem von denen ein.« Die kratzige Stimme des Brechers kriegt einen Unterton, der Nikolo gar nicht gefällt. »Machen unsere Frauen ganz verrückt mit ihren dunklen Augen und dem schwarzen Haar. Aber du kannst von denen nix erwarten. Außer 'n Braten inner Röhre.« Nikolo versteht nicht. Da streichelt der Brecher über Helgas Bauch.

Sie schlägt seine Hand weg. »Übertreib es nicht, Pit Hansen!« Ihre Augen funkeln, sie hat plötzlich Schweißperlen auf der Stirn. Die beiden stehen sich gegenüber. Lange. Keiner guckt zur Seite. Nikolo sieht den Atem der beiden, der sich verbindet.

»Ich mein ja nur«, sagt der Brecher schließlich, senkt den Blick und deutet mit dem Kopf auf Nikolo. »Der ist wieder in der Türkei, und du sitzt mit dem Balg da.« Dann zieht er davon, die Hände tief in den Hosentaschen vergraben.

Helga verabschiedet sich eilig.

»Schönen Feierabend«, ruft Nikolo noch. Sie nickt nur und ist weg.

»Kannst sie gut leiden, was?«, fragt Sadi, als Nikolo in die Baracke kommt.

»Wen?«

»Helga. Ich habe euch gesehen. Hier drinnen hörst du alles, ob du willst oder nicht.« Er lacht. »Ist eine hübsche Frau, du hast Geschmack.« Er stellt sich Nikolo in den Weg, als der zu seinem Spind gehen will. »Du könntest ihr etwas Schönes zu Weihnachten kaufen, wenn du mitmachst«, flüstert er ganz nah an Nikolos Ohr. »Was meinst du, wie es Pit gefallen würde? Der kriegt richtig Ärger, wenn wieder Geld fehlt. Und wenn Helga dich dann auch noch leiden kann, dreht er durch.« Er lässt die mächtigen Augenbrauen hüpfen und kommt noch näher. »Die wollen eine Maschine kaufen. Eine teure Maschine. Das Geld dafür legen die auch in den Tresor. Ich muss nur den richtigen Moment erwischen.«

Ein Weihnachtsgeschenk für Helga ist eine gute Idee. Das schafft Nikolo auch, wenn er spart, dafür muss er kein krummes Ding drehen. Er braucht schließlich nichts in die Heimat zu schicken wie alle anderen. Dem Brecher eins auswischen würde er aber doch gerne. Nikolo schiebt den Gedanken weg. Es wäre nicht anständig.

In der Frühstückspause will er sich trockene Socken holen. Es hört gar nicht mehr auf zu schneien. Auf dem Weg morgens zur Fertigungshalle ist ihm Schnee in den Schuh geraten. Eisig. Der Weg von der Halle zur Baracke führt am Bürotrakt vorbei. Nikolo muss sich beeilen. Plötzlich hört er ein Wimmern. Er bleibt stehen.

»Nun stell dich mal nich so an! Dem Knoblauchfresser machst schöne Augen, und ich krieg nich mal einen Kuss?«

»Nicht, Pit! Bitte, lass mich!«

Nikolo versteht sofort. Er hetzt um die Ecke. Der Brecher steht vor der Wand, in jeder Pranke ein schmales Handgelenk, wie an den Backstein genagelt. Nikolo kann Helga hinter dem massigen Körper nicht sehen, aber er weiß, dass sie es ist.

»Lässt du Frau in Ruhe!«, ruft er, so laut er kann. Der Brecher lässt los, dreht sich um. Nikolo sieht, wie Helga sich hastig über die roten Wangen wischt.

»Was willst du denn? Lern erst mal Deutsch, bevor du die Klappe aufreißt. Du hast mir nichts zu sagen, kapiert?«

»Und du lernst besser Benehmen, Pit Hansen.« Ihre Stimme zittert noch etwas, aber sie hat sich schon wieder unter Kontrolle. »Sonst melde ich dich bei Herrn Wolters.« Das ist Pits Vorgesetzter. Vor dem hat er Respekt. Der Brecher sagt noch etwas, das Nikolo nicht versteht, dann zieht er ab.

»Danke, das war Rettung in letzter Minute.« Helga lächelt. Dieses Mal sieht es nicht fröhlich aus wie sonst. »Ich weiß auch nicht, was mit ihm los ist. Pit ist ein übler Bursche, war er schon immer. Bisher hat er mich aber nie angefasst. Er hat eine große Klappe, aber Hunde die bellen, beißen nicht. Weißt du, was das bedeutet?« Sie erklärt es ihm. »Neuerdings wird er immer frecher. Und dauernd erzählt er dummes Zeug, von wegen, dass er sich bald ein Auto kauft und hier nicht mehr lange arbeitet. Dass ich ihm dann nicht hinterherlaufen brauche, sagt er. Dann will er nämlich nix mehr von mir wissen.« Sie redet gar nicht mit Nikolo, sondern mit sich selbst. Doch dann sieht sie ihm auf einmal in die Augen. »Ich lade dich am Sonntag zum Weihnachtsmarkt ein. Als Dankeschön. Hast du Lust?«

Natürlich hat er. Zum ersten Mal, seit er in Deutschland ist, freut er sich auf den Sonntag. Nikolo macht sich schick, weißes Hemd, schwarze Hose, die Halbschuhe, die so elegant glänzen.

Helga hat nicht zu viel versprochen, es ist wie im Märchen. Lachende Menschen, Musik, überall Lichter, und es duftet köstlich. Er weiß gar nicht, wonach.

»Du musst alles probieren«, sagt Helga übermütig. Sie kauft ihm Zuckerwatte. »Und da gibt es Marzipan. Das kommt aus Lübeck.«

»Aber nein, kommt aus Iran«, erklärt Nikolo.

»Das kann nicht sein.«

»Ist aus Mandeln, stimmt?« Sie nickt.

»Guck mal, und ich dachte, das hätten die in Lübeck erfunden«, sagt sie. Sie gehen von Stand zu Stand, es gibt so viel zu sehen. Geschnitzte Männchen, aus deren Mund Rauch steigt, Sterne in allen Formen und Farben, Kerzen und bunt bemalte Kugeln. »Also, ich brauch nach dem ganzen klebrigen Süßkram was Deftiges.« Helga steuert auf eine Bude zu, die mit Fischernetzen dekoriert ist. Es wird schon dunkel, Nikolo spürt seine Füße nicht mehr in den dünnen Halbschuhen. »Fischbrötchen. Gibt es die bei euch auch?« Er schüttelt den Kopf.

»Aber ich kaufe. Du hast schon ganze Tag bezahlt.«

»Klar, ich habe dich schließlich eingeladen.«

»Jetzt genug, jetzt ich zahlen.«

»Na gut.«

Nikolo kennt Fisch nur würzig und mit dem Geschmack nach Meer. Der hier ist sauer. Bismarckhering hat Helga dazu gesagt.

»Na, du ziehst ja 'ne drollige Schnute!« Ihr kommen die Tränen vor Lachen.

»Was ist Schnute? Dollige Schnute?«

»Drrollig.« Schön, wenn sie das R so rollt.

Zum Abschluss gehen sie an die Alster und bewundern den geschmückten Baum, der mitten auf dem Wasser steht.

»Das da ist das Hotel Vier Jahreszeiten. Das ist was für ganz reiche Leute.« Sie kriegt einen glasigen Blick. »Is nix für unsereins.« Helga seufzt. »Trotzdem. Einmal in der Weihnachtszeit da wohnen, in einem Zimmer ganz da oben, und von da denn auf den geputzten Baum gucken! Das wär wie im Himmel.«

Die ganze Woche hat Nikolo gehofft, ein paar Worte mit Helga wechseln zu können. Schade, sie hatte keine Zeit für ihn. Es gab eine Menge Aufregung. Irgendetwas wegen der neuen Maschine, Nikolo hat das nicht so genau mitbekommen. Er hat Helga immer nur von Weitem gesehen. Und den Chef hat er gesehen, wie er aufgebracht mit dem Brecher über den Hof gelaufen ist. Wolters hat geredet und mit den Händen gefuchtelt, der Brecher hat nichts gesagt, aber ganz genau zugehört.

Als wieder Sonntag ist, geht Nikolo allein auf den Weihnachtsmarkt. Wenn er Glück hat, ist Helga auch da. Er hat kein Glück, aber es ist ja auch alles so groß und voller Menschen. Wie soll man da jemanden zufällig treffen? Die bunten Kugeln kommen ihm plötzlich kitschig vor, die Lichter funkeln nicht mehr so hell. Die Besucher riechen nach Alkohol und rempeln ihn an. Die Musik ist zu laut. Er geht weiter zur Alster. Sie ist zugefroren, nicht weit vom Alsterpavillon laufen Männer und Frauen Schlittschuh. Nikolo kennt das nur von Bildern. Wie schnell einige sind, vor allem die Männer. Wie können sie sich auf diesen dünnen Metallkufen halten? Er geht näher heran, hört das Rauschen, wenn einer mit hoher Geschwindigkeit an den Zuschauern vorbeiflitzt, das Kratzen, wenn jemand bremst. Eine Frau bewegt sich elegant wie eine Fee. Sie dreht Pirouetten, streckt die Arme hoch über den Kopf. Ihre Haare fliegen, ihr Rock spannt sich auf wie ein Teller. Helga. So anmutig wie die Rosen-Schöne aus seinem Lieblingsmärchen. Er schaut zu dem teuren Hotel hinüber, das sie ihm gezeigt hat. Wie lange muss er wohl sparen, um ihr eine Nacht dort bezahlen zu können? Darf er das überhaupt, ohne dass sie schlecht von ihm denkt?

Aus heiterem Himmel ein Knirschen und Knacken. Köpfe drehen sich, fragende Blicke. Dann ein gewaltiges Krachen und ein Schrei. Ein Mann ist ins Eis eingebrochen, ein Junge eher, denkt Nikolo. Dort, wo das Wasser mit einem seltsam hohlen Platschen in die Luft gespritzt ist, hat vorher ein schlaksiger Bursche seine Runden gedreht. Menschen zeigen mit den Fingern, brüllen durcheinander. Helga bewegt sich auf das Loch im Eis zu. Vorsichtig, ängstlich. Nikolo zieht die Jacke aus und die Schuhe, rennt die flache Böschung hinunter, läuft aufs Eis, wird langsamer mit jedem Schritt. Knack. Er schluckt. Eine Hand ragt vor ihm aus dem Wasserloch.

»Du musst dich auf den Bauch legen, dann verteilt sich dein Gewicht besser!« Helga. Ihre Augen sind weit aufgerissen. »Aber pass auf dich auf, hörst du?«

Nikolo geht langsam auf die Knie. Knack. Nur keine hektische Bewegung. Aber viel Zeit bleibt nicht, schon ist die Hand vor ihm nicht mehr zu sehen. Knack. Er legt sich hin, rutscht vorwärts, streckt den rechten Arm aus. Reicht nicht. Er robbt weiter vor, greift, spürt eiskaltes Wasser an den Fingern. Noch ein Stück. Nikolo taucht den Arm bis zum Ellenbogen in die Eiseskälte, tastet. Etwas bewegt sich. Er packt zu, zieht, so stark er kann. Eine Hand, ein Arm, Haare. Auf einmal ist jemand neben Nikolo. Ein Mann liegt auf dem Bauch wie er, greift nach der Jacke des Jungen und kniet sich hin. Nikolo geht auch auf die Knie, sonst hat er nicht genug Kraft.

»Zusammen auf drei«, sagt der Mann. Nikolo versteht nicht gleich. »Eins, zwei, …« Jetzt kapiert er, macht sich bereit. »Drei!« Sie zerren den leblosen Körper auf das Eis. Jubeln und Klatschen, das in einem merkwürdigen Nebel immer leiser wird.

Wie Nikolo zurück ans Ufer gekommen ist, weiß er nicht mehr. Auch nicht, wie er in Helgas Wohnung gelandet ist. Seine Wirbelsäule macht sich bemerkbar, tut weh, wie seit Langem nicht. Helga ist gerade in der Küche und macht heiße Suppe und einen Tee.

»Stehen dir gut, die Sachen«, sagt sie, als sie in das kleine Wohnzimmer kommt.

»Ja, passen. Sind von deinem Mann?« Er fürchtet die Antwort.

»Nein, von meinem Bruder. Er fährt zur See. Wenn er in Hamburg ist, hat er hier ein Zimmer. So kann ich mir die Miete leisten.« Sehr schöne Antwort. Er pustet, probiert vorsichtig. »Verbrenn dir man nich die Schnute.« Er sieht sie an, sie zeigt auf ihre Lippen.

»Ah, Schnute, ja.« Nikolo lächelt und löffelt. »Ist gute Suppe.«

»Ist Nikolo eigentlich ein typischer Name in der Türkei?«, will sie wissen, nachdem sie gegessen haben.

»Nein, mein Großvater Grieche, ist gefangen gegangen in der Großen Katastrophe, in türkischen Befreiungskrieg. Großmutter mit Sohn nach Anatolien, schwer gearbeitet. Ihr Sohn, mein Vater.«

»Er ist dort geblieben?«

»Ja, mein Vater immer Anatolien, immer arm.«

»Und deine Mutter?«

»Ist gestorben, als ich ein Jahr alt.« Er macht eine Pause und sieht sie an. Sie interessiert sich wirklich für ihn. Endlich wird ihm wieder warm. »Musste Vater mich weggeben.«

»Ach Mensch, das tut mir leid.«

»Ja, wurde viel geschlagen, bin ich abgehauen, irgendwie bis nach Istanbul.« Er strahlt. »Von da ab gut. Erst Schuhputzer immer auf Straße. Dann armenische Kirchengemeinde baut Waisenhaus.«

»Dann bist du gar kein Türke, sondern Armenier? Ich kenne den Unterschied gar nicht so richtig.« Ihre Wangen werden rot.

Er hält die Teetasse zwischen beiden Handflächen. »Nein, kein Armenier, aber hab ich gesagt. Komm ich aus gleiche Gegend. Hat keiner gemerkt.«

»Du warst ja ein Schlingel.« Sie stutzt kurz und lacht. »Das Wort kann ich dir nicht erklären, tut mir leid. Du bist also im Waisenhaus aufgewachsen?«

»Ja, bin bisschen gewachsen. Kam reicher Mann, wird neuer Papa.«

Sie seufzt. »Ach, wie schön!«

»Aber ist gestorben, hatte ich nur noch sein Geld.«

»Es ist traurig, seine Eltern zu verlieren, aber auch der Lauf des Lebens.« Es ist lange still, eine Uhr tickt. »Es geht mich ja nichts an, Nikolo, aber warum bist du denn nach Deutschland gekommen, wenn dir dein Vater viel Geld hinterlassen hat?«

»Ist ja schon lange weg.«

»Ach so.« Das klingt ein bisschen traurig.

»Gibt eine Verein in Anatolien für Frauen, die … wie sagt ihr? … die verbraucht sind?«

Helga macht große Augen. »Missbraucht?« Er nickt.

»Du hast alles verschenkt?«

»Ja, weißt du, im Waisenhaus war ein Mädchen, Ayda. War wie eine Schwester für mich. Sie wurde auch …« Er braucht es nicht auszusprechen, Helga nickt. Sie versteht. »Ich wollte etwas behalten, aber gab so viele Frauen, die brauchten nötiger. Bei uns ist nicht wie bei euch, für alles eine Versicherung. Bei uns gibt nicht Hilfe, musst du selbst sehen. Ich war sehr jung, konnte ich noch arbeiten, habe ich gedacht.«

Helgas Lippen fangen an zu zittern, und eine Träne kullert über ihr Gesicht.

»Tut mir leid, wollte ich nicht.« Was hat er bloß falsch gemacht?

Nikolo hat gerade noch den letzten Bus gekriegt. Trotzdem zu spät. Die Schranke am Gelände ist abgeschlossen. Ausgerechnet der Brecher erwischt ihn, wie er drübersteigen will. Er schreit und führt sich auf wie ein Stier in der Arena. Nikolo ist es gleich, der Abend war so schön. Selbst wenn er jetzt Prügel kassierte, würde es ihn nicht kümmern.

Sadi ist noch wach. »Wie siehst du denn aus? Den Pullover kenne ich ja gar nicht. Und die Hose …« Er springt aus dem Bett, kommt ganz nah. »Nikolo, morgen ist es so weit. Morgen werden wir reich. Aber nur, wenn du mitmachst. Das heißt, du musst nichts machen, habe ich dir ja erklärt. Nur aufpassen, dass keiner kommt. Das ist nicht verboten. Was ist, bist du dabei?«

Reich. Nikolo könnte sich ein kleines Auto kaufen und eine richtige Wohnung nehmen. Raus aus der Baracke. Dann könnte er Helga treffen, so oft und so lange er wollte. Eine Nacht im Vier Jahreszeiten könnte er auch bezahlen. Es wäre nicht anständig. Aber es wäre für Helga.

»Nein, Sadi. Die brauchen die neue Maschine, damit sie weiter Geld verdienen und ihre Leute bezahlen können. Damit sie uns bezahlen können. Wir beklauen uns selbst, wenn wir die Summe aus dem Tresor nehmen.«

»Du kapierst es nicht. Die Firma ist stinkreich. Wolters holt einfach noch mal Scheine von der Bank. Das merken die gar nicht.«

»Es ist nicht richtig, Sadi.«

Sadi sieht ihn lange an. »Du bist dumm«, sagt er dann. »Helga wird dich für einen Schlappschwanz halten, wenn du dir diese Gelegenheit entgehen lässt.« Nikolo spürt einen Stich in der Brust. »Aber gut, ganz wie du willst. Dann mach ich's eben allein. Ich brauch dich nicht.«

»Lass die Finger davon, Sadi! Die kriegen dich. Die sind schon ein paarmal bestohlen worden. Dieses Mal geht es um sehr viel Geld. Die werden darauf aufpassen wie auf einen Schatz.«

Sadis Lippen verziehen sich zu einem breiten Grinsen. »Ganz genau, ein Schatz, mein Schatz!«

Der nächste Abend. Stille. Nur ein gleichmäßiges schnelles Wummern, wie lautes Rauschen in Nikolos Ohren, das anschwillt und abschwillt, anschwillt und abschwillt. Und Schnarchen aus einem der Stockbetten. Es ist besonders kalt in dieser Nacht, trotzdem steht Nikolo Schweiß auf der Stirn. Er muss etwas tun. Er kann Sadi nicht in sein Unglück laufen lassen. Die werden ihn schnappen, und dann kommt alles raus: dass er schon mal im Gefängnis war, dass er bei der Anwerberkommission gelogen hat. Die setzen ihn an die Luft, schicken ihn zurück. Sadi wird wieder hinter Gittern landen.

Nikolo steht auf, zieht sich an. Vielleicht ist es noch nicht zu spät. Er zieht die Tür der Baracke leise hinter sich zu, läuft hinüber zum Verwaltungstrakt. Der Schnee knirscht viel zu laut unter seinen Sohlen, sein Atem schwirrt als eisiges Wölkchen um seinen Kopf. Die Kälte sticht in seiner Kehle. Der Haupteingang ist offen. Verdammt, dann ist Sadi schon drin. Nikolo zögert. Was, wenn er zusammen mit Sadi entdeckt wird? Dann denken die doch, Nikolo ist auch ein Dieb. Das muss er riskieren. Er muss Sadi umstimmen, immerhin ist er so was wie ein Freund.

»Ein Knoblauchfresser! Das ist ja ein Ding!« Der Brecher. Ausgerechnet. »Der Chef wird sich freuen, dass wir den Langfinger erwischt haben.«

»Allerdings. Das gibt eine hübsche Prämie.«

Die Stimme kennt Nikolo nicht. Jetzt ein türkischer Fluch. Sadi. Dann Keuchen und Poltern. Klingt wie ein Handgemenge. Nikolo steht wie erstarrt, traut sich kaum zu atmen. Er kann nichts mehr für Sadi tun. Er kann sich nur noch selbst schützen.

»Das könnte dir so passen!«, hört er, als er sich umdreht. Ihm rutscht das Herz in die Hose. »Abhauen ist nicht.«

»Keine Sorge, Pit, ich hab ihn. Du kannst die Polizei rufen.«

Weg hier. Sofort! Nikolo schlüpft durch die Tür, hört schwere Schritte hinter sich. Schnell in die Baracke und ins Bett. Aus dem Augenwinkel sieht er eine abgewetzte Aktentasche im Schnee liegen, die anscheinend jemand über das steinerne Treppengeländer des Haupteingangs geworfen hat. Zwei Geldscheine liegen daneben. Nikolo ist mit einem Satz dort, stopft die Tasche unter seine Jacke. Die Schritte werden lauter. Nikolo taucht in die Dunkelheit.

Dezember, ein Jahr später.

Von hier oben sieht der geschmückte Baum auf der Alster tatsächlich noch schöner aus als von dort unten. Überall funkeln Lichter, bunte Kugeln, Sterne. Nikolo bildet sich ein, er könnte den Duft der gebrannten Mandeln riechen. Schlittschuhläufer ziehen ihre Kreise, und am Neuen Jungfernstieg spielt eine Frau Drehorgel. Sie trägt ein weißes Kleid, hat goldene Flügel auf dem Rücken und lange golden glänzende Haare. Ein Engel. Trotzdem hat Nikolo nur Augen für Helga. Sie hat ihm sofort geglaubt, als er panisch und mit Schüttelfrost vor ihrer Tür gestanden und erzählt hat, was passiert ist.

»Du sagst ihnen, dass du bei mir warst. Es ist spät geworden, darum bist du geblieben.« Er wird nie vergessen, wie sie ihn angesehen hat, als sie das sagte.

»Nein, ich muss zugeben, dass ich da war. Hier!« Er hat ihr die Aktentasche gezeigt. Ihr Blick wurde erst ungläubig, dann hat sie gelächelt.

»Du bist reich, Nikolo. Du hast nichts Böses getan und bist trotzdem reich.«

Helga hätte das Geld wohl sehr gern behalten, aber es gehörte ihnen ja nicht. Also hat Nikolo es bei Herrn Wolters abgegeben. Die Arbeiter in der Fertigungshalle erzählten sich hinter vorgehaltener Hand, dass Sadi nur ein paar Hundert Mark geklaut hatte. Den dicken Fisch soll der Brecher sich geangelt haben. Kann schon sein, dass er die

Tasche in den Schnee geworfen hatte und sie holen wollte, während sein Kollege die Polizei anrief. Jedenfalls hat Nikolo ihn seitdem nicht mehr gesehen.

Helga hat es nicht mehr lange bei Thyssen ausgehalten. Sie wurde schief angeguckt, weil sie etwas mit einem Türken hatte. Wenn sie wenigstens verheiratet wären … Ihre Freundin beim Drogenhandel hat ihr eine Stelle vermittelt. Sehr praktisch. Nikolo hat zwei Monate nach ihr gekündigt. Wolters hat ihm eine ziemlich großzügige Belohnung gezahlt.

»Das war sehr anständig, Nikolo«, hat er gesagt. »So ehrlich wäre nicht jeder gewesen.« Dabei war das doch selbstverständlich. Das Geld hat für die Pacht für die ersten zwei Monate gereicht. Nikolo hat jetzt ein eigenes Geschäft mit frischem Gemüse. Nicht nur Kartoffeln und Kohl, sondern auch Auberginen und Fenchel. Außerdem all die herrlichen Gewürze, die er von zu Hause kennt. Helga kann ihm alles besorgen. Eine perfekte Verbindung. Nicht nur geschäftlich. Ihm schwappt eine ganz warme Welle ans Herz. Als wäre plötzlich Frühling. Ist viel Arbeit, so ein Laden, aber auch sein ganzer Stolz. Und jetzt ist erst mal Weihnachten. Er hat Köfte gemacht und Lebkuchen gebacken. Das Restaurant ist zu teuer, sie essen hier im Zimmer. Ist trotzdem wie im Himmel.

HENRIK SIEBOLD

Ein Hauch von Zimt

EINE INSPEKTOR-TAKEDA-GESCHICHTE

»Du willst was machen?« Kriminalhauptkommissarin Claudia Harms sah Kenjiro Takeda, ihren japanischen Kollegen bei der Hamburger Mordkommission, ungläubig an.

Der Inspektor lächelte. »Ich möchte Tee zubereiten. Für unseren Verdächtigen.«

Claudia prustete. »Willst du ihm vielleicht auch noch ein paar Weihnachtsplätzchen reichen?«

»Ja, das hatte ich vor. Weihnachtsgebäck passt hervorragend zu grünem Matcha-Tee. Ich werde eine kleine Teezeremonie für ihn veranstalten.«

Claudia schloss die Augen und stöhnte. Sie arbeitete seit einem halben Jahr mit Takeda zusammen. Er war im Rahmen eines Austauschprogramms der Polizeiorganisationen von Tokio nach Hamburg entsandt worden und bildete nun mit ihr ein Team bei der Mordkommission. Im Laufe der Monate hatte sie Ken als scharfsinnigen Ermittler erlebt. Auch als netten, rücksichtsvollen Mann. Gutaussehend. Immer wieder überraschend. Sie hatten sich angefreundet, ja vielleicht sogar mehr als das. Dennoch irritierte Ken sie immer wieder mit merkwürdigen Anwandlungen, von denen Claudia nicht wusste, ob sie nun typisch japanisch oder einfach nur typisch Ken waren. Jetzt also wollte er für einen Mordverdächtigen Tee zubereiten! Ja, geht's noch?

Claudia öffnete die Augen und nahm einen Spekulatius von dem bunten Teller, der vor ihr auf dem Schreibtisch stand. Es war Adventszeit, und sie liebte Weihnachtsgebäck. War zwar schlecht für die Hüfte, aber gut für die Nerven. Mit vollem Mund fragte sie: »Du weißt schon, dass die meisten Kollegen den Typen lieber durchprügeln würden, oder?«

Takeda nickte. »Sicher. Ich kann es sogar verstehen.«

»Ach, wirklich?«

»Natürlich. Er ist der Täter. Er hat einen Menschen getötet. Wir wissen es. Aber wir können es nicht beweisen. Im Zweifel werden wir ihn gehen lassen müssen.«

Claudia schob sich ein weiteres Gebäckstück, einen Mandeltaler, in den Mund. »Trotzdem willst du ihn mit Tee bewirten! Was soll das?«

»Wir brauchen seine Aussage, im besten Falle ein Geständnis«, erklärte Takeda. »Ich bezweifle, dass eine Tracht Prügel ihn dazu bewegen würde.«

»Aber eine Schale grüner Tee, oder was?«

Der Inspektor hob vielsagend die Augenbrauen. »Wer weiß? Grüner Tee kann Wunder bewirken.«

Claudia seufzte. Wieder einmal wurde ihr klar, dass sie Takeda nicht unterschätzen durfte. Der Japaner wusste genau, was er tat. »Also schön. Dann versuch dein Glück. Aber wenn es mit dem Tee nicht klappt, machen wir die Variante mit dem Verprügeln, in Ordnung?«

Takeda lachte. »Ich denke, das wird nicht nötig sein.«

Der Inspektor erhob sich von seinem Platz und lud allerlei kostbare Teeutensilien, die er in seinem Schreibtisch aufbewahrte, auf ein Tablett. Zuletzt klaubte er ein paar Gebäckstücke von Claudias buntem Teller, legte sie in eine Schale und bedeckte sie mit einem Tuch.

»Jetzt habe ich alles, was ich brauche«, erklärte er und machte sich auf den Weg zum Vernehmungszimmer.

Der Fall hatte knapp zwei Wochen zuvor begonnen. Es war der Montag nach dem ersten Advent. Takeda und Claudia saßen auch an jenem Tag in ihrem gemeinsamen Dienstzimmer, als es an der Tür klopfte. Norbert Hagemeier, der für Vermisstenfälle zuständig war, streckte seinen Kopf ins Zimmer.

Claudia sah ihn unwirsch an und sagte: »Nein, Nobs, du kriegst nichts von meinen Weihnachtsplätzchen.« Mit einem Seitenblick zu Takeda erklärte sie: »Norbert ist eine Weihnachtsheuschrecke. Egal, wo er auftaucht, danach sind sämtliche Leckereien verschwunden.«

»In Afrika vertreibt man Heuschrecken mit Stöckeklappern und lauten Gesängen. Sollen wir?«, fragte Takeda.

Claudia winkte ab. »Nützt bei Norbert nichts. Da müsste schon Insektengift ran.«

Hagemeier lachte, trat ins Zimmer und erklärte: »Ich bin ausnahmsweise nicht wegen der Plätzchen hier. Ich habe jemanden mitgebracht, mit dem ihr mal reden solltet.«

Hinter ihm betrat eine Frau das Dienstzimmer. Takeda schätzte sie auf Mitte vierzig. Blondierte Haare, Jeans, Sweatshirt mit Strassverzierung, seltsame weiße Verfärbungen an Hals und Händen. Hagemeier erklärte: »Das ist Sabine Eschbach … bitte, Frau Eschbach, erzählen Sie meinen Kollegen, was Sie mir erzählt haben.«

Claudia und Takeda wechselten einen kurzen Blick. Es war nicht zu übersehen, dass die Frau vor Kurzem geweint hatte. Claudia bot ihr einen Stuhl an. Sabine Eschbach setzte sich und begann mit zitternden Lippen zu sprechen. »Meine Schwester ist verschwunden. Seit letzter Woche. Wie vom Erdboden verschluckt. Ihr Handy ist ausgestellt. Sie ist nicht zu Hause und kommt auch nicht in die Firma, wo wir gemeinsam arbeiten.«

»Es handelt sich um eine Bäckerei, richtig?«, fragte Takeda.

»Ja, das stimmt. Bäckerei Eschbach. Wir haben Filialen in der ganzen Stadt.«

Claudia sah Takeda fragend an. Der erklärte: »Mehl. An Frau Eschbachs Händen. An ihrem Hals. Außerdem …«

Takeda schloss die Augen und deutete ein Schnuppern an. Claudia war kurz irritiert, dann verstand sie. Sabine Eschbach verströmte einen leisen und doch deutlichen Duft nach Zimt, vermutlich eine Folge der weihnachtlichen Backwaren, die in ihrer Firma hergestellt wurden.

Sabine Eschbach errötete leicht. »Ich komme direkt aus der Backstube … aber ich habe es einfach nicht mehr ausgehalten. Ich musste mit Ihnen sprechen.«

Claudia blickte zu Hagemeier hinüber. »Klingt wie eine klassische Vermisstensache. In der Vorweihnachtszeit nicht ganz selten, oder?«

Der Angesprochene nickte. »Stimmt schon. In den Adventswochen verschwinden mehr Menschen als sonst. Die meisten tauchen allerdings nach den Feiertagen plötzlich wieder auf. Sie sind keine echten Vermissten, sondern Weihnachtsflüchtlinge. Den Impuls kennt jeder von uns, denke ich.«

Alle im Raum stimmten zu. Wer hatte nicht schon einmal angesichts des vorweihnachtlichen Wahnsinns darüber nachgedacht, einfach unterzutauchen? Zum Beispiel auf den Kanaren. Oder Tunesien. Thailand. Um dann ganz entspannt Anfang Januar wieder da zu sein. Himmlische Vorstellung.

»Ich nehme an, es gibt Gründe, warum du Frau Eschbach zu uns in die Mordkommission geführt hast?«, hakte Claudia nach.

Norbert Hagemeier nickte, machte eine auffordernde Geste in Richtung von Sabine Eschbach. »Sagen Sie es.«

Die Frau atmete tief durch und sagte mit erschöpfter Stimme: »Ich glaube, dass meine Schwester nicht einfach verschwunden ist. Sie wurde ermordet.«

Eine kurze Stille trat ein, dann fragte Inspektor Takeda: »Was bringt Sie zu dieser Vermutung?«

»Marion würde niemals einfach so abhauen. Es passt nicht zu ihr. Und im Moment schon gar nicht. Wir sind mitten im Weihnachtsgeschäft. In diesen Wochen machen wir einen nennenswerten Teil des Jahresumsatzes. Sie wissen schon, mit Gebäck, mit Stollen, dazu belegte Brötchen für die Weihnachtsfeiern … Marion und ich leiten die Bäckerei gemeinsam, seit wir sie von unseren Eltern übernommen haben. Aber eigentlich ist sie die Chefin. Ich helfe nur aus, auch weil ich Kinder habe und sie nicht. Aber dann verschwindet sie einfach? Nie im Leben! Jemand muss ihr etwas angetan haben. Ich spüre es. Sie müssen mir glauben.«

Claudia machte sich ein paar Notizen, stellte weitere Fragen. So erfuhren sie und Takeda, dass die Vermisste in den vergangenen Monaten ein Verhältnis mit dem Buchhalter der Bäckerei unterhalten, sich vor Kurzem aber von ihm getrennt hatte und reumütig zu ihrem Ehemann zurückgekehrt war. Der vor den Kopf gestoßene Liebhaber, ein Mann namens Olaf Raschke, hatte seiner Ex-Geliebten eine hässliche Szene gemacht und deutliche Drohungen ausgestoßen. Sabine Eschbach, die jetzt auf dem Polizeipräsidium war, war Zeugin des Streites gewesen, der rund eine Woche zurücklag. Wenige Tage später, genauer am Donnerstag, war Marion Eschbach dann zum letzten Mal gesehen worden.

Inspektor Takeda, der Claudia die Gesprächsführung überließ und sich ganz aufs Zuhören konzentrierte, stieß ein leises Seufzen aus. Es war die erste Weihnachtszeit, die er in Deutschland erlebte, und er hatte sich darauf gefreut. Die Zeit der Liebe, die Zeit des Friedens – das war das Bild, das die japanischen Medien von der deutschen Weihnacht entwarfen. Seine Erfahrungen waren leider ganz andere. Die Menschen waren gestresst wie nie, waren dank der vielen Weihnachtsfeiern ständig verkatert, nahmen zu und hetzten ansonsten in jeder freien Sekunde durch die Geschäfte und kauften bergeweise Geschenke, während sie gleichzeitig erklärten, sich am Konsumwahn nicht beteiligen zu wollen … und alle waren einhellig der Meinung, dass es höchste Zeit wäre, zu den besinnlichen Wurzeln des Weihnachtsfestes zurückzukehren. Vielleicht sollte er froh sein, aus einem Land zu stammen, in dem Weihnachten keine sonderlich große Rolle spielte und sich auf die saisonübliche Dekoration in den Kaufhäusern beschränkte.

»Sie glauben also, dass dieser Olaf Rasch …«

»Raschke«, verbesserte Sabine Eschbach.

»… dass dieser Olaf Raschke Ihrer Schwester etwas angetan hat?«, fragte Claudia.

Sabine Eschbach nickte. »Olaf war stinksauer, als Marion mit ihm Schluss gemacht hat. Der Streit zwischen ihnen wurde richtig laut. Er meinte, dass er sich nicht so einfach abservieren lässt und sie ihre Entscheidung noch bedauern wird.«

»Was ist mit Ihrem Schwager? Weiß er davon?«

»Hajo? Ich denke schon. Es war nicht das erste Mal, dass Marion etwas mit einem anderen Mann hatte. Aber ihn stört's nicht. Alles, was ihn interessiert, ist die Backstube.«

Claudia warf Takeda einen fragenden Blick zu. Der Inspektor nickte sanft. Sie wandte sich an Hagemeier und sagte: »Also schön, wir gehen der Sache nach. Ich sage dir Bescheid, falls wir den Fall übernehmen. Nobs!«

Claudias Stimme überschlug sich in einem jähen Wutanfall. Norbert Hagemeier, der schon fast an der Tür stand, hatte plötzlich dicke Hamsterbacken. Dafür war Claudias bunter Teller bis auf wenige Krümel leergefegt. »Das zahle ich dir heim!«

»Mmh.«

Die Bäckerei Eschbach war ein mittelständisches Unternehmen, das in Hamburg zwölf Verkaufsfilialen unterhielt. Die Produktionsstätte befand sich in einem Gewerbegebiet im Stadtteil Lurup an der westlichen Grenze der Hansestadt.

Claudia und Ken fuhren durch ein breites Tor auf das Firmenareal. Vor dem großen, hallenartigen Hauptgebäude standen einige Lieferfahrzeuge, die mit dem Eschbach-Firmenlogo beschriftet waren. Es zeigte ein großes »E«, umrahmt von einem Ziermuster aus Brötchen und Croissants. Weiter hinten parkte ein gutes Dutzend Privatfahrzeuge. In einem einstöckigen Anbau befand sich vermutlich das Büro.

Als Claudia und Takeda ausstiegen, umfing sie ein betörender Duft nach frischem Brot, dazu Aromen von Vanille, Zimt und Anis. Claudia ertappte sich bei dem Gedanken, dass dieser Mordfall, sofern es denn überhaupt einer war, wenigstens in die Jahreszeit passte. Ein kleiner Trost.

Die Ermittler beschlossen, sich zunächst in der Produktionshalle umzusehen. Durch eine offen stehende Stahltür traten sie ins weißgekachelte Innere der Halle, wo sie erneut von einer betäubenden Mischung aus Gerüchen empfangen wurden. Frische Brötchen, Gewürze, Sauerteig. Große Maschinen surrten, ein gigantischer Ofen glühte in der Ecke, ein altmodisches Kofferradio plärrte. Mitarbeiter in weißen Kitteln und karierten Hosen schoben Wagen mit Backblechen hin und her, formten Brötchen und Brote oder stachen mit Metallformen Plätzchen aus, die sie mit bunten Streuseln oder Kokosraspeln verzierten.

Plötzlich wurden Claudia und Takeda von einer lauten Stimme aufgeschreckt: »He! Wer sind Sie? Was machen Sie hier? Kunden und Lieferanten melden sich bitte vorne im Büro!«

Ein hochgewachsener Mann kam mit stampfenden Schritten auf sie zu. Sein Arbeitskittel war von Mehl eingestaubt. Auf dem Kopf trug er eine rote Zipfelmütze mit weißem Bommel. Er wischte sich die Hände an einem Tuch ab, das er durch eine Gürtelschlaufe gezogen hatte.

Claudia machte eine dämpfende Handbewegung. »Sind Sie Hajo Eschbach?«

»Bin ich. Und wer sind Sie?«

Claudia taxierte Eschbachs Gesicht. Er sah gut aus, ausdrucksstark, wenn auch erschöpft. Sie zog ihren Dienstausweis aus der Tasche und hielt ihn Eschbach entgegen. Takeda folgte ihrem Beispiel.

Der Bäckermeister starrte auf die Ausweise, setzte dann ein feixendes Lächeln auf. »Sagen Sie bloß, Sie sind wegen Marion hier?«

»So ist es. Wir haben gehört, dass sie verschwunden ist.«

Eschbach lachte auf. »Sagt wer? Sabine? Oder etwa Olaf Raschke? Hat er wirklich die Stirn gehabt, zur Polizei zu gehen?«

»Und wenn es so wäre? Was stört Sie daran? Beunruhigt es Sie nicht, dass Ihre Frau seit Tagen nicht mehr gesehen wurde?«

Eschbach gab ein Seufzen von sich. »Nein, tut es nicht. Weil es bei Marion nichts Ungewöhnliches ist. Sie wird schon wieder auftauchen. Kommen Sie lieber mit, ich zeige Ihnen etwas.«

»Herr Eschbach! Wir haben Anhaltspunkte, dass Ihrer Frau etwas zugestoßen sein könnte.«

Eschbach schenkte Claudia keine Beachtung und entfernte sich. Ihr und Takeda blieb nichts anderes übrig, als dem Bäckermeister zu folgen. Schließlich standen sie gemeinsam vor einer großen Maschine, einer Art Fließbandofen. Auf der vorderen Seite befand sich ein Trog, in den ein Mitarbeiter allerlei Zutaten schüttete, darunter säckeweise Mandeln und Zucker. Alles wurde von zwei riesigen Stahlwalzen pulverisiert und verrührt. Die Knetmasse wurde durch Rohre weitergeleitet, ausgewalzt und dann in Form kleiner Sterne auf ein stählernes Förderband gepresst. Eine automatische Spritzdüse glasierte die Sterne mit weißem Zuckerguss. Dann rollten die Gebäckstücke in langsamem Tempo in den Ofen hinein. Minuten später tauchten sie auf der anderen Seite frisch gebacken wieder auf. Dort purzelten sie in einen Auffangkorb, kühlten aus und wurden schließlich von einem weiteren Mitarbeiter in kleine, mit Kristallkugeln und Schneeflocken verzierte Tüten verpackt.

Hajo Eschbach machte eine Präsentationsgeste und sagte: »Hier entstehen unsere berühmten Zimtsterne. Keiner macht sie so gut wie wir. Bitte, probieren Sie doch einfach mal!«

Der Bäckermeister griff in den Auffangkorb und nahm eine Handvoll Sterne heraus, die er Takeda und Claudia hinhielt.

Die Ermittler wechselten einen stummen Blick. Eschbachs Verhalten entsprach dem, was seine Schwägerin geschildert hatte. Seine Frau war verschwunden, aber der Mann schien nichts als Weihnachtsgebäck im Kopf zu haben. Na ja, eigentlich war es bei ihr ja genauso, musste Claudia sich mit einem Lächeln eingestehen. Die Adventszeit war für sie eine einzige fortgesetzte Nascherei … Sie warf Takeda ein entschuldigendes Lächeln zu, nahm dann einen Zimtstern und schob ihn sich in den Mund.

Claudia schloss die Augen. Das Gebäck löste eine regelrechte Explosion ihrer Sinne aus. Es fing bei der Konsistenz an, die weich und sämig war. Nass, aber nicht klebrig, vor allem kein bisschen bröckelig. Und dann dieser Geschmack! Claudias Zunge, Gaumen, Nase wurden geflutet von Aromen von Mandeln, Zucker und Zimt. Sie schmeckte einen Hauch von Kardamom heraus, eine Idee von Anis, einen leisen Anklang von Vanille … so etwas hatte sie noch nie gegessen! Kein Wunder, dass Eschbach stolz auf seine Zimtsterne war. Die waren wirklich unübertroffen!

Takeda beobachtete Claudia, und ein sanftes Lächeln spielte um seinen Mund. Claudia war so ganz anders als japanische Frauen. Sehr direkt und impulsiv, ja im Grunde müsste man sagen, unbeherrscht. Aber das war kein Makel, im Gegenteil, er bewunderte sie dafür. Claudia war so … sinnlich. Allein wie sie jetzt mit geschlossenen Augen vor ihm stand und sich ganz dem Genuss eines Zimtsterns hingab! Es fehlte nur noch, dass sie ein wohliges Stöhnen von sich gab …

Takeda überwand seine Zurückhaltung und nahm ebenfalls eines der Gebäckstücke, schob es sich in den Mund. Wie alle Japaner hatte er ein großes Interesse an *Meibūtsū*, an lokalen Spezialitäten, daher auch an der deutschen Backtradition. Die war schließlich weltberühmt. Seit er nach Hamburg gekommen war, hatte er schon so manche Brot- und Backware probiert, die ihn ins Verzücken versetzt hatte. Auch diese Zimtsterne waren wirklich vorzüglich. Er sollte eine Packung kaufen und seinen Eltern nach Japan schicken! Sie wären sicherlich ebenso begeistert.

Claudia, die bereits den zweiten Zimtstern genoss, öffnete die Augen und sah zu Takeda hinüber. Obwohl ihr Mund noch voll war, lachte sie laut heraus. Ken machte ein Gesicht wie ein Wissenschaftler, der eine Speise analysiert. So war er halt, dachte sie. Er konnte genießen, aber er wollte immer auch verstehen, womit er es zu tun hatte. Vermutlich würde er später einen langen Eintrag in sein Notizbuch machen und alles aufschreiben, was er heute über die Produktion und den Geschmack von Zimtsternen gelernt hatte.

Schließlich brachten sie Eschbach doch noch dazu, weitere Fragen zu beantworten. So erfuhren sie, dass der Bäckermeister seine Frau in der vergangenen Woche am Donnerstagabend zuletzt gesehen hatte. Während er hier in der Backstube die Abendschicht geleitet hatte, war sie hergekommen, um die Lieferpläne für den nächsten Morgen zu überprüfen. Als er dann gegen Mitternacht nach Hause gekommen war, war sie nicht dort gewesen. Er hätte sich zwar gewundert, wäre aber nicht allzu beunruhigt gewesen, schließlich übernachte Marion gerne einmal woanders, oder besser gesagt, bei anderen Männern. Insofern dürfe man es ihm auch nicht übel nehmen, wenn er sich keine Sorgen um seine Frau mache. Jedenfalls nicht schon nach wenigen Tagen. Claudia gab zu bedenken, dass das Verhältnis zwischen Eschbachs Frau und Olaf Raschke doch beendet wäre. Daraufhin wirkte der Bäckermeister kurz irritiert, sagte dann aber: »Bei meiner Frau kann man nie wissen, woran man ist. Erst ist es vorbei, dann fängt es wieder an. Vielleicht ist sie auch einfach ein paar Tage zu einer Freundin gefahren, um zur Ruhe zu kommen.«

»Und das stört Sie gar nicht?«, fragte Claudia.

»Was soll ich denn machen? Ich liebe sie und muss sie so nehmen, wie sie ist.«

Claudia und Takeda spürten den Worten des Bäckermeisters nach. Sie klangen traurig, aber auch abgeklärt. Konnte man sich wirklich so leicht mit den Dingen abfinden? Nun, es gab wohl Männer, die über eine schier grenzenlose Leidensfähigkeit verfügten, dachte Claudia. Takeda hingegen dachte weniger an die Liebe oder ans Leiden. Ihn störte vielmehr, dass er die Aussage des Bäckermeisters mit der seiner Schwägerin, Sabine Eschbach, vom Vormittag nicht in Deckung bringen konnte. Noch war ihm nicht klar, was genau ihn störte. Aber etwas passte nicht, so viel stand fest.

Claudia blickte Takeda fragend an, der aber den Kopf schüttelte. Daher erklärte sie, an Eschbach gewandt: »Wir möchten jetzt mit Herrn Raschke sprechen. Wo finden wir ihn?«

Ein schadenfrohes Lächeln erschien auf Eschbachs Gesicht. »Nicht hier, so viel steht fest.«

»Was heißt das?«

»Ich habe ihn heute Morgen gefeuert. Aber nicht wegen Marion, jedenfalls nicht nur. Sondern weil er unfähig ist. Der tritt mir nicht mehr unter die Augen.«

»Haben Sie seine Privatadresse und Telefonnummer?«

»Kriegen Sie im Büro.«

Mit diesen Worten drehte der Bäckermeister sich um und stapfte in den hinteren Teil der Halle davon. Dabei schob er sich einen seiner Zimtsterne in den Mund und stieß ein leises, lustvolles Seufzen aus.

Kurz darauf betrat Claudia die Büroräume der Bäckerei, die sich im Anbau der Halle befanden. Takeda ging hinaus auf den Hof, um eine Zigarette zu rauchen.

Offenbar hatte sich das Erscheinen der Polizei bereits herumgesprochen. Sämtliche Mitarbeiter starrten in Claudias Richtung. Sie störte sich nicht daran, sondern sah sich erst einmal um. Auf einer Art Tresen, der den Eingangsbereich abgrenzte, lagen Klemmbretter mit Listen. Claudia betrachtete sie und sah mehrere Spalten mit Abkürzungen, daneben unbeholfene Unterschriften. Vermutlich waren es die Fahrer, die hier ihre Lieferungen abzeichneten.

Eine junge Frau, die am vordersten Schreibtisch saß, stand auf, trat an den Tresen heran und schob Claudia einen Zettel zu. »Hier, das ist die Privatadresse von Herrn Raschke. Er ist zu Hause und erwartet Sie.«

Claudia sah sie verdutzt an. »Sagen Sie jetzt nicht, dass Sie ihn angerufen … und vielleicht sogar von unserem Besuch erzählt haben?«

Die Mitarbeiterin lächelte in süßlicher Unschuld. »Durfte ich das nicht? Ich dachte, es ist gut, wenn Olaf weiß, dass Sie kommen. Dann geht er wenigstens nicht weg.«

»Ich glaube, Denken ist nicht Ihre starke Seite.«

»Wie bitte?«

»Vergessen Sie es.« Claudia tippte auf die Listen mit den Abkürzungen. »Was heißt das hier eigentlich? SB? DV? LK? KM?«

»Das sind die Warenbestellungen unserer Filialen. Schwarzbrot, Dinkel-Vollkorn und so weiter. Lebkuchen, Kokosmakronen. Der Absatz ist überall unterschiedlich, keine Lieferung ist identisch.«

»Aber ZS wollen sie alle?«

Die Mitarbeiterin strahlte. »ZS. Zimtsterne. Ist ja auch unsere Spezialität.«

»Ich weiß. Ich durfte gerade probieren.«

»Und?«

»Super.«

»Dann nehmen Sie sich doch eine Tüte mit. Das sind die Rückläufer von letzter Woche. Wir verkaufen nur absolut frische Ware.« Mit diesen Worten griff die Mitarbeiterin in eine Kiste, die unterhalb des Tresens stand, und drückte Claudia eine große Tüte mit Zimtsternen in die Hand.

Takeda stand währenddessen draußen an der Seite der großen Produktionshalle. Die ausgetretenen Zigarettenstummel auf dem Boden hatten ihm den Weg in die Raucherecke der Mitarbeiter gewiesen. Kurz nachdem er sich eine Mild Seven, seine japanische Stammmarke, angesteckt hatte, erschienen zwei Mitarbeiter der Bäckerei, um ebenfalls zu rauchen. Schnell waren sie mit dem Inspektor in ein Gespräch vertieft. Es ging um deutsches Brot und japanische Zigaretten, um Samurai-Filme und Manga-Serien. Takeda musste erklären, warum er als japanischer Ermittler seinen Dienst in Hamburg versah. Die Bäckergesellen lobten sein gutes Deutsch. Takeda erzählte ihnen von seinem Vater, der wie viele ältere Japaner ein großer Deutschland-Verehrer war. Er hatte dafür gesorgt, dass Takeda schon in jungen Jahren die Muttersprache von Bach und Beethoven, von Goethe und Schiller gelernt hatte. Die Gesellen nickten bemüht. All diese Namen hatten sie irgendwo auch schon einmal gehört …

Dann war es an Takeda, Fragen zu stellen. Er schlug einen beiläufigen Tonfall an. »Wie ist Ihr Chef so? Mögen Sie ihn?«

»Hajo Eschbach? Er ist in Ordnung. Seine Frau allerdings nicht. Die mag hier keiner.«

»Niemand ist traurig, dass sie verschwunden ist«, ergänzte der andere.

»Erklären Sie mir das«, bat Takeda.

»Hajo steht jeden Tag zwölf Stunden in der Halle, wenn es sein muss, auch die ganze Nacht durch. Er versteht etwas vom Handwerk. Nur darum hat sie ihn doch geheiratet. Nachdem der Senior tot war, musste jemand den Betrieb führen. Ihr selbst geht es einzig und allein ums Geld. Die stakst auf High Heels durch die Halle und schnauzt jeden an, der nicht Vollgas gibt. Die bürstet den Betrieb nur auf Gewinn. Ist jedem klar, warum …«

Takeda hob fragend die Augenbrauen. »Und warum?«

»Na, weil sie den Betrieb verscherbeln will. Die sucht nur noch den Richtigen, der ihr die Millionen dafür rüberschiebt.«

Der Inspektor konnte seine Überraschung nicht verhehlen. »Hat sie das gesagt?«

»Nein. Aber die Spatzen pfeifen es von den Dächern. Der Raschke hilft ihr dabei. Der ist ein kalter Hund. Angeblich hat er im Auftrag der Alten sogar schon mit einer der großen Ketten um eine Übernahme verhandelt. Und zwar hinter dem Rücken vom Chef.«

Erneut blickte der Inspektor die beiden überrascht an. »Pfeifen das auch die Spatzen von den Dächern?«

Die beiden Gesellen grinsten, und der eine sagte: »Klar. Aber jetzt guckt der Raschke in die Röhre. Der dachte doch, dass die Eschbach ihren Mann abschießt und er hier Chef wird. Aber dann hat sie ihn abgeschossen. Und jetzt ist er sogar den Job als Buchhalter los ... Könnte einem fast leid tun, der Kerl.«

Takeda machte sich ein paar Notizen, nickte den Gesellen zu. »Vielen Dank, meine Herren. Das war sehr aufschlussreich.«

Claudia saß am Steuer ihres Peugeots und lotste sie durch den dichten Stadtverkehr in Richtung von Olaf Raschkes Wohnung. Takeda berichtete ihr von seinem Gespräch mit den beiden Gesellen. Claudia hörte ihm zu, schrie dann plötzlich auf: »Du verdammter Idiot!«

Takeda sah sie erschrocken an. »Aber ich dachte, es wäre eine gute Idee, mit den Mitarbeitern zu sprechen? Es ist doch interessant, was sie gesagt haben!«

»Was? Ja, natürlich ist es interessant.« Claudia lachte laut heraus. »Ich meinte doch nicht dich mit dem Idioten. Sondern den verschnarchten Vollpfosten in dem Mercedes vor uns. Der sollte lieber Rollator fahren als einen SLK!«

Takeda atmete erleichtert auf. Er notierte sich den verschnarchten Vollpfosten in seinem kleinen schwarzen Notizbuch, fragte dann: »Was hältst du von der Sache?«

Claudia wiegte den Kopf. »Jedenfalls beginne ich, die Aussage von dieser Sabine Eschbach ernst zu nehmen. Die Familie ist das reinste Wespennest. Ihre Schwester betrügt ihren Mann mit dem Buchhalter und bereitet heimlich den Verkauf der Firma vor. Dann schießt sie wiederum diesen Buchhalter ab. Dass einer der Beteiligten die Nerven verliert und zum äußersten Mittel greift, erscheint mir nicht ausgeschlossen.«

Takeda nickte zustimmend. »Interessant übrigens, dass Sabine Eschbach uns nichts von den Verkaufsplänen ihrer Schwester erzählt hat, findest du nicht?«

»Vielleicht weiß sie nichts davon?«

»Die Gesellen meinten, dass es die Spatzen von den Dächern pfeifen. Sie müsste es wissen.«

»Stimmt schon. Ich rufe später Nobs an und sage ihm, dass wir an dem Fall dranbleiben … kannst dich übrigens bedienen. Hier, die haben sie mir im Büro mitgegeben.«

Claudia deutete auf die Tüte mit den Zimtsternen, die in der Ablage neben dem Handschuhfach lag. »Sind nicht ganz so gut wie die, die frisch aus dem Ofen kamen.«

Takeda nahm eines der Gebäckstücke aus der Tüte, schnupperte daran, biss dann vorsichtig ab. Sogleich verzog er das Gesicht. »In der Tat, die hier sind viel zu stark gewürzt.«

Claudia zuckte mit den Schultern. »Vielleicht hat sie nicht der Chef gemacht, sondern ein Mitarbeiter. So stolz wie der auf seine Zimtsterne ist, würde ihm ein solcher Fehler doch bestimmt nicht passieren.«

Takeda blickte mit gerunzelter Stirn auf den angebissenen Zimtstern, den er in der Hand hielt. »Hoffen wir, dass das der Grund ist.«

Eine halbe Stunde später bogen sie in die Straße ein, in der Olaf Raschke wohnte. Er öffnete die Tür nur Sekunden, nachdem sie geklingelt hatten. Offenbar hatte er ihre Ankunft vom Fenster aus beobachtet. Sie gaben sich die Hand, und Takeda bemerkte, wie Claudia das Gesicht verzog, als litte sie Schmerzen. Takeda kannte sie gut genug, um den Grund zu wissen, nämlich Olaf Raschkes Modegeschmack. Der Mann war solariumsgebräunt, trug eine riesige goldene Armbanduhr und war mit einem pinkfarbenen Sakko, einer Bundfaltenhose und glänzenden College-Slippern bekleidet. Damit wirkte er, als hätte ihn eine Zeitmaschine direkt aus den achtziger Jahren in die Gegenwart befördert und als wäre Don Johnson in seiner Rolle als Sonny Crockett sein modisches Vorbild. Dabei war Raschke gerade einmal Anfang vierzig und damit zu jung, um die modischen Verfehlungen der achtziger Jahre wirklich mitbekommen zu haben.

Sie setzten sich ins Wohnzimmer. Diesmal übernahm der Inspektor die Gesprächsführung. So handhabten er und Claudia es immer. Einer von ihnen stellte die Fragen, während der andere sich zurückhielt und die Reaktionen ihres Gegenübers beobachtete. Diesmal war er an der Reihe.

»Herr Raschke, Sie wissen, warum wir hier sind?«

Der Buchhalter nickte. »Und ich bin froh darüber. Ich hatte schon selbst überlegt, zur Polizei zu gehen.«

»Warum haben Sie es nicht getan?«

»Hätte seltsam gewirkt, oder? Ich bin ja nicht Marions Mann. Aber Hajo schien sich keinerlei Sorgen um sie zu machen.«

»Haben Sie ihn darauf angesprochen?«

»Ich habe es versucht. Wir haben kein einfaches Verhältnis.«

»Wundert Sie das?«

Raschke errötete. »Sie wissen also davon? Dass ich und Marion …«

»Wir sind im Bilde, Herr Raschke. Wann haben Sie Frau Eschbach denn das letzte Mal gesehen?«

»Am letzten Donnerstag, im Betrieb.«

»Wann genau? Um welche Uhrzeit?«

»Das muss so am späten Nachmittag gewesen sein. Ich habe an dem Tag früher Feierabend gemacht, weil ich Weihnachtsgeschenke einkaufen wollte. Ich habe Marion gefragt, ob sie sich auch etwas von mir wünscht …«

»Was hat sie geantwortet?«

Raschke hob ergeben die Hände. »Dass ich zum Teufel gehen soll … das mit uns ist vorbei. Aber das wissen Sie ja bestimmt auch schon.«

»Wir haben davon gehört. Wann hat sich Frau Eschbach eigentlich von Ihnen getrennt?«

»Vor zwei Wochen. Für mich kam es aus heiterem Himmel. Wir hatten schließlich Zukunftspläne. Marion wollte sich von Hajo scheiden lassen. Wir wollten die Bäckerei verkaufen. Ich hatte sogar schon Gespräche in dieser Richtung für sie geführt. Aber dann macht sie plötzlich Schluss mit mir und will doch wieder mit Hajo zusammen sein. Keine Ahnung, was sie geritten hat.«

»Ich kann mir vorstellen, dass Sie sehr enttäuscht waren. Vielleicht waren Sie ja auch wütend?«

»Klar. Aber glauben Sie etwa, ich hätte Marion deswegen etwas angetan? Sind Sie deswegen hier?«

Takeda lächelte. »Wir sind hier, um uns ein Bild zu machen. Sprechen Sie bitte weiter.«

Der Buchhalter schüttelte verwundert den Kopf. »Ja, ich war wütend. In erster Linie, weil ich Marion einfach nicht verstehen konnte. Es gab für sie kein Zurück mehr zu Hajo. Das muss ihr klar gewesen sein.«

»Wieso sind Sie sich da so sicher?«

»Na, wegen Sabine, Marions Schwester. Die hat sich Hajo doch längst gekrallt, in der Zeit, in der Marion mit mir zusammen war.«

Claudia starrte den Buchhalter überrascht an, mischte sich nun doch ins Gespräch ein. »Moment mal, Sie wollen sagen, dass Sabine Eschbach ein Verhältnis mit ihrem Schwager hatte?«

»Das wussten Sie nicht? Wo Sie doch sonst alles zu wissen scheinen? Ja, das ging los, kurz nachdem ich und Marion uns miteinander eingelassen hatten. Am Anfang schien es ein reines Racheding zu sein. Zumal die Schwestern sich sowieso hassen. Aber dann ist wohl doch mehr draus geworden. Sabine ist geschieden und war schon lange scharf auf Hajo. Als Marion das klar wurde, hat sie Panik bekommen. Also wollte sie Hajo doch wieder zurückerobern. Für mich war es ein ziemlicher Schock. Inzwischen denke ich, dass sie wohl einfach so ist. Will immer das haben, was sie nicht kriegen kann …«

Takeda legte den Kopf schief, kratzte sich am Hinterkopf und sog zischend die Luft durch die Zähne ein. Dann fragte er: »Wann hat Herr Eschbach eigentlich erfahren, dass seine Frau die Bäckerei verkaufen möchte?«

»Ist nicht lange her. Letzte Woche, denke ich mal. Er hat mir die Schuld daran gegeben. Dabei war Marion die treibende Kraft. Mich hat sie nur benutzt, wie mir inzwischen klar geworden ist. Was soll's, ich habe mit dem allen nichts mehr zu tun.«

Takeda wechselte ein paar flüsternde Worte mit Claudia, wandte sich dann wieder an Raschke: »Kann Marion Eschbach die Bäckerei denn einfach so verkaufen? Sie benötigt doch sicherlich die Einwilligung ihrer Schwester, oder?«

»Nein. Die Firma gehört ihr alleine. Die Eltern haben sie noch zu Lebzeiten an sie überschrieben, damit die Besitzverhältnisse eindeutig bleiben. Sabine wurde ausbezahlt und ist heute nur noch eine ganz gewöhnliche Angestellte. Bei einem Verkauf hat sie nichts mitzureden.«

Claudia sagte nachdenklich: »Das bedeutet also, wenn Marion Eschbach etwas zugestoßen sein sollte …«

»… geht die Bäckerei vollständig auf ihren Mann Hajo über«, sagte Olaf Raschke.

»Und der könnte weiterhin ungestört seine Zimtsterne backen und müsste keine Angst haben, dass die Bäckerei verkauft wird und er auf der Straße steht«, ergänzte Inspektor Takeda.

»Umso wichtiger, dass wir Marion Eschbach finden. Sie oder ihre Leiche«, sagte Claudia leise.

Von diesem Zeitpunkt an dauerte es eine weitere Woche, bis Claudia und Takeda auch formell Mordermittlungen aufnahmen. Holger Sauer, ihr Vorgesetzter in der Mordkommission, und die Staatsanwaltschaft befürworteten ihr Vorgehen. Von Marion Eschbach fehlte weiterhin jede Spur, und der Verdacht verdichtete sich, dass sie nicht mehr am Leben war. Außerdem zeichnete sich immer deutlicher ab, dass Hajo Eschbach, ihr Ehemann, der Täter war. Zumal er die verschwundene Marion erwiesenermaßen als Letzter gesehen hatte, und zwar in den Räumen der großen Backstube.

Stärkstes Indiz dabei war die Motivlage. Eschbach hatte sich von seiner Frau abgewandt, nachdem die ihn betrogen hatte. Dann erfuhr er, dass sie die Bäckerei verkaufen und damit sein Lebenswerk zerstören wollte. Takeda und Claudia wussten allerdings, dass ihre bisherigen Anhaltspunkte zu schwach für eine Verhaftung waren. Zumal Eschbach die Tat hartnäckig leugnete. Der Staatsanwalt verlangte belastbare Beweise, denn auf das, was sie bisher herausgefunden hatten, ließ sich keine Anklage stützen.

Das größte Problem, vor dem die Ermittler standen, war, dass es immer noch keine Leiche gab. Daher ordneten Claudia und Takeda eine systematische Durchsuchung des Firmengeländes der Bäckerei an. Dort war Marion Eschbach zuletzt gesehen worden. Doch auch hier wurde die Tote nicht gefunden. Allerdings konnten die Kriminaltechniker in der Produktionshalle Spuren menschlichen Blutes nachweisen. Genau genommen fanden sie sie in unmittelbarer Nähe der Walzanlage, in der die Zutaten für die berühmten Zimtsterne zerkleinert wurden. Das Blut konnte durch eine DNA-Analyse Marion Eschbach zugeordnet werden.

Als der Kriminaltechniker Claudia die Ergebnisse mitteilte, hatte sie gerade den letzten Zimtstern aus der Packung verzehrt, die sie im Büro der Bäckerei geschenkt bekommen hatte und die so seltsam stark gewürzt waren. So, als gelte es, einen anderen Geschmack darin zu übertünchen … Claudia wurde schlecht. Sie war sich sicher, nie wieder in ihrem Leben einen Zimtstern anrühren zu können.

An diesem Punkt der Ermittlungen wussten Takeda und Claudia, dass ihnen nur ein Geständnis Eschbachs weiterhelfen konnte. Um das zu erhalten, hatten sie ihn an diesem Tag noch einmal ins Präsidium vorgeladen. Und eben darum wollte Inspektor Takeda nun grünen Matcha-Tee für den Verdächtigen zubereiten.

Es war wenige Minuten nach elf Uhr am Vormittag, als der Inspektor das Vernehmungszimmer im Trakt der Mordkommission betrat. Es war ein schlichter Raum mit grauen Betonwänden, untapeziert. In der Mitte stand ein Tisch, daran zwei Stühle. Kein weiteres Dekor, keine weiteren Einrichtungsgegenstände. So gesehen glich das Zimmer durchaus der kargen Einfachheit eines klassischen Chashitsu, eines Teeraums, so wie ihn sich Sen no Rikyu, der Gründervater der modernen Teezeremonie, vorgestellt hatte. Sicher, die Bildnische und die Küche fehlten ebenso wie die Tatami-Matten auf dem Boden. Aber ein wenig Improvisation gehörte immer dazu.

Takeda stellte das Tablett mit den Tee-Gerätschaften auf den Tisch, setzte sich Eschbach gegenüber und deutete eine Verbeugung an. »Guten Tag, Herr Eschbach. Wie geht es Ihnen?«

»Geht so. Sie stehlen mir meine Zeit. Ich wäre darum dankbar, wenn wir es kurz halten könnten.«

»Es wird ganz auf Sie ankommen«, entgegnete Takeda mit einem Lächeln.

»Ich habe nichts zu sagen.«

»Sicher. Aber dann möchten Sie vielleicht einen Tee?«

»Wenn es sein muss.«

Takeda nickte zufrieden und begann mit konzentrierter Miene, das Teegeschirr mittels des Fukusa, eines violetten Seidentuchs, zu säubern und bereitzustellen. Dazu gehörte eine kostbare Chawan-Teeschale, eine lackierte Natsume-Dose für das Teepulver, ein Hishaku, wie die Schöpfkelle für das Wasser hieß, und ein Chasen, ein kleiner Bambusquirl, mit dem der Tee schaumig geschlagen wurde.

Kurz darauf betrat ein uniformierter Kollege den Raum und stellte ein Tongefäß mit heißem Wasser auf den Tisch. Takeda bedankte sich und wartete, bis der Uniformierte wieder gegangen war. Dann fuhr er mit seinen Vorbereitungen fort.

Eschbach sah ihm eine Zeitlang schweigend zu, wurde aber immer ungeduldiger. Schließlich platzte es aus ihm heraus: »Was soll das hier? Was ist das für Zeug?«

»Das Zeug, wie Sie es nennen, benötige ich, um den Matcha-Tee für Sie zuzubereiten, Herr Eschbach. Sehen Sie hier, das ist eine Teeschale im Akaraku-Stil. Sehr kostbar übrigens. Für Ihre westlichen Augen wirkt die Schale vermutlich grob, aber sie folgt ganz dem ästhetischen Ideal des Wabi-Sabi.«

»Interessiert mich nicht. Ich will doch keinen Tee. Wenn Sie also keine Fragen haben, möchte ich gehen.«

»Aber ich habe Fragen! Ich darf Sie nur um ein wenig Geduld bitten«, entgegnete Takeda.

Er beendete seine Vorbereitungen und begann, den Tee zuzubereiten. Mit einem kleinen Bambuslöffel, dem Chasen, portionierte er dazu ein wenig Matcha-Pulver in Chawan, die Teeschale. Dann fügte er ein wenig heißes Wasser hinzu und begann, das Ganze mit andächtiger Miene mit dem Chasen so lange zu verrühren, bis sich ein wenig Schaum auf dem Tee bildete. Schließlich stellte er den fertigen, nun intensiv duftenden Tee vor Eschbach. Dazu erklärte er: »Meine Mutter ist eine Teemeisterin in der Tradition der Omote-Senke-Schule. Von ihr habe ich die Kunst der Teezeremonie gelernt.«

»Und? Muss ich das wissen?«

Takeda ignorierte Eschbachs Einwurf. »Der Matcha-Tee ist ausgesprochen bitter. In Japan reicht man daher stets eine Süßspeise dazu, etwa Higashi-Zuckergebäck oder gesüßte Bohnenpaste. Da ich beides nicht zur Hand habe, musste ich mir anders helfen, Herr Eschbach.«

Mit diesen Worten lüftete Takeda die Bedeckung von der Schale, die er bewusst an den Rand des Tisches gestellt hatte. Nun wurde sichtbar, dass Zimtsterne darin lagen. »Sie selbst haben sie gebacken, Herr Eschbach. Und zwar in der Woche, in der Ihre Frau verschwunden ist. Meine Kollegin hat einen Beutel in Ihrem Büro erhalten. Sie sind überraschend stark gewürzt, aber dennoch schmackhaft. Greifen Sie also bitte zu …«

Eschbachs Gesicht wurde blass. Er blickte wie erstarrt auf die Zimtsterne, schien zugleich fieberhaft nachzudenken. Der Inspektor beobachtete ihn, erneuerte dann seine einladende Geste und sagte: »Bitte, greifen Sie zu. Oder haben Sie Bedenken?«

Eschbach war immer noch in Gedanken versunken. Dann aber erschien ein überraschendes Lächeln auf seinem Gesicht. Er lachte schließlich sogar laut auf. Er streckte den Arm aus, nahm einen der Zimtsterne und schob ihn sich in den Mund. Er kaute genussvoll, schluckte, griff nach einem zweiten Gebäckstück. Dazu erklärte er: »Ich habe einen Augenblick gebraucht, um zu verstehen, welche seltsamen Gedanken in Ihrem Kopf herumgeistern, Inspektor. Völlig absurd, was Sie sich da zusammengereimt haben.«

»Ach, ja?«

»Sicher. Sie glauben offenbar allen Ernstes, ich hätte Marion in die Sterne eingebacken, richtig? Nur weil es zufälligerweise direkt vor der Maschine passiert ist? Blödsinn. Nein, da habe ich mir schon etwas Besseres einfallen lassen.«

Eschbach wollte sich gerade den zweiten Zimtstern in den Mund schieben, als er erstarrte. Takeda lächelte, während sich das Gesicht des Bäckermeisters in blinder Wut verzerrte. Es war ein Satz zu viel gewesen. Den Hergang einer Tat zu kennen, war sicherlich die stärkste Art eines Geständnisses. Einen Hergang aber mit der gleichen Sicherheit auszuschließen, lief im Grunde auf dasselbe hinaus. Auch das war ein Geständnis. Takeda wusste es. Und Eschbach ebenso.

Der Bäckermeister ließ erschöpft die Luft entweichen. »Sie haben gewonnen, Inspektor. Ich werde Ihnen alles sagen. Aber erst einmal …«

Eschbach ergriff die Chawan-Teeschale, führte sie zum Mund und trank von dem bittergrünen Matcha-Tee.

»Und? Schmeckt es Ihnen?«, fragte Takeda.

»Köstlich.«

»Das freut mich.«

»Übrigens war nicht ich es, der in der betreffenden Woche die Zimtsterne versaut hat. Es war einer unserer Auszubildenden. Er hat die doppelte Menge an Gewürzen in den Trog geschüttet. Sehr ärgerlich.«

»Und Ihre Frau?«

»Die habe ich auf einem nahegelegenen Baugrundstück vergraben. Ich werde Sie hinführen. Sie wollte die Bäckerei verkaufen. Ich habe sie angefleht, es nicht zu tun. Aber sie wollte bei ihren Plänen bleiben.«

»Gehe ich recht in der Annahme, dass Sabine Eschbach diese … endgültige Lösung vorgeschlagen hat?«

Der Bäckermeister nickte. »Ja, das stimmt. Zwischen uns läuft etwas. Ich wollte es nicht, aber Sabine hat so lange auf mich eingeredet, bis ich auch glaubte, dass es das Richtige ist. Ihr Plan war es, den Mord Raschke in die Schuhe zu schieben.«

»Dann tut es Ihnen leid?«

»Sicher. Ich habe meine Frau trotz allem geliebt. Aber noch mehr liebe ich nun einmal das Backen.«

Takeda nickte mitfühlend. »Ich kann Sie beruhigen. In fast allen Gefängnissen gibt es Backstuben. Mit Ihren Fähigkeiten wird man Sie sicherlich dort arbeiten lassen. Die Welt wird also nicht auf Eschbachs Zimtsterne verzichten müssen.«

Ein wenig später saßen Claudia und Takeda wieder gemeinsam in ihrem Dienstzimmer. Claudia hatte Ken darum gebeten, auch für sie einen Matcha-Tee zuzubereiten. Dazu knabberte sie einen Vanillekipferl, der ebenfalls gut mit dem bitteren, grünen Tee harmonierte. Bis sie wieder mit Appetit Zimtsterne essen konnte, musste noch ein wenig Zeit vergehen.

»Was machst du eigentlich an den Festtagen?«, fragte Claudia, nachdem sie ihre Matcha-Schale geleert hatte.

Der Inspektor zuckte mit den Schultern. »Ich weiß es noch nicht. Vielleicht gibt es ein Jazzkonzert, das ich besuchen kann.«

»Dann fährst du nicht nach Japan?«

»Nein. In Japan spielt Weihnachten keine große Rolle. Neujahr ist das viel wichtigere Fest. Aber ich möchte dennoch lieber hier in Hamburg bleiben.«

Claudia steckte sich ein weiteres Gebäckstück in den Mund. »Also, wenn du willst … du könntest vielleicht …«

»Ja?«

»… mitkommen. Zu meinen Eltern. Ich besuche sie an

Heiligabend. Sie freuen sich bestimmt, dich kennenzulernen.«

»Störe ich denn nicht?«

»Bestimmt nicht. Ich würde mich sehr freuen.«

Ihre Blicke begegneten sich. Lange Zeit sagte keiner der beiden etwas. Dann lächelte Takeda. »Die Einladung nehme ich gerne an. Ich freue mich.«

»Toll. Ich sage meinen Eltern sofort Bescheid. Jetzt würde ich mich glatt über noch eine Schale Matcha-Tee freuen … und ich glaube fast, ich nehme dazu doch einen Zimtstern.«

Takeda lächelte. »Ich schließ mich an. Japanischer Tee und deutsche Zimtsterne, das ist einfach eine großartige Mischung.«

JOAN WENG

Der Geist der vergangenen Weihnacht

Berlin, Dezember 1927

Es war nicht der Tag des ersten Schnees – der Winter war dieses Jahr früh in die Hauptstadt gekommen –, aber zum ersten Mal blieben die Flocken liegen.

In einer Stunde schon würden die Abgase der Automobile die weiße Pracht in schmutziggrauen Rinnsteindreck verwandelt haben, ein Ärgernis für Gamaschen und Teppiche. Nur die Obdachlosen, die sich mit seiner Beseitigung eine warme Mahlzeit verdienten, würden sich dann vielleicht noch daran erfreuen. In jenem Moment jedoch, im dämmrigen Laternenlicht dieses frühen Abends, da standen die sonst so vom Amüsemang verwöhnten Berliner an den Fenstern und staunten hingerissen.

Selbst in den Büroräumen der Agentur B. Morgenstern, der vielleicht einflussreichsten Künstlervermittlung der Republik, einem Ort, an dem Anita Berber ebenso anzutreffen war wie Conrad Veidt oder Vicki Baum, selbst hier hielten die Tippfräulein einen Moment in ihrem Tun inne. »Gar nicht mehr lang bis Weihnachten«, flüsterten sie einander verschwörerisch zu, nur um dann umso hektischer in die Tasten ihrer Schreibmaschinen zu hauen.

Der Chef, der große Benjamin Morgenstern, er mochte Weihnachten nicht. Bei den ersten Flocken schon hatte er dem Bürodiener geklingelt und sich die Vorhänge fest schließen lassen. Er hasste Schnee! Und Weihnachten! Das vielleicht Einzige, was Benjamin Morgenstern noch mehr verabscheute als das Weihnachtsfest selbst, war Charles Dickens' »Eine Weihnachtsgeschichte«. Er fühlte mit Ebenezer Scrooge. Warum nur ließen diese aufdringlichen Geister, diese Plagegeister im wahrsten Sinne des Wortes, warum nur ließen sie den armen Mann nicht in Ruhe?

Benjamin nickte dem Ebenezer auf dem Programmheftentwurf aufmunternd zu, dann griff er seinen schwarzen Tuschestift und strich Emil Jannings mürrisches Gesicht entschlossen durch. Und als reiche dieser Ausdruck seines Unmutes noch nicht, schrieb er in Druckbuchstaben NEIN ABGELEHNT drüber. Und noch einmal: NEIN, in fetten Lettern über das gedruckte:

Charles Dickens »Eine Weihnachtsgeschichte«
Emil Jannings als Scrooge und
Carl von Bäumer als Geister!
Große Wohltätigkeitsgala zugunsten der Kriegsblinden.

Im Gegensatz zum Weihnachtskitsch Dickens'schen Ursprungs mochte Benjamin die Kriegsblinden sehr, fast noch lieber als Waisenkinder hatte er sie. Waisen waren nur niedlich und sonst nicht viel, Kriegsblinde aber hatten ein Opfer fürs Vaterland gebracht, da gab man als mit gesunden Augen Davongekommener doch doppelt gern. Und Geben, das sorgte immer für die beste Presse!

Aber warum ausgerechnet ein Theaterstück? All die Jahre zuvor hatte ein simpler Festakt genügt. Ein kleines Dinner, ein bisschen Geschwofe, dann Spendenkörbchen und ein paar hübsche Fotos – deshalb kamen die Gäste doch, einzig um ihren ach so fabelhaft wohltätigen Namen am nächsten Tag in der Zeitung zu lesen. Warum nun plötzlich mit Theaterstück? Und warum dann auch noch dieses Stück? Es gab doch wahrlich genug verlogene Schmachtfetzen!

Ach, warum war es nicht vollkommen in Ordnung, den Weihnachtsabend mit all seiner verlogenen Friede-Freude-Tannenbaum-Romantik zu hassen? Nicht, dass sich Benjamin Morgenstern in den letzten fünfzig Jahren viel darum geschert hätte, was andere Menschen für in Ordnung oder gar für schicklich hielten, denn hätte er das getan, wäre er Arzt geworden wie sein Vater, sein Bruder, sein Neffe und überhaupt alle männlichen Morgensterns, seit man Juden an staatlichen Universitäten zuließ oder man sich erinnern konnte – was eben länger her war.

Entschieden warf Benjamin den abgelehnten Programmentwurf auf den Stapel mit dem von Doktor Beinschuh weiterzubearbeitenden Schreibkram, und dabei sah er ihn wieder, den zerknüllten Papierball, diesen Brief. Anklagend thronte er ganz oben auf den eleganten, cremefarbenen Umschlägen des Postausgangskorbs.

Mit spitzen Fingern griff Benjamin danach, und mit derselben Bewegung, mit der ein anderer vielleicht einen potentiell bösartigen Rottweiler gestreichelt hätte, glättete er ihn, legte ihn zu einer Reihe weiterer Briefe in eine silberne Jugendstilschale. Das waren die Absagen. Die Absagen, die es immerhin bis zu ihm geschafft hatten, zu ihm, Benjamin Morgenstern, dem Mann, über den Clairchen Waldoff gesungen hatte: Un wenn der liebe Jott Jeburtstag hat, dann ruft er an den Morjenstern, der macht dat jern!

Vorbei geschafft hatte es der Brief an den ersten prüfenden Blicken zweier wasserstoffblonder Bubiköpfchen, deren ständig wechselnde Namen Benjamin sich nie merken konnte und die er deshalb stets nur mit »mein Kindchen« ansprach; wenn überhaupt. Die Briefe hatten es vorbeigeschafft an der strengen Sortierung von Frau Treiber, der ewig Schwarz tragenden Kriegswitwe mit zwei Backfischtöchtern, und schließlich sogar vorbei an Herrn Doktor Beinschuh, dem Feldwebel mit Eisernem Kreuz zweiter Klasse, einem Juristen mit Schmiss und Menjou-Bärtchen, einem schönen Mann, einem Freund der Damen, einem glänzenden Gesellschafter.

Kurz: Der Brief hatte alle Instanzen der Künstleragentur

B. Morgenstern ungestreift passiert, war von Doktor Beinschuh sogar noch mit dem handschriftlichen Vermerk *Sehr interessant* versehen worden, und nun lag er also da, dieser Brief, im Korb mit den Absagen.

Schon bereute Benjamin den kurzen unbeherrschten Moment, in dem er diesen Schrieb zornig zu einer kleinen Kugel geknäult hatte. So viel Wut, auch nach all den Jahren noch. Er hätte nur die Augen schließen müssen, und er hätte ihn wieder gesehen, diesen grässlichen, immer größer und größer werdenden Fleck. So viel Blut, dass ein einziger Mensch so viel Blut besaß! Noch heute, auch nach dem Krieg staunte Benjamin darüber.

Das Telefon ganz links auf seinem Schreibtisch surrte, aber er griff nicht danach. Zwischen den Bergen von Papier standen vier Telefonapparate: ein Haussprecher, einer für die Inlandsgespräche, einer für Transatlantisches, alle in schlichtem Schwarz. Nur der ganz linke, der für Privates, der schimmerte in elegantem Perlmutt. Bernice hatte es so gewollt, es war ihr schlicht nicht vorstellbar gewesen, ihre legendär heisere Stimme könne aus einem ganz gewöhnlichen Hörer zu ihm sprechen. Bald fünf Jahre war es nun her, dass Bernice beschlossen hatte, ihn zu lieben. Die Verbindung war ihr Wunsch gewesen, und was Bernice wünschte, das bekam sie auch, meistens mittels eines livrierten Eilkuriers aus dem Kaufhaus des Westens.

Vor seinem geistigen Auge sah Benjamin sich selbst aus einer mannshohen Pappschachtel steigen, in cremefarbenes Seidenpapier gewickelt, mit einer marineblauen, schlappohrigen Schleife garniert. Ein kleines Lächeln schlich sich in seine Mundwinkel. Ihm war noch immer nicht ganz klar, warum diese elegante Gesellschaftsdame, warum sich dieses verwöhnte Geschöpf gerade einen Schmock wie ihn in den Kopf gesetzt hatte.

Das Telefon klingelte weiter, aber er nahm nicht ab. Bald fünf Jahre nun schon, wie die Zeit verging. Schon das fünfte gemeinsame Weihnachtsfest. Ein leichter Anflug von schlechtem Gewissen überkam Benjamin. Ganz am Anfang, da hatte er Bernice einen Heiligabend in Wien versprochen, wo seine Familie mütterlicherseits lebte. Alles hatte er ihr zeigen wollen, aber dann hatte es nie gepasst. Gerade zu Weihnachten, da glich eine Künstleragentur einem Tollhaus.

Erneut fiel ihm der zerknitterte Brief ins Auge. Wie alt mochte der Junge nun sein? Vermutlich in seinen frühen Dreißigern, kaum noch ein Junge. Ein Blick in das Schreiben hätte genügt, um die Frage zu beantworten, da stand das Alter bestimmt drin. Er hätte es auch ausrechnen können, nur hätte Benjamin sich dazu erinnern müssen, an den Fleck und an all das andere, aber das wollte er auf keinen Fall, das nun ganz gewiss nicht.

Der Perlmuttapparat verstummte beleidigt, dafür begann fast umgehend das Haustelefon zu klingeln. Außerdem klopfte jemand militärisch knapp, das konnte nur Doktor Beinschuh sein. Stimmen waren vor der Tür zu hören, Doktor Beinschuh und Frau Treiber, der Uhrzeit nach würde sie ihm sein tägliches Glas Champagner bringen wollen.

Der Champagner war eine ärztliche Anordnung, für Benjamins Blutdruck, den all die Jahre im Schaugeschäft in arge Mitleidenschaft gezogen hatten, der war chronisch zu tief. Um ihn auf Normalniveau zu heben, dafür musste Anita Berber schon im Wintergarten Varieté mal wieder ausfällig werden – so geschehen am gestrigen Abend, da musste auch noch Ersatz gefunden werden.

Das Klopfen wurde drängender, und auch der Perlmuttapparat begann nun wieder ärgerlich zu schrillen. Benjamin saß ganz ruhig und starrte das zerknitterte Papier an. Wie jung er damals gewesen war. So gottverdammt jung und die Augen voller Sterne. Das mit den Sternen, das hatte Effi gesagt, Kitsch oder gar Romantik waren Benjamins Sache nie gewesen. Und Sentimentalitäten auch nicht!

»Herein!«, brüllte er herrisch und nahm währenddessen das Perlmutttelefon ab. »Ich bin beschäftigt! Was is' los?« Ohne sich um seine ruppige Eröffnung zu kümmern, begann Bernice ihm eine Klagelitanei ins Ohr zu hauchen. Das Dienstmädchen und der verheiratete Chauffeur, und das so kurz vor Weihnachten. Was tun? Natürlich vom moralischen Standpunkt aus absolut schockierend! Die Entlassung, die einzig richtige Antwort auf so eine Tändelei. Aber vom gesellschaftlichen Standpunkt aus? Wie sollte Bernice die vorweihnachtliche Gästeschar ohne Dienstmädchen bewältigen? Also doch besser von nichts wissen und sich erst nach den Feiertagen empören?

Frau Treiber stellte währenddessen die Champagner-Schale auf Benjamins Schreibtisch ab und flötete: »Das Wintergarten Varieté fragt wegen des Ersatzes für die Berber. Sie hätten gerne wieder Isis, die Nilgöttin, aber die ist ja noch bis Februar am Westend.

Wen soll ich anbieten? Ich dachte vielleicht an diesen Damen-Imitator? Den, der mal im Bass, mal im Tenor singt? Wir hätten auch noch eine orientalische Tänzerin, die aktuell kein Engagement hat. Soll ich die vermitteln?«

»Meine Teuerste, wann werden Sie es je lernen?« Doktor Beinschuh lächelte mitleidig. »Zu Weihnachten möchte niemand Damen-Imitatoren sehen. Und nackte Beine auch nicht. Weihnachten möchten die Menschen Besinnliches, Gemütliches! Heiter und beschaulich. Wir vermitteln den jungen Herrn mit den Fingerwellen, den mit dem dressierten Pudel. Weihnachten mögen die Leute niedliche Tiere, die sind anerkanntermaßen herzerwärmend«, belehrte er mit einem zuckrigen Lächeln und ergänzte: »Die von Bäumers haben aus Hamburg telegrafiert. Ihr Schiff ist planmäßig vor Anker gegangen, und sie reisen morgen mit dem Zug um siebzehn Uhr fünfzehn weiter nach Berlin. Ich habe die Presse schon informiert. Frau Treiber, wir möchten unserem amerikanischen Leinwandexport einen entsprechenden Empfang bereiten. Kümmern Sie sich um ein paar Blümchen und überlassen Sie das Wintergarten Varieté mir.«

Mit seiner eleganten, feingelenkigen Hand machte er eine auffordernd wedelnde Bewegung, und während Frau Treiber noch zu einer scharfen Erwiderung ansetzte, sprach er schon weiter: »Herr Morgenstern, haben Sie sich die Bewerbungen angesehen? Der Schnulzensänger? Wir sollten schnell sein. Bestimmt hat er sich auch bei der Agentur am Schiffbauerdamm beworben. Wenn wir uns ranhalten, haben wir ihn morgen Abend unter Vertrag und zu Heiligabend im Admiralpalast auf der Bühne. Ich seh schon die Plakate!«

Zunächst aber sah er etwas ganz anderes, nämlich den zerknitterten Umschlag. Vor Schreck entfuhr ihm ein scharfes Zischen, dann ein stammelnder Laut, dann fasste er sich und sagte bemüht sachlich: »Sie haben die Bewerbung des Schnulzensängers aus Versehen auf den falschen Stapel gelegt. Sie wollen Herrn Gable doch nicht absagen? Das kann doch nicht Ihr Ernst sein! Johnny Gable, der Mann mit der Schlafzimmerstimme? Chef, das ist die Gelegenheit! Dass der überhaupt auf dem Markt ist, grenzt an ein Wunder.«

Johnny Gable, was für ein alberner Künstlername! Kurt war der Junge getauft worden. Kurt, nach Benjamins bestem Freund. Kurt, nach dem Mann, der sein Vater war. Johnny Gable. Einfach lächerlich. Aber heute musste ja alles englisch sein.

Vor lauter Wut stieg Benjamin die Hitze in die Wangen. Er schob das Champagnerglas weit von sich, das brauchte er heute wirklich nicht. Ihm fiel auf, dass er immer noch den Hörer in der Hand hielt, aus dem Bernices Stimme zu hören war. Er hatte keine Ahnung, worum es gerade ging, aber er sagte: »Sie sollen die Rechnung an mich schicken. Ich regle das.« Das passte eigentlich immer und mit diesen Worten legte er auf.

Dem ihn ratlos anstarrenden Doktor Beinschuh entgegnete er: »Halten Sie hier die Stellung, ich bin weg.«

Dann stand er auf, nahm Hut und Zobelpelz vom Haken, stürmte davon, den Geist der vergangenen Weihnacht dicht auf den Fersen.

Benjamins Mutter stammte aus einer alten Wiener Bankiersfamilie. Der Gedanke, für Geld tatsächlich einer Arbeit nachzugehen, war ihr zeitlebens gleichermaßen amüsant wie befremdlich vorgekommen. Den Arztberuf ihres Gatten hatte sie mit freundlicher Nachsicht toleriert, andere Männer sammelten dafür chinesische Kunst oder teure Rennpferde. Nur die Patienten, die waren ihr ausgesprochen lästig, besonders im Dezember, wenn sie in hustenden, schnupfenden Horden einfielen. Regelrecht unerträglich war ihr dieser vorweihnachtliche Ansturm gewesen, weshalb sie stets spätestens zum ersten Advent mit ihren beiden Söhnen samt deren Kinderfräulein zu ihren Eltern nach Wien gereist war. Dort lag immer schon

Schnee, brusthoch für einen fünfjährigen Knaben wie Benjamin. Und der Weihnachtsbaum, den die streng thoragläubige Großmutter für Personal und Kinder aufstellte, war jedes Jahr der prächtigste in der ganzen Straße. Da gab es Kugeln mit kunstvollen Einziehungen im Glas, rote Sterne mit echtem Silber, kleine Würfel aus Perlen und Glasvögel mit buschigen Federschwänzen. Was war bloß aus dem ganzen Weihnachtsschmuck geworden, nach dem Tod der Großeltern und der Mutter, nach dem Krieg und dem Untergang der Monarchie, nach dem Untergang des Bankhauses? War er zerstört worden, verkauft? Damals, als es nichts mehr gab?

Nun waren sie voll, die elektrisch beleuchteten Schaufenster unter den Linden, sie überboten sich mit üppig geschmückten Tannen, auf denen Watte drapiert war wie Schnee. Und vor den Schaufenstern klackerten elegante Damen hektisch auf ihren hohen Schnallenpumps, versanken in riesigen Pelzmänteln, die Pariser Glockenhüte über den schwarz geschminkten Augen leicht schief auf dem Kopf. Einen abgespannten Zug hatten sie um die rougierten Lippen. Nur noch drei Wochen bis Weihnachten und noch so viel zu besorgen. Was schenkt man der besten Freundin, die schon alles hat? Wie viel darf das Geschenk für die Kaltmamsell kosten und wie viel das für den Gärtner? Und die Köchin? Wenn nur die Köchin nicht wieder gerade am Heiligabend eine fiebrige Grippe bekam! Das verdarb einem doch das gesamte Fest.

Damen wie Benjamins Mutter, Damen wie Bernice – elegante, auswechselbare Damen mit eleganten, auswechselbaren Sorgen.

Effi.

Effi, wie anders war sie gewesen. Sie hatte eine Pudelmütze getragen, als er sie damals das erste Mal sah, eine Pudelmütze, Fausthandschuhe und das breiteste, fröhlichste Lachen im Gesicht. Sorgen hatte sie nicht gekannt, lange vor Kurts Geburt war das gewesen und lange vor dem grässlichen, immer größer werdenden Fleck.

Abrupt blieb Benjamin stehen. Sein Herz klopfte rasch und heftig. Trotz der Winterkälte war ihm plötzlich sehr heiß. Nicht wegen der Erinnerung, ganz sicher nicht deshalb. Er war es schlicht nicht mehr gewohnt, längere Strecken zu laufen. Eigentlich war er auch kürzere Strecken nicht mehr gewohnt, wofür hatte Gott das Automobil erfunden? Aber heute, da hatte er es so eilig gehabt fortzukommen, weg aus seiner Agentur, dass er überhaupt nicht daran gedacht hatte, den Chauffeur zu rufen. Und was hätte er dem auch sagen sollen? Welche Adresse nennen?

Elle von Bäumer, die überaus schöne Diva, die allseits geliebte, allseits beneidete Gattin des Leinwandgottes Carl von Bäumer, war unter Eingeweihten bekannt dafür, dass sie sich gern ziellos in ihrem Daimler herumkutschieren ließ, während sie hinten im Fond saß und haltlos weinte. Die sollte sich nicht so anstellen, die hatte von Anfang um die Schwächen ihres Mannes gewusst. Na, vielleicht hatte sie geglaubt, er würde sich nach der Hochzeit ändern? Derartige Annahmen waren ja ein unter Damen weit verbreiteter Irrtum, Männer änderten sich nicht durch die Ehe. Sie nahmen allerhöchstens fünf Kilo zu.

Zumindest das hatte Bernice wohl verstanden, sie drängte ihn nie zu heiraten. Aber Bernice hatte ja auch schon eine Ehe hinter sich, für Elle von Bäumer war es die erste.

Zum Trauzeugen hatte ihr Gatte seinen Liebhaber gemacht, und nach der fünftägigen Hochzeitsreise mit ihr, da war er erst einmal zwei Wochen mit diesem Rotschopf an die Ostsee – die Chuzpe dafür musste man auch haben.

»Verliebt wie am ersten Tag! Die von Bäumers zurück aus Hollywood! In Hamburg wohlbehalten vor Anker gegangen!«, rief unvermittelt ein Zeitungsjunge nur wenige Meter vor Benjamin, hielt ihm auffordernd *Die Welt am Abend* entgegen.

Auf der Titelseite gleich mehrere Bilder des strahlenden Paars, mal an die Reling gelehnt, wie sie glücklich den Schneerosen-Strauß des Begrüßungskomitees schwenkten, mal einander verliebt zulächelnd, sie keck, er ein bisschen schmachtend.

»Carl von Bäumer in großer Wohltätigkeitsgala mit Charles Dickens' ›Eine Weihnachtsgeschichte‹!«

Benjamin schüttelte einige Male den Kopf, das galt Charles Dickens und dem abgelehnten Programmheftentwurf auf seinem Schreibtisch, der Zeitungsjunge aber bezog es auf sich und hielt sein Blättchen gleichgültig dem nächsten Passanten unter die Nase. Noch einmal schüttelte Benjamin den Kopf. Das war sonst gar nicht seine Art, einfach so wegzurennen, die Agentur, die Arbeit im Stich zu lassen. Und warum das alles? Wegen dieses dummen Johnny Gable und seiner lächerlichen Bitte um Agenturvertretung.

Den Versuch war's wert – das hatte Kurt immer gesagt, und dann hatte er gegrinst auf diese unnachahmliche Weise, schief, mit eingekniffenem Mundwinkel. Wenn Kurt so grinste, dann wusste man, es kam noch was nach. Es kam immer noch was nach, bis zu dem Tag, an dem eine Kugel nachkam. Mitten in dieses vergnügte, vielleicht ein klein wenig überhebliche Grinsen hinein.

Ein Schuss! Benjamin zuckte zusammen und sah sich um. Kein Schuss, natürlich kein Schuss. Ein fehlzündendes Automobil, sonst nichts. Seine Nerven waren völlig zerrüttet, der Zeitungsjunge sah ihn schon schief an.

Er würde nun einfach etwas essen. Ein ordentliches, herzhaftes Abendessen, und dann würde er sich eine Taxe rufen und in seine Agentur zurückfahren, noch ein wenig arbeiten. Mit vollem Magen sah die Welt stets ganz anders aus. Mit vollem Magen hätte auch Kurt sich niemals erschossen. Ja, da war Benjamin sich nun fast sicher. Und da war er sich auch all die Jahre sicher gewesen.

Eine Kurzschlussreaktion, hervorgerufen durch Unterernährung, und sonst gar nichts. So etwas passierte immer wieder. Dazu Kurts künstlerisches Temperament, bei Künstlern war alles möglich.

Benjamin Morgenstern gab sich einen entschlossenen Ruck und überquerte dann die Straße, ging direkt auf das Café unter den Linden zu. Bestimmt gab es dort schon ein Nachtmahl.

Der Portier hielt ihm die Tür auf, Tabak- und Bratenduft strömten ihm entgegen, und er war schon fast eingetreten, als er das Plakat vor der weihnachtlich geschmückten Bühne sah: Heute spielt für Sie: Johnny Gable und Orchester.

Mit einem Fluch, den er seit seiner Soldatenzeit nicht mehr gebraucht hatte, machte Benjamin kehrt, stürzte hinaus, winkte sich herrisch einen Wagen. Dann eben ohne Essen.

Wien, Dezember 1896

Das wirklich Einzige, das Benjamin Morgenstern noch mehr lieben würde als das Weihnachtsfest selbst, war Charles Dickens' »Eine Weihnachtsgeschichte« – zumindest prophezeite ihm das Kurt. Und Kurt war Benjamins bester Freund und kannte ihn nun schon sein ganzes Leben.

Eigentlich war Benjamin seine Begeisterung für Weihnachten etwas peinlich. Das war unpassend für einen Juden, und außerdem sollten Männer von bald achtzehn grundsätzlich über derartigen Gefühlsregungen stehen, insbesondere, wenn sie an Ostern Abitur machen und in ein paar Jahren fertige Herren Doktoren sein wollten. Von so jemandem erwartete man Besonnenheit und einen kühlen Kopf; glänzende Augen angesichts geschmückter Tannen, das war etwas für Backfische und alte Mütterlein.

»Du wirst begeistert sein! Mach dich auf was gefasst«, erklärte Kurt und zerrte Benjamin am Pelzaufschlag des Ärmels hinter sich her in eine dunkle Seitengasse. Benjamin beeilte sich, Schritt zu halten. Trotz der prophezeiten Begeisterung fühlte er sich höchst unwohl. Das war kein Ort für ihn; über allem hing der Geruch nach Pisse, Schmutz und etwas Unbestimmbarem, das er für sich als »Elend« bezeichnete. Und dann die Menschen: Trotz der klirrenden Kälte trug nicht einmal die Hälfte einen richtigen Mantel, dafür starrten sie begehrlich Benjamins Tweed mit Fuchspelzmanschetten an. Benjamin senkte verlegen den Blick. Er konnte doch nichts für ihre Armut. Man wollte ja helfen, nur er wusste nicht recht wie. Wie verwahrlost hier alle waren. Verwachsen und verkrüppelt, schon die Jungen ganz gebeugt. Benjamin schauderte und fragte sich, wo Kurt ihn nur wieder hinbrachte.

Kurt galt bei der Familie Morgenstern als in höchstem Maße fragwürdiger Umgang, verbieten aber konnte Benjamins Mutter die Freundschaft nicht, wegen des von in

Kurts Nachnamen und auch wegen dessen Onkels, der schon einmal eine Teegesellschaft besucht hatte, bei der ein Cousin des Kaisers zu Gast gewesen sein sollte. Trotzdem beäugte die Frau Mama die Verbindung mit Argwohn, und Besuche in Hinterhoftheatern hätten wenig dazu beigetragen, ihre Meinung zu ändern. Wenn sie es bloß nie rausbekam.

»Da wären wir!«, riss Kurts triumphierende Stimme ihn aus seinen furchtsamen Gedanken. Die sommersprossige Hand des Freundes deutete auf eine schiefe Tür in einer Mauer, ursprünglich mal blau gestrichen, inzwischen jedoch war die meiste Farbe abgeblättert. In frischem, leuchtendem Rot aber hatte eine schwungvolle Hand *Wahnsinn!* auf das verwitternde Holz geschrieben, und darunter hing ein kleiner, aus einem Buch gerissener Zettel: *Eintritt nur für Künstler*.

»Ich bin Künstler und bürge für dich«, erklärte Kurt und lächelte schelmisch. Während Benjamin noch zögerte, stieß der Freund schon die Tür auf. Halb hatte Benjamin dahinter eine Spelunke vermutet und war gefasst auf Tabakgestank und Fuseldunst, auf Lärm und ein verstimmtes Klavier. Derartiges kannte er, es war ja nicht sein erster Ausflug in Kurts Künstlerkreise. Umso verwirrter war er, dass sich dort hinter dieser Tür ein Garten befand. Mit Moos und Efeu bewachsene Bäume reckten ihre blattlosen Äste in den grauen Dezemberhimmel, Raureif überzog das Gras, an einigen schattigen Stellen lag Schnee.

»Gott zum Gruß!«, rief die helle Stimme einer Frau, die sich vorerst im Verborgenen hielt, und Kurt antwortete ohne Zögern: »Der Kaiser ist ein Hasenpups.« Anscheinend war das die korrekte Erwiderung, denn es ertönte Lachen, und dann sah Benjamin sie zum ersten Mal. Sie trug eine Pudelmütze und Fausthandschuhe wie ein Kind, auch ihr Lachen war das eines ausgelassenen Kindes – keine Dame, keine der höheren Töchter, die Benjamin kannte, hätte jemals so offen und glücklich herausgeprustet.

Es war ihr Lachen – und alles, wofür es stand.

»Das ist Effi«, erklärte Kurt, und damit die Verhältnisse gleich geklärt waren, legte er besitzergreifend einen Arm um die Schulter des Mädchens. Benjamin nickte bloß, warf einen raschen Blick in die veilchenblauen Augen dieser Erscheinung, sah zu Boden. Die Welt stand still. Veilchenblaue Augen und aschblondes Haar. Später dachte er manchmal, dass er in jenem Moment hätte sterben können – das war der schönste Moment. Aber er stammelte nur unbeholfen seinen Namen, errötete, verstummte. Und wieder lachte das Mädchen, Kurt stimmte mit ein, selbstgefällig und stolz.

»Das soll unser Ebenezer Scrooge werden?«, fragte eine unbekannte Stimme. »Der kann doch höchstens einen zittrigen Pisspott spielen.« Ein anderer fragte: »Was bringst du uns denn da für einen komischen Vogel? Eine Nebelkrähe, was?«

Trotz der Winterkälte rann Benjamin der Schweiß unter dem Hutrand hervor. Außer Effi waren inzwischen noch zwei junge Männer aus einer windschiefen Gartenlaube getreten, etwa in ihrem Alter, bei beiden blitzte die Schuluniform unter dem Mantel hervor. Am liebsten wäre Benjamin einfach fortgelaufen. Aber wohin? Er kannte sich in dieser Gegend nicht aus, und Kurts Spott hätte ihn noch ewig verfolgt. Es blieb nur die Flucht nach vorne. Entschlossen warf Benjamin die Schultern zurück, hob das Kinn und blitzte herausfordernd in die Runde. Und weil ihm nichts anderes einfiel, sagte er laut und schneidend: »Heinrich Vogeler ist ein enger Freund meiner Eltern. Und erst gestern war Friedrich Uhl vom Wiener Tagblatt bei uns zum Nachtmahl.«

Einen Moment herrschte feindseliges Schweigen, die gefrorenen Blätter raschelten überlaut aneinander, von der Straße hörte er ein Droschkenpferd wiehern, und plötzlich lachte Effi und bestimmte: »Kurt hatte recht. Das ist er, unser Ebenezer Scrooge. Ob er spielen kann, werden wir noch sehen, aber von Kunst versteht er was.«

Und dann entwand sie sich lächelnd Kurts Umarmung, beugte sich zu Benjamin und küsste ihn auf die Stirn. Ihre Lippen waren kalt.

Bernice bestand darauf, Benjamins Klienten in regelmäßigen Abständen zu sich nach Hause einzuladen. Sie nannte das »Anteilnehmen an seinem Leben«, und wenn sie eine ihrer seltenen Auseinandersetzungen hatten, dann hielt sie ihm diese Dinner-Einladungen stets vor, denn im Gegensatz zu ihren Bemühungen fand Bernice, dass es ihm an Anteilnahme an ihrem Leben mangelte. »Das Begleichen von Rechnungen ist keine Anteilnahme«, hatte sie erst vor einigen Wochen gefaucht, und da hatte Benjamin ihr recht geben müssen, Anteilnahme gab es nämlich kostenlos.

Und außerdem hatte er sie nicht darum gebeten, zweimal im Monat für eine Unsumme ganze Horden von Künstlern einzuladen. Benjamin war keineswegs geizig, er wusste, was sich gehörte. Man konnte eine Margo Lion, einen Gustav Stresemann nicht vor ein Glas Gänsewein und eine Brotrinde setzen, aber Bernice wartete mit immer neuen Verrücktheiten auf. Noch keinen Monat war es her, da war Benjamin erschöpft aus dem Paternoster gestiegen, hatte sich auf ein ruhiges, kleines Dinner gefreut, nur um festzustellen, dass ihre komplette Wohnung sich seit seinem morgendlichen Verlassen in einen Pharaonen-Palast verwandelt hatte. Und Bernice in die Königin Kleopatra, in Essig aufgelöste Perlen inklusive. Als er fragte, was er denn in dieser Scharade darstellen dürfe, die Mumie vielleicht, da hatte der als Mark Anton verkleidete Doktor Beinschuh ihm hämisch grinsend einen Lorbeerkranz auf den Kopf gedrückt. Ob er Tiberius, Augustus oder Cäsar sein wollte, durfte er sich aussuchen. Ein andermal musste plötzlich alles weiß sein, Tischdecke, Blumen, Geschirr, alles weiß, selbst die Haare der Frauen waren gepudert, nur die Lippen rougiert – es war, als hätte man zu lange in die Sonne gestarrt. Und wieder ein andermal stand plötzlich alles voll mit Orchideen und anderen dickfleischigen Tropengewächsen, auf den Möbeln lagen Tigerfelle, und in der Gästetoilette ein ausgestopftes Krokodil, dem kotzte der Kunsttänzer Droste zu vorgerückter Stunde ins Maul, weshalb man es nicht an den Präparator zurückgeben konnte, auch nicht zum halben Preis.

»Wir sehen uns bei Morgensterns« – dieser Satz galt unter Künstlern inzwischen als Gradmesser des gegenseitigen Wertes. Kartenverkäufe und Filmkritiken mochten schwanken, solange man sich bei Morgensterns traf, galt man als erfolgreich. Benjamin überließ es Bernice, sich über Sitzordnung, Menüfolge und derartige Albernheiten den Kopf zu zerbrechen. Er hatte Wichtigeres zu tun, und so hatte ihn der gegen Nachmittag in sein Büro gelieferte Smoking ziemlich überrascht.

Diese Wohltätigkeitsinszenierung von Dickens' »Eine Weihnachtsgeschichte« machte ihm Kummer, dabei hatte es sich so gut angelassen: Emil Jannings als Scrooge, eine gleichermaßen naheliegende wie großartige Besetzung, und Carl von Bäumer als sämtliche Geister – weniger naheliegend, aber nicht minder großartig. Man vergaß gern, dass der Bengel mehr war als nur ein hübscher Schmollmund und tintenblaue Augen. Spielen konnte er, außerdem kam Carl von Bäumer stets pünktlich, er kannte seinen Text und verpasste keinen Einsatz. Aber seine Frau! Diese grässliche Elle von Bäumer … Es war nur noch eine Frage der Zeit, bis die Presse von ihren Szenen Wind bekam. Vorgestern hatte sie wohl mitten in der Probe eine Nervenkrise erlitten, war mit den Worten »Ich halte das alles nicht mehr aus« schluchzend von der Bühne gestürmt und Carl natürlich hinterher, beide für zwei Stunden in der Garderobe. Wenigstens war es kein Dreh, denn die verheulten Augen wieder zu schminken, hätte bestimmt noch mal zwei Stunden gedauert. Gestern hatte sie einen Kerzenleuchter nach ihrem Gatten geschleudert, und weil der zur Seite gesprungen war, hatte das kupferne Ding ein Loch in die Pappwand von Scrooges Schlafzimmer geschlagen. Heute war sie gar nicht erschienen, heftige Migräne, wie ihr Gatte entschuldigend erklärte.

Wegen Derartigem hatte Morgenstern sich genötigt gefühlt, seinen Lunch bei Schwanikes einzunehmen, ein bisschen mit den Presseleuten zu plaudern und danach noch auf eine Zigarre bei Ullstein vorbeizutrödeln. Das Ergebnis seiner Bemühungen war durchaus zufriedenstellend, man würde über diese nachvollziehbaren weiblichen Launen Stillschweigen bewahren, zumindest vorerst und gegen Zusicherung eines Exklusivinterviews, wenn es dann so weit war. Hermann Ullstein sah schon die Schlagzeile vor sich: Elle von Bäumer, die neue Frau der Republik im Mutterglück. Oder vielleicht doch besser: Die schönste Mutter der Republik? Auf die Schwangerschaft würde der gute Hermann lang warten können, aber vorerst war die Sache damit vom Tisch.

Benjamin seufzte müde, vergaß, den Liftboy zu grüßen, und während er dem Hausmädchen Hut, Stock und Mantel reichte, lauschte er angespannt in Richtung des Salons. Es klang ganz harmlos, vielleicht zehn Gäste, nicht mehr, und zumindest auf den ersten Blick keine bösen Überraschungen. Das Tannengesteck in der Bodenvase neben dem Telefontischchen hatte am Morgen auch schon dort gestanden. Ein kleines Lächeln huschte über Benjamins Gesicht, er hatte plötzlich das Gefühl, dass alles gut werden würde. Diese unschöne Geschichte mit Elle von Bäumer hatte er perfekt gelöst, und er war noch immer sehr mit sich zufrieden, dass er Kurts Sohn, diesem Johnny Gable einfach hatte absagen lassen. Doktor Beinschuh wollte wohl einen kurzen Moment zu murren ansetzen, aber ein strenger Blick genügte. Ein kurzer Moment der Schwäche, so wie er ihn Anfang des Monats beim Anblick dieses Briefes gehabt hatte, reichte schon aus, dass Beinschuh weniger Respekt vor ihm hatte. So weit kam's noch, der sollte bloß nicht vergessen, wer der Herr in der Agentur war.

Mit einem zufriedenen Lächeln betrat er seinen Salon. Bernice hatte sich wieder einmal selbst übertroffen. Geschmack besaß sie, das musste man ihr lassen. Christrosen und goldene Weihnachtsbaumkugeln lagen auf roten Samttischdecken, Jack Jackson saß am Flügel, begleitete sich selbst bei irgendeinem englischsprachigen Lied über klingende Glocken, und selbst die Tabletts mit den Champagner-Aperitifs waren mit kleinen Mistelzweigen geschmückt. Nur hinsichtlich der Gästezahl hatte Benjamin sich verschätzt, es waren deutlich mehr. Eine Handvoll Paare schwofte an der dunklen Fensterfront entlang, auf dem Sofa sprach Joseph Roth auf Thea von Harbou ein; Erwin Kisch war offensichtlich anderer Meinung und schnitt hinter Roths Rücken verhalten Grimassen. Gustaf Gründgens und Emil Jannings standen rauchend und ins Gespräch vertieft zusammen, ein Brauereimagnat zeigte dem Ehepaar von Bäumer seine neue Taschenuhr, und Elle stieß kieksig schrille Begeisterungslaute aus, während ihr Gatte nur beeindruckt nickte. Er hatte einen Arm um die nur halb von einer Nerzstola bedeckten Schultern seiner Frau gelegt, strich ihr auch mal liebevoll über den Nacken, aber er sah erschöpft aus. Vielleicht dachte er an den geworfenen Kerzenleuchter? An all die tränenreichen Vorwürfe? Oder dachte er an den Grund für all die Szenen? Dachte er daran, wie lange er noch Theater spielen musste, bis er nach Hause und in die Arme seines Rotschopfs durfte? Benjamin zuckte kaum merklich die Schultern. Der Junge musste schließlich selbst wissen, warum er sich unglücklich machte.

Wohin man auch sah, hübsche Seidenstrumpfbeine, breite Schultern in Maßsmokings, sich im Kerzenlicht spiegelnde Diamanten und fettig glänzende Brillantine, Wolken von blauem Tabakdunst hingen unter dem Kronleuchter, und über allem lag der Geruch nach Tannengrün.

Bernice winkte ihm, zu ihr und Doktor Beinschuh zu kommen, der sich mit einem Gast unterhielt, der mit dem Rücken zu Benjamin stand. Aber nun drehte er sich um, sah Benjamin direkt an.

Wie ein Granateinschlag vor den eigenen Füßen.

Die Augen, die Nase, die Haare ... Sahen die anderen es nicht?

Natürlich sahen sie es, sie machten sich lustig über Benjamin! Sie wussten es, alle wussten sie es! Sie verspotteten ihn mit ihrem freundlichen Lächeln, mit ihrer scheinheiligen Höflichkeit.

»Darf ich vorstellen? Johnny Gable. Leider nicht bei uns unter Vertrag. Er wird jetzt durch die Agentur am Schiffbauerdamm vertreten.« Doktor Beinschuhs Stimme verriet nur leichten Ärger über die Entscheidung seines Chefs. Der junge Mann verneigte sich knapp. »Ich freue mich trotzdem, Sie kennenzulernen, Herr Morgenstern.«

Wie ein Blick in den Spiegel. Einen Zerrspiegel, einen Jahrmarktsspiegel.

»Die Freude ist ganz meinerseits«, log Benjamin, und dann reichte er seinem Sohn die Hand.

❄

Wien, Dezember 1901

»Oh, mein Ebeneezer! Ich bin ja so froh, dass du uns besuchst!«

Mit einem kleinen Jubelschrei fiel Effi Benjamin um den Hals, küsste ihn auf die Stirn, umarmte ihn fest. Wie gewöhnlich stand er etwas unbeholfen, wusste nicht, wohin mit den Händen, war dankbar für den kleinen Koffer, den abzustellen er vergessen hatte. Wie schön sie war – und doch zu mager, knochig fast, die Wangen ganz eingefallen. Man sah ihr den dauernden Hunger, die Entbehrungen langsam an. Von Kurts Eltern bekamen sie keinen Schilling, und ihre Eltern sprachen wohl seit der Hochzeit nicht einmal mehr mit ihr.

»Der Herr Intendant! Welch Glanz in unserer bescheidenen Hütte. Komm mit, wir wohnen ganz oben, direkt bei den Spatzen unterm Dach.«

Effi lachte, aber es war nicht mehr das unbeschwerte Lachen ihrer ersten Begegnung vor nun schon fünf Jahren. Und sofort wurde sie auch wieder ernst. Während sie ihn langsam die zertretene, enge Treppe hinaufführte, drehte sie sich mehrfach um, hielt sich mahnend einen Finger an die Lippen, flüsterte: »Frag bloß nicht nach seinem letzten Stück und auch nicht nach meinem aktuellen Engagement. Und vor allem nicht nach seinem Manuskript. Versprichst du mir das?«

Benjamin nickte knapp und drückte einen winzigen Moment ihre schmale Hand, ließ sie jedoch sofort wieder los, als hätte er sich verbrannt.

Das Zimmer war kaum furchtbarer als das bei seinem letzten Besuch im Sommer. Und obwohl Benjamin damit gerechnet hatte, erschrak er dann doch. Das Schlimmste war der Gestank, dieser kohlsuppige, schweißige Mief nach Armut. Oder fast das Schlimmste, denn das Allerschlimmste, das waren Kurts Augen. Der aggressiv wachsame Ausdruck darin: Wage es ja nicht, etwas zu sagen, dich über uns zu stellen!

»Wir haben sogar einen Baum!«, sagte Effi lachend. Ihre Stimme war schrill vor aufgesetzter Fröhlichkeit, und der Finger, mit dem sie auf die krumme kleine Tanne zeigte, zitterte leicht. Effi war ein patentes Mädchen, sie hatte sich zu helfen gewusst. Statt Kugeln hatte sie Bälle aus bemaltem Zeitungspapier aufgehängt, eine alte, rostige Eisenkette über die schwer gebogenen Äste gelegt.

»Oh, die erkenne ich wieder!« Auch Benjamin bemühte sich um einen heiteren Ton, stellte den Koffer ab, griff stattdessen die Kette. »Die haben wir doch damals beim Dickens gebraucht, oder? Hatte die nicht einer der Geister? Erinnert ihr euch noch? War das ein Spaß.«

Kurt stieß einen vagen Laut aus. Effi begann fast augenblicklich mit heiterem Geplauder, und Benjamin erzählte von der doch reichlich unbequemen Reise, von dem langen Zwischenhalt in München, vom Theater in Berlin, von Premieren, die er besucht hatte. Letzteres jedoch nur sparsam, da musste man vorsichtig sein, ein lobendes Wort an falscher Stelle, und Kurt explodierte, bekam einen Wutanfall, schleuderte Geschirr. War alles schon vorgekommen. An jenem Nachmittag aber schwieg der Freund die meiste Zeit, lag nur halb träumend auf dem zerschlissenen Schlafsofa, nahm mit matter Geste Benjamins Geschenke an. Aber später, als es nach dem mitgebrachten echten Bohnenkaffee, nach türkischen Zigaretten duftete, als der Ofen eine bullige Hitze in das winzige Kämmerchen glühte, da richtete Kurt sich im Halbdunkel auf und erzählte ein wenig von seinem halbfertigen, den Krieg als großen Erneuerer preisenden Versepos und ließ Effi schließlich sogar die Gaslampe entzünden, um im zischenden Schummerlicht vom Blatt vorzutragen.

Benjamin wagte nicht, die Taschenuhr zu zücken. Seine Großmutter wartete mit dem Dinner, man hatte Gäste zu seinen Ehren eingeladen. Es war schon spät, er würde einen Fiaker nehmen und den Kutscher zur Eile drängen müssen, doch selbst dann würde er zu spät kommen. Und immer folgte noch ein Vers, noch eine Anrufung des Mars, der Venus, des Jupiter. Immer kam noch etwas nach.

Als Effi Benjamin schließlich die im Dunkeln gefährlich

steile Treppe wieder hinunterführte, servierte man bei der Großmama vermutlich schon das Dessert. Benjamin versprach hastig, bei sämtlichen befreundeten Verlegern ein gutes Wort einzulegen, vielleicht gab es ja in einer Zeitung ein Plätzchen oder sogar einen Posten. Er versprach, Kurt nichts davon zu erzählen, keinen Ton, und er versprach schon am nächsten Tag wiederzukommen, versprach Essen, versprach Brennkohle, und Effi lauschte stumm, einen seltsam wehmütigen Ausdruck auf ihrem abgemagerten Gesicht.

»Danke«, sagte sie plötzlich, und dann, ohne ein weiteres Wort, küsste sie ihn auf den Mund. Diesmal waren die Lippen warm.

BERLIN, DEZEMBER 1927

»Ja, so machen wir es. Du suchst es dir aus und lässt es am besten gleich einschlagen, und der Juwelier soll die Rechnung einfach direkt in mein Büro schicken.« Obwohl Bernice ihn durch das Perlmutt-Telefon natürlich nicht sehen konnte, schüttelte Benjamin entnervt den Kopf. Jedes Jahr dasselbe Theater. Was sollte Bernice zu Weihnachten bekommen, und was wünschte er sich bloß?

Er hatte ganz andere Sorgen. Kaum lief mit der Wohltätigkeitsgala scheinbar alles gut, da bekam die Frau mit den zehn Gehirnen Grippe. Und die Schlangenfrau aus der Schwarzen Katze hatte einen steifen Nacken. Dazu die Berber und die Helm!

Aber wenn es nur das gewesen wäre! Wie selig hätte Benjamin sich in seine gewöhnlichen kleinen Sorgen geschmiegt, doch seit Tagen, seit bald einer Woche, seit jener unsäglichen Abendeinladung träumte Benjamin von dem Jungen, der doch gar kein Junge mehr war. Er hatte Zeitungsausschnitte gesammelt, er wusste alles, was die Öffentlichkeit über diesen Sänger wusste, und auch das, was man hinter der Bühne über ihn flüsterte – er trank nicht, nahm nur selten Kokain, hatte ungezählte Affären und eine ernste Liebesgeschichte mit einer Industriellengattin, er galt als diszipliniert, stets pünktlich und als harter Verhandlungspartner bei den Gagen. Aber wer war Johnny Gable? Was war er für ein Mensch? Woran dachte er, wenn er einschlief? Wovor hatte er sich als Kind gefürchtet? Was hatte ihn zum Lachen gebracht? Ob Effi stolz auf ihn war? Oder hatte sie sich eine andere Karriere für ihren Sohn gewünscht? Und was sie wohl machte? Lebte sie in Berlin, vielleicht, um bei ihrem Kind zu sein?

Johnny war alt genug für den Krieg gewesen. Benjamin Morgenstern hatte einen Sohn im Krieg gehabt und es nicht gewusst, er hatte sich nicht jeden Morgen geängstigt, wenn die Post kam. Und sich auch nicht gefreut, wenn wieder ein Tag ohne die furchtbare Nachricht verstrichen war. Er hatte nicht seine Beziehungen für einen feinen Druckposten in der Feldküche spielen lassen dürfen. Und seine schlaflosen Nächte waren immer nur der Arbeit oder dem Vergnügen, nie einem zahnenden Säugling geopfert worden. Nie war ein Kind mit unsicheren Schritten auf Benjamin zugewankt, glücklich krähend in seine Arme gefallen.

Er hatte einen Sohn, aber ein Vater war er nie gewesen.

Nacht für Nacht lag Benjamin nun wach, dachte an all das Versäumte, dachte an den Jungen, an seinen Sohn und an jenen Brief, den einzigen, den Effi ihm nach ihrem Verschwinden je geschrieben hatte. Er war kurz gewesen, es hatte nur darin gestanden, dass es ihr gut gehe und sie einen Sohn geboren habe. Einen Sohn, den sie nach dessen Vater Kurt genannt habe. Und dass Kurts Familie ihr nun, nach Kurts Tod, eine kleine Rente zahle. Mehr nicht. Keine Adresse, kein Absender, kein Hinweis. Er wusste ja nicht einmal ihren Mädchennamen. Warum hatte er nicht bei Kurts Eltern gefragt? Warum hatte er nicht nachgeforscht? Warum war er nicht hartnäckiger gewesen? Warum hatte er sich damit begnügt?

Weil er ein schlechtes Gewissen hatte?

Obwohl er wusste, dass Kurts Selbstmord nicht seine Schuld war. Er hatte es seinem Freund nie erzählt. Aber Effi hatte es Kurt unbedingt beichten müssen.

»Es ist mir aber peinlich, mein Weihnachtsgeschenk selbst auszusuchen«, riss Bernices Stimme ihn aus seinen Gedanken. »Außerdem brauche ich nicht noch mehr Schmuck. Ich hab auch nur einen Hals und zehn Finger.«

Ärgerlich schmierte Benjamin Kringel auf die Titelseite der Zeitung, malte dem Bäumer einen Schnurrbart und seiner ihn anschmachtenden Gattin eine Brille.

»Warum kannst du nicht einfach einmal mit mir einen Schaufensterbummel machen? Nur wir zwei, Arm in Arm durchs KadeWe. Das dauert nicht lang, maximal zwei Stunden. Warum geht das denn nicht?«

»Weil ich eine Theatergala vorzubereiten habe. Hier ist die Hölle los«, entgegnete Benjamin knapp. »Hör zu, es klopft schon wieder.«

Das stimmte nicht wirklich, denn die Tür war schon aufgeflogen. Darin stand Doktor Beinschuh, schnaubend und zitternd, neben ihm ganz ruhig ein etwas blasser junger Bursche, den Benjamin nach kurzem Nachdenken als den schönsten Mann der Ufa, als Carl von Bäumer erkannte. Den Filmstar legte von Bäumer an und ab wie andere den Sonntagsanzug.

»Herr Morgenstern! Hören Sie«, rief Doktor Beinschuh, wobei er sich mit fliegenden Fingern eine Zigarette aus dem Elfenbeinetui nestelte. »Hören Sie! Der Junge ist wahnsinnig geworden! Das ist die ständige Diät! Kein Mensch mit vollem Magen kommt auf derartige Ideen!«

Und der Bäumer, in Pullunder und das sonst so elegante Schneehaar nach Studentenart nachlässig aus der Stirn gekämmt, machte einen Schritt vor, sagte mit fester Stimme: »Herr Morgenstern, ich kann den Geist nicht spielen.«

Benjamin sagte gar nichts. Er starrte nur, so dass der

Blonde wiederholte: »Ich werde die Rolle im Dickens nichts spielen können. Und ich bin mir bewusst, dass es nur noch drei Tage bis zur Premiere sind und dass sich die Presse darauf stürzen wird und auch, dass es einen Skandal sondergleichen geben wird und mein Ruf als zuverlässiger Schauspieler auf dem Spiel steht. Was besonders bedauerlich ist, weil die Amerikaner so viel Wert auf zuverlässige Schauspieler legen. Ich riskiere also nicht nur den Erfolg der Gala, sondern meine gesamte Karriere. Das ist mir alles klar, das brauchen Sie mir nicht noch einmal auseinandersetzen. Außerdem drängt meine Zeit, ich muss den Schnellzug um zehn Uhr fünfundvierzig erwischen.«

Benjamin starrte noch immer.

»Bist du noch dran?«, fragte Bernices Stimme etwas hilflos aus dem Hörer in die eingetretene Stille.

»Aber warum?«, fragte Benjamin seltsam ruhig. Eine stille Faszination war über ihn gekommen – so wie damals, als Kurt ihm entgegentrat und sagte: »Ich weiß alles.« Jetzt wie damals stand ihm ein Mensch gegenüber, der einen Entschluss gefasst, eine nicht mehr zu ändernde Entscheidung getroffen hatte. Und mit derselben festen Stimme wie Kurt damals, erklärte Carl von Bäumer: »Paul ist angeschossen.«

Paul war der Trauzeuge. Paul war Kommissar.

Benjamin nickte. Paul war der Grund für all die Tränen der Frau von Bäumer. Paul war der ernst, fast ein wenig melancholisch dreinblickende Rotschopf, der Carl damals, vor vielen Jahren zur Unterschrift des Agenturvertrages begleitet und vor der Tür gewartet hatte.

»Ich muss nach München«, fuhr von Bäumer indessen fort. »Dort ist es passiert.«

»Er wird auch noch angeschossen in München sein, wenn die Gala vorbei ist!«, fauchte Doktor Beinschuh. »Die paar Tage wird er wohl ohne dich aushalten. Du kannst doch eh nichts für ihn tun! Man muss Prioritäten setzen.«

Paul war schon dagewesen, als Carl nur ein hübscher, sehr begabter Schauspielschüler gewesen war, und vermutlich würde er noch da sein, wenn irgendwann nur noch ein Schatten an all den Glanz erinnerte. Was war eine Gala, was waren ein paar gehässige Schlagzeilen gegen Paul?

Wieder sah Benjamin Kurts Gesicht vor sich. Und wenn er alles gestanden hätte? Wenn er zugegeben hätte, was er gemacht hatte, statt es zu leugnen? Wenn er gesagt hätte: Ich weiß, es war falsch, aber ich bin in deine Frau verliebt, seit ich sie das erste Mal gesehen habe. Ich bedeute ihr überhaupt nichts, sie hat es für dich getan und vielleicht zum Dank für das, was ich für dich getan habe. Ich weiß, es gibt keine Entschuldigung, aber versuche doch zu verstehen. Wenn er gesagt hätte: Kurt, du bist so begabt, halte durch. Ich werde tun, was ich kann, nicht wegen deiner Frau, sondern wegen unserer Freundschaft, wegen dem, was von unserer Freundschaft jetzt noch bleibt, und vor allem, weil du begabt bist. Bitte, Kurt, lass mich dir helfen. Lass mich dir und Effi helfen.

»Ich gehe nach München. Ich muss zu Paul«, drängte Carl.

Benjamin nickte wieder. Er sah seinen Freund Kurt, wie er lachte, als er sagte: »Den Versuch ist's wert.« Er sah Effi, wie sie den Kaffee in Empfang nahm, dankbar und ein bisschen demütig. Und er sah Bernice beim Juwelier, allein, immer allein, weil es immer eine Gala, immer eine künstlerische Katastrophe gab.

Und dann hörte Benjamin sich selbst sagen: »Du fährst nicht.« Es hätte Kurts Stimme sein können, er klang wie Kurt. »Du fährst nicht, du wirst fliegen. Das geht schneller. Und wenn dir das Krankenhaus nicht gefällt, dann rufst du hier an. Mein Bruder ist Arzt, das kann auch mal was wert sein. Doktor Beinschuh, Sie kümmern sich um den Flug. Und dann organisieren Sie gleich noch zwei Zugtickets nach Wien, erste Klasse. Für heute Abend, Schlafwagen. Verstanden?« Und ins Telefon sagte er: »Bernice, lass für vier Tage Wien packen. Alles Weitere erkläre ich dir später. Wir treffen uns am Bahnhof, ich muss noch ein dringendes Gespräch führen.«

»Meine Mutter?« Der Mann, der sich Johnny Gable nannte, blickte ein wenig überrascht. Er hatte Effis schönen Mund geerbt. Er schien sich über die Frage zu wundern, aber entgegnete mit dem zufriedenen Lachen eines Menschen, der zu Recht stolz auf seine Leistung war: »Nein, das Singen habe ich nicht von ihr, ich habe es mir selbst beigebracht.«

Benjamin zog energisch an seiner Zigarre. Einen Moment schwiegen sie beide, lauschten stumm dem Geklapper aus dem Gastraum. Das Café öffnete eigentlich erst um elf Uhr, dann gab es Tagesessen. Der Geruch nach Erbseneintopf hatte sich ausgebreitet, wegen des nahen Weihnachtsabends mit zusätzlichem Speck. Trotzdem herrschte an der Theke großer Betrieb, die Eingangstür war nur angelehnt, Stammgäste wussten das. Die Tippfräulein und Angestellten der angrenzenden Büros, die Ladenmädchen und Verkäufer der Nachbarschaft sprangen rasch auf eine Zigarette, einen Mokka schwarz oder einen Kornkaffee herein. Manche verlangten auch ein belegtes Brot, das hier Sandwich hieß, weil das moderner klang. Und beim Rausgehen riefen sie alle: »Fröhliche Weihnachten!«, und die beiden hemdsärmligen Männer hinter dem Tresen erklärten ohne nachlassenden Eifer ein ums andere Mal: »Heute haben wir noch normal geöffnet, morgen nur von elf bis fünfzehn Uhr. An den Feiertagen haben wir geschlossen.«

Im Flur stimmte jemand sein Saxophon und lachte dabei, ein Scherzwort wurde gerufen und mit dem Kichern einer Frau belohnt. Dazu der Geruch des Kohleofens, des frischen Kaffees, der allgegenwärtigen Zigaretten. Es roch wie damals in Wien, ein bisschen zumindest.

Eine alte Reinemachfrau warf einen Blick in die Garderobe, in der Benjamin mit dem jungen Mann saß, ging aber gleich weiter und zog dabei ihren Eimer klappernd hinter sich her. Johnny Gable, halb schon in modisch weiten Smoking-Hosen, halb noch in Pullunder und ohne Kragen, sah Benjamin nun fragend an, als wunderte er sich langsam darüber, was der andere von ihm wollte. Aber er würde nicht ungeduldig werden, nicht schnippisch nachfragen, auch wenn ihm vielleicht danach war. Wer es bis zu einer Agenturvertretung durch Benjamins schärfste Konkurrenz gebracht hatte, der war nicht nur hübsch und musikalisch, der wusste sich auch zu beherrschen.

»Dann hat Ihre Mutter nicht gesungen? Ich dachte irgendwie, sie sei Sängerin«, sagte Benjamin leicht dümmlich, um das Gespräch wieder ins Laufen zu bekommen. Er würde mit Effi sprechen. Er würde Effi sagen, dass er seine Schuld einsah, und er würde ihr sagen, dass sie entscheiden sollte, ob der Junge den Namen seines wahren Vaters erfahren würde. Er würde nichts fordern, er würde es ihr überlassen. Und wenn sie es nicht wollte, dann würde er sie bitten, wenigstens ein bisschen Unterhalt für den Jungen anzunehmen, das war seine Pflicht. Und er würde sie ansonsten in Ruhe lassen, wenn sie es denn wollte.

Johnny steckte sich inzwischen eine Zigarette an und blies den Rauch aus. Dann sagte er: »Da müssen Sie sich irren. Meine Mutter hat keinerlei künstlerische Ambitionen, nie welche besessen. Sie geht ganz im gesellschaftlichen Leben und der möglichst glanzvollen Verheiratung meiner kleinen Schwestern auf. Dazu der ständige Ärger mit dem Personal. Nein, ich bin aus der Art geschlagen. Mein Singen ist meiner Familie ausnehmend peinlich – ich musste meinem Vater in die Hand versprechen, niemals in Wien aufzutreten. Er könnte sich sonst nie wieder im Kaffeehaus zeigen und wäre das Gespött des ganzen Offizierscasinos. Deshalb auch der Künstlername.«

Benjamin schluckte. Er sah den jungen Mann an, seinen und Effis Sohn, dann nickte er kurz, lächelte schief. Effi war ein patentes Mädchen, sie hatte sich zu helfen gewusst.

Schließlich sagte er: »Ich bedauere, ich muss Sie verwechselt haben. Aber eigentlich bin ich wegen etwas ganz anderem gekommen. Bei der Theatergala für die Kriegsblinden … die Rolle der Geister ist kurzfristig frei geworden. Herr von Bäumer ist erkrankt – unter uns, die Schwangerschaft seiner Frau setzt ihm nervlich ziemlich zu. Möchten Sie die Rolle nicht haben? Ich fände das sehr passend für Sie. Johnny Gable – der Geist der vergangenen Weihnacht?«

ULRIKE RENK

The Twelve Days of Christmas

DEZEMBER 1939, FRINTON-ON-SEA

»Ich fahre zu meinen Eltern, so viel ist klar«, sagte Olivia wütend. »Und du kommst auch mit, Fred Sanderson. Es ist schließlich Weihnachten!«

Ruth zog den Kopf ein. Seit April war sie auf dem Hof der Sandersons in dem kleinen Örtchen Frinton-on-Sea in England. Eigentlich hatte sie sich auf eine Stelle als Haushaltshilfe beworben, aber es stellte sich heraus, dass sie Mädchen für alles war. Sie musste putzen, kochen, die kleine Jill, die Tochter der Sandersons, betreuen und auch im Stall helfen.

Es war anstrengend, und sie hatte viel lernen müssen, aber letztendlich war Ruth Meyer froh, dass sie hier und nicht mehr in Deutschland war. Auch ihre Eltern und ihre Schwester hatten es zum Glück wenige Tage vor Kriegsausbruch nach England geschafft. Sie lebten nun in Slough, einige Stunden mit dem Zug von der Küste entfernt.

Die Meyers hofften darauf, bald nach Amerika auswandern zu können. Bis es so weit war, musste Ruth hier ausharren.

»Ich kann nicht mit zu deinen Eltern, Olivia«, sagte Freddy Sanderson nun und klang genervt. »Das weißt du doch. Ich muss die Tiere und den Hof versorgen.«

»Weihnachten, Freddy, es ist Weihnachten. Das feiert man als Familie.«

»Das können wir ja auch machen. Hier.«

»Du willst doch nicht etwa meine Eltern und meine Schwester hierher einladen? Jetzt? Die Gästezimmer sind zugig, weil du die Fenster noch nicht gedämmt hast. Und es besteht keine Möglichkeit, abends eben mal in den Pub zu gehen, sollte das Wetter schlecht sein.«

»Man muss abends auch nicht in den Pub gehen«, erwiderte Freddie. »Wir können hier alle zusammen am Kamin sitzen.«

»Hier ist nichts los. Hier sagen sich noch nicht einmal Fuchs und Hase ›Gute Nacht‹, weil es zu weit ab von allem ist. Du kennst doch meinen Vater. Und meine Schwester. Und ich würde auch mal gerne wieder einer Unterhaltung lauschen und nicht nur dem Grunzen der Sau zuhören.«

»Ich kann die Tiere nicht alleine lassen. Wie soll das gehen?«

Olivia schaute zu Ruth, die das Geschirr abwusch und das Gespräch zwangsläufig mit anhörte.

»Ruth kann sich kümmern. Es wären doch nur ein paar Tage. Außerdem ist ja auch noch Jack da.«

»Ruth kann nicht alleine die Kühe, Schweine, Hühner und Kaninchen versorgen. Sie ist erst achtzehn. Was stellst du dir denn vor? Sie kann nicht alle Tiere melken.« Freddie wurde immer lauter und verärgerter. »Und Jack auch nicht. Er hat ja auch noch sein Vieh und seinen kleinen Hof.«

Mich fragt keiner, dachte Ruth. Als ob ich ein Gegenstand wäre, über den man spricht. *Tante Rosalies Blumenvase – stellen wir sie ans Fenster oder auf den Tisch?* Sie versuchte, ihren Ärger hinunterzuschlucken.

Ganz sicher werde ich den Hof nicht für Tage alleine führen. Das kann ich nicht. Aber sie kannte Olivia und ihre Art, sich durchzusetzen. Ruth befürchtete das Schlimmste.

»Ich werde nicht wegfahren«, brummte Freddie und stand auf. »Du kannst deine Eltern gerne besuchen und du kannst natürlich auch Jill mitnehmen. Aber ich fahre nicht.«

»Aber Freddie – es ist Weihnachten. Das willst du doch sicherlich mit deiner Tochter feiern.«

»Ja, will ich. Hier.« Er stapfte nach draußen. Es regnete schon den ganzen Tag. Es war kalt, und die Regentropfen wurden immer wieder zu Eiskristallen – kein Schnee, eher ganz feiner Graupel. Die Körner brannten auf der Haut, stachen wie kleine Nadeln.

Olivia sah aus dem Fenster nach draußen, zog ihre

Strickjacke enger um sich. »Wenn du mit dem Abwasch fertig bist, kannst du die Schweine und die Kaninchen füttern. Ich gehe nicht mehr nach draußen. Da holt man sich ja den Tod.«

Herzlichen Dank, dachte Ruth, sagte aber nichts, sondern nickte nur.

Olivia ging ins Wohnzimmer, das sehr viel kleiner als die riesige Küche war. Im Wohnzimmer prasselte der Kamin, und es war angenehm warm. Auch in der Küche brannte der Kamin, zudem heizte die Küchenhexe. Aber die Küche hatte fast fünfzig Quadratmeter, die Tür zum Hof schloss nicht richtig, und es zog vom Zugang zum Kriechkeller. Im Sommer war es angenehm kühl, im Winter aber kalt in der Küche.

Ruth hörte, dass Olivia das Radio angestellt hatte. Es lief Tanzmusik.

Wie lange habe ich schon nicht mehr getanzt?, fragte sich Ruth. Dann schüttelte sie den Kopf. Es war keine Zeit, um zu tanzen und zu feiern. Es war Krieg. Sie schaute zum Fenster, überzeugte sich davon, dass Olivia die Verdunkelung wieder zugezogen hatte.

Der Hof lag an der Küste zum Ärmelkanal, um sie herum gab es nur Felder und ein wenig Wald, dann Dünen und den Strand. Ein Ziel für feindliche Flugzeuge waren sie eigentlich nicht, aber wer weiß, was so ein Pilot dachte, wenn er Land und dort direkt einen Lichtschein sah. Deshalb achteten sie sehr auf die Verdunkelung. Zweimal hatte es schon Fliegeralarm gegeben – beide Male war nichts passiert, sie hatten noch nicht einmal die Flugzeuge gehört, aber man wusste ja nie.

In den nächsten Tagen nörgelte Olivia immer wieder herum. Weihnachten rückte immer näher, und sie wollte eine Entscheidung von Freddie. Mittwochs kam, wie meistens, Daisy vorbei und half bei der Wäsche. Sie war die Frau von Jack Norton, der als Knecht bei den Sandersons arbeitete.

»In vier Tagen ist Weihnachten«, jammerte Olivia. »Und Freddie will einfach keine Vernunft annehmen.«

»Vernunft?«, fragte Daisy überrascht nach. »Ich kenne kaum einen vernünftigeren Mann als deinen Freddie.«

»Er will nicht mit mir zu meinen Eltern fahren über Weihnachten. Ist das zu fassen?«

»Du willst Weihnachten bei deinen Eltern verbringen?«

»Ja, natürlich. Jill wird jetzt drei, und die letzten beiden Jahre waren wir an Weihnachten schon hier. Es war immer schrecklich langweilig. Dieses Jahr will ich ein schönes Weihnachtsfest haben.«

»Ihr habt Kühe, die gemolken werden müssen – Weihnachten hin oder her«, sagte Daisy nachdenklich.

»Es wäre doch nur für ein paar Tage. Von Montag bis Neujahr vielleicht ... Ruth kann sich um die Tiere kümmern«, meinte Olivia trotzig.

»Ruth? Bist du des Teufels fette Beute, Olivia? Ruth kann

sich nicht um alle Tiere kümmern. Sie ist doch noch fast ein Kind.«

»Sie hat sich um die Stelle beworben, hat sie angenommen. Sie muss tun, was ich ihr sage. Wenn ich ihr kündige, verliert sie ihren Aufenthaltsstatus in England …«, sagte Olivia und lächelte böse.

»Olivia!«, sagte Daisy erschrocken. »So etwas darfst du noch nicht einmal denken. Ruth ist Jüdin. Du weißt, was die Nazis mit den Juden machen. Du willst sie doch nicht dorthin zurückschicken?«

»Natürlich nicht«, sagte Olivia nun indigniert. »Nein, aber ich könnte, wenn ich wollte.« Sie lächelte. »Darum geht es aber gar nicht. Ich will Weihnachten mit meiner Familie verbringen, aber Freddie will nicht mit.«

»Was sagt Freddie denn dazu?«

»Er sagt, ich könne ja fahren, er würde auf dem Hof bleiben.«

»Das klingt doch nach einem guten Kompromiss.«

»Daisy!« Olivia schaute sie entsetzt an. »Er muss mit. Was sollen denn sonst die Nachbarn denken? Dass er mich nicht liebt? Dass wir uns trennen? Meine Eltern wären auch enttäuscht. Und dann ist da noch Jill … Freddie sollte doch Weihnachten mit seiner Tochter verbringen, meinst du nicht?«

»Bist du doch noch immer bei dem Thema?«, fragte Freddie, der mit einem Schwall kalter und klammer Luft die Küche betrat. »Ist es nicht langsam mal gut?«

Ruth folgte ihm. Sie hatte die wenigen Eier aus dem Hühnerstall geholt, im Winter legten die Hennen fast gar nicht mehr. An der Küchentür hatte sie Olivias Worte gehört und sich nicht getraut einzutreten, dann war Freddie aus dem Stall gekommen, und sie hatte so getan, als würde sie noch ihre Füße abtreten – etwas, was Freddie nie machte, er stapfte einfach immer in die Küche, egal wie schmutzig die Stiefel waren.

Nun legte Ruth die Eier in die Schale auf der Anrichte, zog den Kopf wieder ein. Sie wusste, nun würde es Streit geben.

»In vier Tagen ist Weihnachten«, fauchte Olivia. »Bis wann soll es denn gut sein? Bis nach den Feiertagen? Du willst also wirklich deinen Kopf durchsetzen und mich bloßstellen. Mich und deine Tochter Jill. Wenn ich alleine zu meinen Eltern fahre, werden alle glauben, dass du kein Interesse an dem Kind hast.«

»Das ist doch Unfug«, brummte Freddie.

»Nein, das ist es nicht. Du weißt, wie die Leute denken und reden. Das weißt du genau. Und sie werden über deine Tochter reden.«

»Und die Kühe? Sie bilden unsere finanzielle Grundlage in den schwierigen Zeiten. Die Milch und das Fleisch sind wichtig in Kriegszeiten. Ich kann die Kühe nicht einfach alleine lassen.«

»Komm wenigstens über die Feiertage mit.«

»Olivia …«, seufzte Freddie.

»Ruth kann sich kümmern. Zwei Tage wird sie schaffen. Nicht wahr, Ruth?« Olivias Stimme hatte sich verändert. Sie klang nun klebrig süß. »Und Jack kommt ja auch.«

Wenn ich mich nicht füge, dachte Ruth entsetzt, wird sie mich entlassen. Dann muss ich zurück nach Deutschland. Und meine Eltern auch. Mein Vater würde wieder nach Dachau kommen. Sie schluckte. Schaute zu Boden. »Ich weiß nicht«, sagte sie unsicher.

Daisy schaute von Ruth zu Olivia, dann zu Freddie, der nichts sagte, und holte tief Luft. »Das ist ja die Höhe«, stieß sie heraus. »Olivia, ich bin nicht deiner Meinung. Ihr habt einen Hof und Tiere und somit Verantwortung. Das hast du gewusst, als du Freddie geheiratet hast.« Sie sagte nicht, was alle wussten, aber niemand aussprach: Die Ehe war nicht aus Liebe entstanden, sondern weil Jill unterwegs war. Olivia hatte von Anfang an gesagt, dass sie unter ihrem Stand geheiratet hatte. Freddie war sehr gutmütig, ertrug ihr Genörgel und liebte seine Tochter abgöttisch. Sie sah Freddie an, dem die ganze Geschichte höchst unangenehm war. Dann schaute sie zu Ruth.

Ruth hatte inzwischen Tränen in den Augen. Sie kannte Olivias Selbstsucht und wusste, dass die Frau zu allem fähig war, um ihren Willen durchzusetzen.

»Willst du mit Olivia zu ihren Eltern fahren, Freddie?«, fragte Daisy und stemmte die Fäuste in die Hüften.

»Jack kommt ja zum Melken … er könnte Ruth ein wenig unterstützen«, sagte Freddie unsicher.

»Du willst also.« Daisy nickte. »Nun gut. Ich spreche mit Jack. Wenn du das wirklich willst, Fred Sanderson, dann werden Jack und ich versuchen zu helfen. Ruth alleine kann das nicht stemmen, das weißt du genauso gut wie ich.« Sie schnaufte wütend. »Und wie du es auch weißt, Olivia Sanderson.«

»Ich bin mir sicher, Ruth würde das einigermaßen hinbekommen. Sie müsste ja nicht kochen in der Zeit. Und sie müsste ja auch weniger putzen. Außerdem müsste sie auch nicht auf Jill aufpassen.« Olivia lächelte. Es war ein triumphierendes Lächeln.

»Aber es ist Weihnachten, Olivia. Auch für Ruth«, meinte Daisy.

»Nein, ist es nicht. Ruth ist ja Jüdin. Die feiern kein Weihnachten. Nicht wahr, Ruth?«

Ruth biss sich auf die Lippen und nickte. »Das stimmt«, sagte sie leise.

»Wir werden sehen«, murmelte Daisy und beugte sich wieder über die Wäsche. »Wir werden ja sehen.«

Zwei Tage wurde noch diskutiert und verhandelt, geschmollt und geschimpft – dann stand es fest. Am 25. Dezember würden Freddie, Olivia und Jill frühmorgens zu Olivias Eltern fahren. Freddie würde nur zwei Tage mit ihnen verbringen und dann wiederkommen, Olivia wollte noch länger bleiben. Daisy und Jack würden zusammen mit Ruth solange den Hof versorgen.

»Mach dir keinen Kopf«, sagte Daisy und drückte Ruth an sich. »Es wird alles gut werden.«

Ruth nickte und schluckte den Kloß in ihrem Hals hinunter.

Noch nie war sie ganz alleine auf dem Hof gewesen und hatte alle Verantwortung getragen. Der kleine Bauernhof der Nortons war nur eine Viertelstunde Fußweg entfernt – aber das erschien Ruth auf einmal eine unglaubliche Strecke zu sein. Was, wenn es einen Notfall gäbe? Eins der Tiere krank wurde? Was, wenn es Fliegeralarm gab? Oder – noch schlimmer – die Deutschen die Küste stürmen würden?

Was, wenn es einen Sturm gäbe? Ein Wintergewitter und der Blitz einschlagen würde?

Obwohl sie normalerweise immer sehr positiv eingestellt war, fielen ihr nun allerlei Katastrophen ein, die passieren könnten.

Heiligabend, so wie in Deutschland, gab es in England nicht. An diesem Tag wurden die letzten Geschenke verpackt und die letzten Vorbereitungen für das Weihnachtsfest getroffen. Doch im Hause Sanderson wurden statt Geschenke Koffer gepackt.

»Was willst du denn noch alles mitnehmen?«, moserte Freddie. »Es sieht ja fast so aus, als würdest du ausziehen und nicht nur deine Eltern besuchen.«

»Ich habe gar nicht viel eingepackt, denn die Anzahl meiner schönen Kleider ist überschaubar«, gab Olivia schnippisch zurück. »Und ich möchte ja nicht ständig dasselbe tragen.« Sie sah Ruth an, die mit Jill vor dem Kamin spielte. »Geh und hol mir meine Blusen. Und dann kannst du Jills Koffer packen.«

Am Abend, als alle Koffer, Kisten und Kästen im Auto verstaut waren, war Ruth regelrecht froh, dass die Sandersons am nächsten Morgen in der Frühe fahren würden. Olivias Gekeife hatte den ganzen Tag durch das Haus gehallt.

Ruth hatte ein einfaches Abendessen zubereitet, sie hatte eine Hühnersuppe gekocht und aus dem Fleisch ein Frikassee gemacht.

Olivia aß wie immer mit gutem Appetit. Doch dann lächelte sie gehässig. »Was bin ich froh, dass wir ab morgen anständiges Essen bekommen werden. Zum Glück kann sich meine Mutter eine gute Köchin leisten.«

»Du kannst ihr ja über die Schulter schauen«, gab Freddie zurück. »Und dir was abgucken, damit du hier auch gute Mahlzeiten servieren kannst.«

Nach dem Abendessen zog sich das Ehepaar immer noch streitend in das Wohnzimmer zurück und schaltete das Radio ein. Ruth brachte Jill zu Bett.

»Ich habe meinen Strumpf gar nicht am Kamin aufgehängt«, sagte Jill und wollte wieder nach unten laufen.

»Welchen Strumpf?«

»Meinen Weihnachtsstrumpf«, sagte Jill. »Den muss ich doch aufhängen, sonst kann der Weihnachtsmann keine Geschenke bringen.«

»Einen Strumpf?«

»Aber natürlich«, sagte die kleine Jill. »Weißt du denn gar nichts?«

»Leg dich hin, ich gehe und frage deine Mutter. Wenn ich wiederkomme, liegst du unter der Decke.«

»Na gut«, sagte Jill und zog einen Flunsch. »Aber ohne Strumpf ist morgen nicht Weihnachten.«

Ruth ging hinunter, klopfte an der Tür zum Wohnzimmer.

»Jill möchte ihren Weihnachtsstrumpf aufhängen.«

Freddie und Olivia sahen sich an.

»Sag ihr, dass ihr Strumpf bei Großmutter am Kamin hängt und sie ihn dort bekommt«, meinte Olivia.

»Kann sie nicht einen kleinen Strumpf hier bekommen?«, fragte Freddie. »Sonst quengelt sie die ganze Fahrt über. Und außerdem ist es Brauch, gleich morgens den Strumpf zu leeren.«

»Wenn sie auf der Fahrt Schokolade isst, wird ihr schlecht werden.«

»Dann tust du halt keine Schokolade hinein.«

»Ich habe aber alle Sachen schon verpackt.«

»Wir werden doch wohl noch einen Apfel, eine Orange und ein paar Kekse haben?«

»Aber die anderen Geschenke sind im Koffer. Sie wird sich doch nicht mit einem Apfel zufriedengeben.«

Ruth verdrehte die Augen. Können die beiden nicht einfach mal aufhören zu streiten?, fragte sie sich. Dann fiel ihr etwas ein. »Ich habe für Jills Puppe zwei neue Kleider genäht und für sie selbst eine Schürze. Das könnten wir ja in den Strumpf tun.«

Olivia sah sie an und strahlte. »Wunderbar. Das ist eine großartige Idee. So machen wir das. Du holst die Sachen, und ich hänge den Strumpf auf.«

Als Ruth im Flur war, konnte sie Olivia noch etwas sagen hören.

»Ruth ist eine Perle. Dass sie ein Geschenk für Jill hat, finde ich großartig, und das, obwohl sie Jüdin ist.«

Der letzte Teil des Satzes war wie eine Ohrfeige, und Ruth zuckte zusammen. Warum kann sie mich nicht einfach als Mensch sehen?, fragte sie sich. Warum müssen alle immer diese Unterscheidungen machen? Missmutig ging sie wieder nach oben, schaute bei Jill hinein. Das Mädchen lag im Bett, die Decke bis zum Kinn gezogen, und sah Ruth erwartungsvoll entgegen.

»Deine Mutter hat den Strumpf schon aufgehängt«, sagte sie und zwinkerte Jill zu. »Und jetzt schlaf schön.«

»Oh, ich weiß gar nicht, ob ich schlafen kann«, sagte Jill. »Morgen ist Weihnachten, und wir fahren zu Großmutter. Das ist alles so aufregend.«

»Versuch es wenigstens«, sagte Ruth lachend. »Gute Nacht, meine Süße.«

Obwohl sie Olivias Tochter war, war Jill doch ganz anders – meistens fröhlich und schnell zufriedenzustellen. Ein kleiner Sonnenschein.

Ruth holte die Geschenke, die sie in etwas Papier eingepackt und mit schönen Schleifen versehen hatte. Schnell sah sie noch einmal nach Jill, die schon selig schlief.

»Danke«, sagte Olivia. Am Kamin hing schon der Weihnachtsstrumpf. Es war kein normaler Strumpf, stellte Ruth überrascht fest, sondern ein sehr großer, bunt gestrickter. Er war wohl extra für Weihnachtsgeschenke gedacht.

»Ist das hier so üblich?«, fragte Ruth.

»Aber natürlich. Das machen alle.« Mitleidig sah Olivia Ruth an. »Du kannst das natürlich nicht kennen, ihr feiert ja kein Weihnachten.«

»In Deutschland hatte ich durchaus Freundinnen, die Weihnachten feiern. Und dort gibt es diese Strümpfe nicht.«

»Ach?« Olivia zuckte mit den Schultern. »Andere Länder, andere Sitten.«

Am nächsten Morgen stand Ruth wie immer früh auf. In ihrem Zimmer in der Mansarde war es bitterkalt. Schnell lief sie nach unten in die Küche, legte Holz in die Glut der Küchenhexe, blies ein wenig. Bald knisterte das Feuer, und es wurde ein wenig wärmer. Sie setzte Wasser auf. Auch Freddie war schon aufgestanden und in den Stall gegangen. Er kümmerte sich noch um die Tiere, bevor sie dann losfahren würden.

Ruth bereitete das Frühstück vor. Es ist Weihnachten, dachte sie. Ob die Engländer außer der Sache mit dem

Strumpf noch andere Sitten und Rituale haben? Darüber hatte sie sich bisher keine Gedanken gemacht, und letztendlich war es auch egal – sie würde diese Weihnachten ja alleine verbringen.

Sie briet den Speck, schlug die wenigen Eier in die Pfanne, kochte das Porridge.

Das Frühstück war gerade fertig, als sie von oben Schritte und Jills aufgeregte Stimme hörte.

»Darf ich jetzt runter, Mummy? Meinst du, der Weihnachtsmann war da? Hast du wirklich einen Strumpf für mich aufgehängt?«

»Waschen«, sagte Olivia streng. »Und Zähneputzen. Dann ziehst du die Sachen an, die ich dir rausgelegt habe.«

»Mummy – muss ich wirklich den kratzigen Pullover anziehen?«, jammerte Jill.

»Den hat Großmutter dir geschenkt. Und du wirst ihn mit Würde tragen, er war bestimmt nicht billig. Und nun beeil dich.«

Olivia kam die Treppe herunter, Ruth stellte ihr schnell eine Tasse heißen Tee hin. Olivia setzte sich an den alten Küchentisch, nahm den Tee und seufzte auf. »Bei meinen Eltern gibt es die Mahlzeiten immer im Esszimmer. Darauf freue ich mich schon. Dort ist es nicht kalt und zugig, das Feuer im Kamin brennt lustig. Hach, es werden so schöne Tage werden.«

»Sie haben doch auch ein Esszimmer«, wandte Ruth ein. »Wollen Sie lieber dort frühstücken?«

»Ja, das würde ich gern«, sagte Olivia zynisch. »Aber mein Mann nicht. Er sieht es nicht ein, das Zimmer zu heizen, nur um dort die Mahlzeiten einzunehmen. Hier hat nichts Stil.«

Ruth verkniff sich jede Bemerkung.

Schon bald nach dem Frühstück brach die Familie auf. Jill hatte sich sehr über ihre Geschenke gefreut.

»Der Weihnachtsmann weiß genau, was ich brauche«, sagte sie und lächelte. Dann setzte sie sich in das Auto, drückte ihre Puppe an sich und winkte Ruth zu. »Frohe Weihnachten, liebe Ruth.«

»Frohe Weihnachten, Jill.«

Ruth war erleichtert, als der Wagen endlich vom Hof fuhr. Sie ging zurück in die Küche, räumte das Frühstücksgeschirr ab und kochte sich eine Tasse Kaffee. Es gab ein wenig Bohnenkaffee, aber die Sandersons tranken bei jeder Gelegenheit Tee, Freddie oft auch mit einem Schuss Brandy. Eigentlich waren die Kaffeebohnen für Ruth tabu, aber es war ja keiner da, und sie hatte beschlossen, sich selbst zu beschenken, auch wenn sie gar kein Weihnachten feierte, weil sie ja Jüdin war.

Als ob die Sandersons so überzeugte Christen wären, dachte Ruth. Sie gehen kaum in die Kirche und beten auch nicht.

Mit Genuss drehte sie die Kurbel der kleinen Kaffeemühle und schnupperte. Frisch gemahlener Kaffee roch immer so köstlich.

Sie kochte Wasser auf der Küchenhexe auf, stellte den Filter auf einen großen Becher und goss das Wasser über die gemahlenen Bohnen. Dann setzte sie sich an den Kamin, umfasste den Becher mit beiden Händen, ließ sich von dem aromatisierten Dampf das Gesicht wärmen und atmete tief ein. Freddie hatte ihr eine Liste gemacht mit all den Dingen, die sie zu erledigen hatte. Sie würde gleich danach schauen, aber dieser Moment gehörte ihr.

Sie dachte an die Familie, die sie in Deutschland hatte zurücklassen müssen – an die Großeltern und Tante Hedwig, an ihren Cousin Hans. Wie mochte es ihnen jetzt ergehen? Sie dachte auch an ihre Eltern, die in der kleinen Wohnung in Slough saßen und auf die Weiterreise hofften. Alles war im Moment in der Schwebe, und nichts war sicher.

Doch, eine Sache war so sicher wie nur sonst etwas: Sie hatte die Verantwortung für den Hof und die Tiere.

Langsam trank Ruth ihren Kaffee, aber das gewünschte Ergebnis blieb aus – sie war immer noch angespannt und voller Sorge. Was, wenn …

Ich darf so nicht denken, sagte sie sich und stand auf, nahm die Liste vom Tisch und las.

Die Kühe hatte Freddie heute Morgen gefüttert und gemolken. Um die Schweine musste Ruth sich noch kümmern. Auch die Hühner musste sie versorgen und die drei Ziegen, die sie neuerdings hatten.

Freddie hatte nicht alle Jungschweine verkauft, so wie er

das wohl sonst gemacht hatte, sondern drei behalten, dazu zwei Muttersäue. Einige Schweine hatten sie im Herbst geschlachtet, das Fleisch verwertet – sie hatten gepökelt, geräuchert, Sülze gekocht und gewurstet. Viele Dinge, die sie gut lagern konnten, denn Freddie ging davon aus, dass die Rationalisierung kommen würde, jetzt, wo sie im Krieg waren. Noch machte es sich nicht großartig bemerkbar, aber das würde sich ändern, davon war nicht nur Freddie überzeugt.

»Also, die Schweine muss ich füttern und ihnen Wasser geben. Nach den Hühnern muss ich sehen. Die Kaninchen bekommen erst später etwas.« Ruth schaute nach draußen – morgens zog sie die Verdunkelung auf der Hofseite immer einen Spalt auf. Der Hof zeigte zum Landesinneren und nicht zur Küste – von dort würden keine feindlichen Flieger kommen. Ansonsten blieb die Verdunkelung in diesen trüben Tagen, an denen im Haus immer ein Licht brannte, zu. Draußen war es trüb, und es nieselte – ein feiner Schneeregen, der aber nicht liegen blieb.

Die Hühner können nach draußen, beschloss Ruth. Sie zog sich die Gummistiefel an, nahm die Wachsjacke vom Haken und ging zu den Ställen.

Die Arbeit machte ihr nichts aus. Sie hatte das alles auch schon getan, aber noch nie ganz alleine und noch nie alles auf einmal.

»Guten Morgen!«, schmetterte plötzlich jemand hinter ihr, und Ruth fuhr erschrocken zusammen.

»Na, Darling, wie geht es dir? Und oh – frohe Weihnachten natürlich!« Es war Jack Norton, der in den Stall gestampft kam.

»Fröh… fröhliche Weihnachten«, stotterte Ruth.

»Habe ich dich erschreckt? Das wollte ich nicht, Darling.« Er schlug ihr auf die Schulter. »Nun, dann lass uns mal sehen, was gemacht werden muss.«

»Freddie hat die Kühe schon gemolken und versorgt«, sagte Ruth.

»Was? Sind sie nicht gefahren? Das Auto ist doch weg.«

»Doch, schon. Sie sind gefahren. Freddy hat es vorher noch gemacht.«

»So ein guter Mann. Weiß der Teufel, warum er sich diese Frau angetan hat«, murmelte Jack leise, aber nicht leise genug. Ruth hatte es gehört, und sie kicherte.

Jack sah sie an und grinste. »Was müssen wir noch machen?«

Ruth zählte gewissenhaft auf.

»Gut. Ich kümmere mich um die Schweine und die Ziegen, schaue noch einmal nach den Kühen, du übernimmst die Hühner und Kaninchen. Abgemacht?«

»Ja«, sagte Ruth erleichtert. Sie war so froh, dass sie nun nicht mehr alleine auf dem Hof war.

Nachdem sie ihre Arbeit erledigt hatte, ging sie zurück zum Stall und half Jack, den Mist auf den Hof zu bringen, Stroh nachzustreuen. Dann steckte sie die Mistgabel mit einem erleichterten Seufzer in den Strohballen.

Jack lächelte. »Und, was hast du noch für Aufgaben?«

Ruth überlegte. »Ich muss Feuer machen – das habe ich bisher nur in der Küche getan. Abwaschen und die Küche wischen ... Olivia hat mir einen Korb mit Flickwäsche hingestellt ...«

»Wieso sollst du heizen?«

»Damit die Räume nicht auskühlen.«

»Das würde Sinn machen, aber das können wir auch noch morgen Abend machen. Jetzt packst du eine kleine Tasche und kommst mit mir.«

»Bitte?«, fragte Ruth überrascht.

»Es ist Weihnachten, Darling. Du willst doch nicht Weihnachten alleine auf dem Hof verbringen? Daisy sagt, ich solle keine Widerrede zulassen, sondern dich mitnehmen. Bis übermorgen, bis Freddie zurückkommt, bist du unser Gast.«

»Aber ... die Tiere ...«

»Natürlich werde ich sie heute Abend füttern und die Kühe melken. Ansonsten ist ja alles getan. Du musst ihnen nicht Händchen halten. Sie werden das machen, was sie immer machen, ob du nun da bist oder nicht – sie werden fressen, trinken, pupsen und schlafen.« Er lachte. »Und Futter und Wasser haben sie, einen sauberen Stall auch. Sollte irgendetwas sein, sind wir schnell hier. Also pack deine Sachen und komm mit! Wenn ich dich nicht mitbringe, wird meine Frau mir die Hölle heiß machen. Du kennst ja Daisy.«

Jetzt musste Ruth lachen. »Allerdings.«

Sie lief nach oben, packte eine kleine Tasche mit den Sachen, die sie für eine Übernachtung brauchte. Vor dem Kleiderschrank blieb sie stehen. Es war Weihnachten, ein Fest in England, ein Fest für Christen. Ganz sicherlich war es auch ein besonderer Tag für Daisy und Jack, auch wenn Bauern nie wirklich einen Feiertag hatten und sich immer um ihr Vieh kümmern mussten.

Dennoch – Ruth nahm das einzige gute Kleid, das ihr noch passte, aus dem Schrank. Außerdem ein Umschlagtuch, das ihr Omi geschenkt hatte – es war aus Brokat und mit Seide gefüttert und edler als die alte Strickjacke, die sie sonst immer trug. Sorgfältig legte Ruth das Tuch zusammen und packte es in ihre Tasche, dann ging sie nach unten, wo Jack schon wartete. Ruth schaute sich um, dann löschte sie das Licht und folgte Jack auf den Hof. Es war das erste Mal, dass sie das Haus abschloss, und es kam ihr merkwürdig vor.

Jack bemerkte wohl ihre gemischten Gefühle und stupste sie an. »Mach dir keine Sorgen. Freddie wäre einverstanden.«

»Olivia nicht«, sagte Ruth leise.

Jack lachte. »Nein. Aber egal, was du machst, sie würde immer etwas zum Nörgeln finden.«

Gemeinsam stapften sie durch den Matsch. Die Temperatur fiel, und es knirschte unter ihren Füßen.

»Vielleicht schneit es ja noch richtig«, sagte Jack. »Für

einen Abend fände ich das schön, länger muss es nicht sein. Aber hier an der Küste haben wir selten wirklich Schnee.« Er sah Ruth von der Seite an. »Ihr feiert das Weihnachtsfest nicht, oder?«

»Nein«, sagte Ruth.

»Das ist schade. Ich bin ja sonst nicht so für Feierlichkeiten, aber Weihnachten finde ich schön.«

»Was ist daran für dich besonders?«, fragte Ruth.

»Hmm.« Jack überlegte. »Früher haben wir alle zusammen gefeiert, die ganze Familie. Manchmal auch mit Freunden. Es gibt besonderes Essen und Geschenke. Ich mag die Lichter am Weihnachtsbaum. Es ist eine Mischung von allem.«

»Ihr feiert Weihnachten, weil da Jesus geboren wurde. Jesus ist euer Messias. Wir Juden warten noch auf die Ankunft des Erlösers. Statt Weihnachten feiern wir aber im Dezember das Lichterfest, Chanukka. Wir treffen uns mit Familie und Freunden, essen gutes und besonderes Essen, beschenken uns und zünden spezielle Kerzen an.«

»Das klingt sehr ähnlich. Ich muss gestehen, ich weiß fast gar nichts über das Judentum«, sagte Jack.

»Ich weiß fast überhaupt nichts über deinen Glauben«, sagte auch Daisy, als Jack und Ruth das Farmhaus erreicht hatten. Es war sehr viel kleiner als das der Sandersons, aber auch gemütlicher. An der Tür hing ein Kranz aus Stechpalmen und Efeu, geschmückt mit Zieräpfeln.

In der Diele war ein Mistelzweig, und in der Küche, die zwar auch schwarze und weiße Fliesen im Schachbrettmuster hatte, so wie bei Olivia und Fred, brannte das Feuer im Kamin. Und da der Raum nicht einmal halb so groß war, war es hier warm und gemütlich.

»Wie schön, dass du gekommen bist«, sagte sie. »Mir brach das Herz, als ich mir vorstellte, dass du nun zwei Tage alleine auf der Farm hocken solltest und das noch dazu an Weihnachten.« Daisy schluckte. »Ich weiß, Weihnachten ist ein christliches Fest. Die Geburt Jesu wird gefeiert. Aber Jesus war Jude, und warum sollst du das nicht auch feiern, auch wenn er für euch nicht der Erlöser ist?«

»Jesus war Jude?«, brummte Jack überrascht. »Wusste ich gar nicht. Na, ist auch egal.« Er zog sich die Stiefel aus und schlüpfte in Filzpantoffeln, sah Ruth an. »Schau, da sind noch mehr. Die sind warm und bequem.«

Ruth zögerte etwas. Filzpantoffeln gab es bei den Sandersons nicht, das galt als etwas, was arme Leute trugen.

Daisy stupste sie an. »Nun zieh schon welche an. Olivia ist weit weg.« Sie zwinkerte Ruth zu und zeigte auf ihre Füße, auch diese steckten in Pantoffeln, obwohl Daisy ein schickes Kleid trug.

Ruth zog die Schnürstiefel aus. Tatsächlich waren die Pantoffeln warm und angenehm zu tragen.

»Ich zeig dir jetzt dein Zimmer«, sagte Daisy.

Sie gingen nach oben. »Hier ist das Bad«, sagte Daisy. »Und hier kannst du schlafen.«

Die Kammer war klein, aber sehr gemütlich.

»Es ist warm hier drin«, stellte Ruth überrascht fest, denn sie konnte keinen Ofen entdecken.

Daisy legte die flache Hand auf die Wand. »Hier verläuft der Kamin«, erklärte sie. »Er heizt das Zimmer mit. Unser Schlafzimmer ist auf der anderen Seite, wir haben es auch schön warm.« Sie sah Ruth an. »Du kannst dich in Ruhe fertig machen und das Bad benutzen. Komm runter, wann immer dir danach ist.«

Ruth schaute ihr dankbar hinterher. Sie hatte sich schon immer gut mit Daisy verstanden, die zwar nicht täglich zu den Sandersons kam, doch immer dann, wenn mehr Arbeit anstand. Sie half gerne und gut, verschmähte auch nicht das Extrageld, das es ihr einbrachte.

Olivia war keine gute Hausfrau. Sie hätte gerne auf einem großen Gut mit viel Personal gelebt, doch das konnte sich heutzutage noch nicht mal mehr der Adel wirklich leisten.

Die Nortons hatten ein paar Kühe und Schweine, bestellten ein paar Felder, doch Jack kam jeden Tag, um Freddy auf dem Hof zu helfen – er war fest angestellt.

Ruth war froh, dass sie hier sein durfte und die Tage nicht alleine auf dem großen Hof der Sandersons verbringen musste.

Sie wusch sich im Badezimmer, kämmte die Haare und band sich eine Schleife hinein. Dann zog sie ihr gutes Kleid an, schlüpfte wieder in die Pantoffeln und ging nach unten.

Daisy lächelte ihr entgegen. Dann zeigte sie zum Kaminsims, der mit Stechpalmenzweigen und Efeu geschmückt war. Dort hing ein großer bunter Weihnachtsstrumpf.

»Father Christmas, der Weihnachtsmann, war heute Nacht hier. Er hat das für dich dagelassen.«

»Für mich?«, fragte Ruth ungläubig. »Aber … aber ich bin doch … Jüdin.«

»Das macht doch nichts«, sagte Daisy lachend. »Zuerst einmal bist du jetzt unser Gast und wirst mit uns Weihnachten feiern. Und zu Weihnachten gehört auch der Weihnachtsstrumpf. Nun geh schon und sieh nach, was drin ist.«

Zögerlich ging Ruth zum Kamin. Sie war ganz durcheinander vor lauter Freude und Glückseligkeit. Sie nahm den Strumpf und setzte sich an den Küchentisch. Im Strumpf waren ein Apfel, zwei Clementinen, ein wenig Schokolade und ein Paar Nylonstrümpfe. Ruth konnte es kaum fassen. »Oh, herzlichen, herzlichen Dank. Das ist … so nett von euch.«

»Das war doch der Weihnachtsmann«, sagte Daisy lächelnd und zwinkerte ihr zu. Dann drehte sie sich zum Herd um. Auch sie hatte eine Küchenhexe, die nun fast zu glühen schien. Das Wasser im Wasserschiff blubberte, irgendetwas schmurgelte in einem großen Topf, und aus dem Ofen kam ein verführerischer Duft.

»Ich muss noch den Nachtisch machen«, sagte Daisy vergnügt.

»Kann ich helfen?«, fragte Ruth.

»Aber du bist doch unser Gast.«

»Deshalb kann ich doch trotzdem helfen«, meinte Ruth und lachte. »Was machst du denn als Nachtisch?«

»Ich mache natürlich einen Plumpudding – das gehört für uns zu Weihnachten wie das Amen in der Kirche.«

»Ihr geht heute noch in die Kirche?«

»Iwo. Jack und ich waren gestern Abend zum Gottesdienst, das muss reichen.«

»Was ist das für ein Pudding?«, wollte Ruth wissen.

»Ich zeige es dir. Man siebt ein wenig Mehl in eine Schüssel, dazu gibt man die gleiche Menge Brotkrumen, die doppelte Menge an Schmalz. Dazu kommen Rosinen, Zucker, ein geriebener Apfel, ein wenig Sultanat, ein paar Gewürze – Zimt, Kardamom, Kreuzkümmel, eine Prise Salz, drei Eier und«, sie sah Ruth an und schmunzelte, »ein guter Schuss Brandy.«

Daisy reichte Ruth die Schüssel. »Du kannst das bitte gut verrühren.« Dann holte sie eine Puddingform aus Kupfer aus dem Schrank, butterte die Form gut. »Jetzt geben wir alles hinein und drücken es ein wenig an. Dann nehmen wir ein Mulltuch, das ich vorher in Wasser gelegt habe. Damit ›verschließen‹ wir die Form. Aber sieh, es ist wichtig, eine Falte zu legen, denn ein guter Pudding geht auf.«

Sie nahm ein Stück Küchengarn und band es um das Mulltuch, das die Form bedeckte.

»Und jetzt?«, fragte Ruth. »So einen Pudding habe ich noch nie gesehen, geschweige denn gegessen.«

»Jetzt stellen wir die Form in einen großen Topf, der bis zur Hälfte der Form mit Wasser gefüllt sein sollte, und kochen alles für mindestens drei Stunden. Man muss immer wieder nachschauen, damit das Wasser nicht verkocht, und gegebenenfalls etwas nachschütten.« Sie stellte den Topf auf den Herd. »Der Pudding wird fertig sein, wenn es Zeit ist für den Nachtisch.«

»Es duftet so herrlich, was gibt es denn noch?«

»Oh«, sagte Daisy lachend, »das wirst du schon noch sehen.«

»Kann ich sonst noch etwas tun?«, fragte Ruth.

Daisy nahm einen Topf vom Herd, goss das Wasser in die Spüle und die Kartoffeln in einen Durchschlag. »Die müssen ausdämpfen. Dann muss man sie heiß pellen und schnell durch die Presse geben.«

»Und dann?«

»Dann machen wir daraus Kartoffelplätzchen, die liebt Jack nämlich. Dafür brauchen wir fein gewürfelten Speck und Zwiebeln.« Sie legte Ruth ein Holzbrett, ein scharfes Messer, Speck und Zwiebeln hin. »Magst du das machen?«

»Sehr gerne«, sagte Ruth, zögerte aber einen Moment und sah an sich hinunter.

»Ach, herrje, wie dumm von mir. Ich sehe, du hast dein schönes Kleid an. Komm, nimm diese Schürze, dann wird es nicht schmutzig.« Auch Daisy trug eine Schürze, aber es war nicht die, die sie immer zu den Sandersons mitbrachte. Die Schürze, die sie heute trug, war reinweiß, gestärkt und geplättet und hatte Rüschen an den Seiten.

»Du siehst übrigens bezaubernd aus«, sagte Ruth.

»Danke schön, du aber auch.« Daisy holte etwas aus dem Schrank und reichte es Ruth. Es war genauso eine Schürze, wie sie selbst trug.

Ruth zog sie über. »Oje«, sagte sie. »Die ist so schön, da braucht man ja direkt noch eine andere, damit sie nicht schmutzig wird.«

Daisy lachte schallend. »Mach dir keine Gedanken, man kann sie auskochen. Bisher habe ich noch jeden Fleck herausbekommen.«

Gemeinsam bereiteten sie die Mahlzeit zu.

»Als Vorspeise gibt es eine ›Falsche Schildkrötensuppe‹«, erklärte Daisy. »Die habe ich gestern schon gekocht, denn sie braucht ihre Zeit.«

»Schildkrötensuppe?«, fragte Ruth entsetzt.

»Früher hat man Meeresschildkröten ausgekocht. Es soll köstlich gewesen sein. Aber die sind selten geworden, und somit ist das eine Spezialität für die ganz reichen Leute. Man bekommt sie wohl auch nur in der Karibik, habe ich gehört. Aber Schildkröten waren noch nie wirklich Teil der englischen Gewässer, deshalb hat sich jemand ein Rezept ausgedacht, dass der Suppe geschmacklich nahe kommen soll. Dazu braucht man einen guten Rinderfond und einen Kalbskopf. Dafür hat Jack letzte Woche ein Kalb geschlachtet. Den Kopf habe ich gestern in der Brühe ausgekocht und das zarte Backenfleisch zerkleinert und wieder in die Suppe gegeben. Jetzt kommt noch ein guter Schuss trockener Sherry daran, und etwas gehackte Petersilie wird kurz vor dem Servieren drübergestreut.«

»Es riecht köstlich.«

»Das ist es auch.« Daisy hatte die Kartoffeln durchgepresst, vermengte die noch warme Masse nun mit der feingeschnittenen Zwiebel und dem gewürfelten Speck, salzte, rieb etwas Muskat hinein und gab ein Ei dazu. Sie prüfte die Konsistenz, gab ein wenig Mehl hinzu, knetete erneut. Als sie zufrieden war, formte sie aus dem Kartoffelteig eine Rolle und schnitt Scheiben davon ab, die sie auf einen Teller legte und mit einem feuchten Tuch bedeckte.

»Dazu gibt es Rosenkohl.« Prüfend sah sie Ruth an. »Magst du Rosenkohl?«

»Als Kind habe ich ihn gehasst«, gestand Ruth, »aber inzwischen bin ich auf den Geschmack gekommen.«

»Ich serviere Rosenkohl immer mit Nussbutter und gerösteten Mandelplättchen, so mag es Jack am liebsten. Aber es gibt auch noch glasierte Möhren. Ich kenne keinen Menschen, der glasierte Möhren nicht mag.«

»Ich liebe glasierte Möhren.« Ruth schabte die Möhren, während Daisy die Butter klärte.

»Weihnachten ist immer ein besonderes Fest für uns«, erzählte Daisy. »Auch wenn auf einem Hof, egal ob groß oder klein, die Arbeit immer gemacht werden muss.«

Ruth nickte nachdenklich. »Ich muss nachher zurück und die Kühe melken.«

»Jack wird dich begleiten, Darling.«

Sie arbeiteten gemeinsam, plauderten miteinander. Immer mehr köstliche Düfte waberten durch die Küche, die so viel gemütlicher war als drüben auf dem Hof der Sandersons. Ruth fühlte sich durch und durch wohl und geborgen.

Warum kann ich nicht hier eine Stellung haben, dachte sie ein wenig wehmütig, gab sich aber gleich die Antwort: weil die Nortons kein Geld für Personal haben, natürlich. Sie müssen sich ja selbst verdingen.

Aber diesen Tag und den nächsten würde Ruth mit ihnen verbringen, und sie beschloss, die Zeit ganz und gar zu genießen.

Schließlich war fast alles bereit, und es war auch schon Mittagszeit. Daisy huschte nach drüben, deckte den Tisch. Das Wohnzimmer, in dem auch der Esstisch stand, durfte Ruth noch nicht betreten.

Dann füllte Daisy die Suppenschalen. Jack hatte inzwischen alle anfallenden Arbeiten auf dem Hof erledigt, sich gewaschen und umgezogen. Auch er trug feine Sachen, so hatte Ruth ihn noch nie gesehen. Nur die Filzpantoffeln wollten nicht ganz zu dem Bild passen.

Doch, dachte Ruth dann. Natürlich passen sie dazu. Daisy und Jack sind ganz ungezwungen, sie wollen sich wohlfühlen. Sie haben sich schick gemacht, aber enge Lederschuhe im Haus sind nun einmal nicht bequem. Es ist nur konsequent von ihnen, dass sie die Pantoffeln anlassen. Und warum auch nicht?

Dann war der Moment gekommen, und Jack öffnete die Tür zum Wohnzimmer. Dort flackerte ein lustiges Feuer im Kamin, der Sims war mit immergrünen Zweigen und roten Äpfeln geschmückt, auf der Anrichte brannten Kerzen in schönen Silberlüstern. Im Erker stand der Tannenbaum, üppig mit Girlanden und glänzenden Kugeln geschmückt und mit vielen Lichtern versehen.

Ruth musste schlucken, so schön sah es aus. Der Tisch war mit dem guten Geschirr gedeckt, das sah sie sofort. Kristallgläser standen bei jedem Gedeck, aber sie alle waren unterschiedlich. Doch das machte den Anblick nur schöner, weil es zeigte, wie besonders dieser Tag für die Nortons war.

Sie sah die beiden an. »Danke«, sagte sie leise. »Ich weiß gar nicht, was ich sagen soll? Und ich habe auch gar nichts für euch …«

»Ach, Darling«, sagte Daisy lachend und nahm Ruth in den Arm. »Weißt du denn nicht, was der Geist des Weihnachtsfests ist?«

»Jesus wurde geboren …«

»Ja, natürlich. Aber der Sinn ist auch, anderen eine Freude zu machen. Andere zu beschenken. Und das ist, obwohl das heute viele Leute vergessen, nicht eine Sache des Nehmens, sondern des Gebens. Geschenke sollten nie aufgerechnet werden.« Sie holte tief Luft. »Und jetzt sollten wir uns setzen, sonst wird die Suppe kalt.«

Sie aßen die Suppe, die gar köstlich war. Dann wies Jack auf drei große Papierrollen, die auf dem Tisch lagen und ein wenig aussahen wie Bonbons. »Weißt du, was das ist?«, fragte er Ruth.

Sie schüttelte den Kopf.

»Man nennt sie Christmas Crackers – Knallbonbons. Sie gehören zur englischen Weihnacht dazu wie der Christmas Pudding.«

Jack nahm eine Rolle in die Hand, fasste sie an dem einen Ende, wo das Papier zusammengezwirbelt war, hielt Ruth die andere Seite hin. »Nimm und zieh.«

Vorsichtig nahm Ruth das Papier in die Hand.

»Nein, Darling«, lachte Daisy. »Du musst schon beherzt zufassen und dann kräftig ziehen.«

Ruth folgte ihrer Anweisung. Es krachte laut, sie sah ein paar Funken, und dann hielt sie die eine Hälfte der Rolle in der Hand, Jack die andere.

Zuerst war sie zusammengezuckt, aber Jack und Daisy klatschten in die Hände und jubelten. Jack zog etwas aus der Rolle, faltete es auseinander. Es war eine Papierkrone.

»Die musst du jetzt den ganzen Tag tragen«, sagte er und gab ihr den Rest der Rolle. »Da ist noch mehr drin. Schau mal nach.«

Ruth setzte die Papierkrone auf, zog einen kleinen Glasvogel, der in Seidenpapier eingewickelt war, aus der Papprolle und ein Stück zusammengefaltetes Papier.

»Du musst vorlesen, was auf dem Papier steht«, sagte Daisy.

Ruth nahm den Zettel. »›In allen vier Ecken des Hauses soll Liebe stecken.‹«

»Ach, was für ein langweiliger Spruch«, meinte Jack. »Aber nett ist er.«

»Er passt«, sagte Ruth, ihre Wangen glühten, und ihre Augen strahlten. »Überall bei euch ist es liebevoll.«

Daisy sah sie an und nickte. »Da hast du recht.«

Nun reichte Jack Daisy eine Rolle und hielt fest. Wieder knallte es, Funken stoben, und sie zogen das Bonbon auseinander. Auch Daisy setzte stolz ihre Krone auf. Sie hatte ebenfalls eine kleine Glasfigur in ihrem Knallbonbon. Sie faltete den Zettel auseinander und las vor: »›Es fülle sich dein Herz mit Glück, dein Heim mit Liebe und deine Tage mit Freude.‹« Sie sah Jack an. »Ja, auf dass das auch weiterhin so sein mag.«

Jack stand auf und ging zu ihr, küsste sie. Dann zwinkerte er Ruth zu. »Das musste jetzt sein.«

»Oh«, sagte Ruth, »das ist so bezaubernd. So schön … was für ein wunderbarer Tag.«

»Und nun dein Bonbon, Jack«, sagte Daisy. »Zieh es mit Ruth, ich räume schon mal den Tisch ab.«

Diesmal erschrak Ruth nicht, als es knallte, sondern lachte. Statt eines Glastieres hatte Jack Pfeifentabak im

Knallbonbon. Aber natürlich hatte auch er eine Krone und einen Spruch. »›Eile mit Weile‹«, las er vor.

Schnell half Ruth Daisy beim Abräumen. Auf dem Herd schmolz das Schweineschmalz in der Eisenpfanne, und als es heiß war, buk Daisy die Kartoffelplätzchen aus. Dazu gab es Honigschinken, das Gemüse und eine dicke Bratensoße.

»Was für einen Sinn hat die Krone?«, wollte Ruth wissen. »Warum tragt ihr eine Papierkrone zu Weihnachten?«

»Das ist ein ganz alter Brauch. Ich weiß nicht, ob ich mich noch recht an das erinnere, was meine Großmutter erzählt hat. Sie meinte, früher, im Mittelalter oder noch früher, gab es diesen Brauch zum Dreikönigstag. Weißt du, die Weihnachtszeit dauert zwölf Nächte – die Nacht vom fünfundzwanzigsten Dezember, also dem ersten Weihnachtstag, auf den sechsundzwanzigsten Dezember – bis zum Dreikönigstag am sechsten Januar. Jede Nacht, jeder Tag hatte eine bestimmte Bedeutung, aber die weiß ich nicht mehr. Jedenfalls wurde am letzten Abend der Weihnachtszeit immer ein großes Fest gefeiert. Und es gab einen Kuchen. In dem Kuchen war eine getrocknete Erbse oder Bohne versteckt, manchmal auch ein Geldstück – und wer sie fand, war König für eine Nacht auf dem Hof. Dann verkehrte sich das Leben – die Knechte waren die Herrscher, und die Edelleute mussten sie bedienen. Es ist ein Symbol dafür, dass wir alle einmal König sein können. Und sicherlich gibt es auch noch eine christliche Erklärung dafür – Jesus ist der König der Welt und für uns geboren und gestorben.« Sie sah Ruth nachdenklich an. »Mir gefällt aber die andere Version besser.«

»Da wäre ich gerne mal dabei gewesen«, meinte Ruth, dann kicherte sie. »Olivia würde das niemals mitmachen. Stellt euch vor, sie müsste uns bedienen!«

Nun lachten sie alle. Das Essen war köstlich. Jack schenkte den beiden Sherry ein, und Ruth fühlte sich ein wenig beschwipst – nicht nur vom Alkohol, sondern vor Glückseligkeit.

Schließlich war es Zeit für den Plumpudding, den Daisy aus dem Topf holte und vorsichtig auf einen Teller stürzte. Jack löschte die Lichter, außer die vom Tannenbaum. Dann übergoss er den heißen Pudding mit Brandy und zündete den Alkohol an. Blau leuchtete die Flamme, die um den Pudding zu lecken schien. Es dauerte ein wenig, bis sie verlosch, und dann dauerte es noch ein wenig, bis der Pudding so weit abgekühlt war, dass sie ihn essen konnten.

Süß und reichhaltig schmeckte es. Ruth nahm noch eine zweite Portion, obwohl sie jetzt schon das Gefühl hatte, gleich zu platzen.

Nun schaute Jack immer wieder auf die Uhr, die über dem Kaminsims hing. »Gleich kommt die Ansprache des Königs im Radio«, sagte er. »Mir hat sehr gefallen, was er zum Kriegsbeginn gesagt hat. Normalerweise ist er ja nicht ein Mann der großen Worte. Mal sehen, wie die Weihnachtsansprache wird.«

»Der arme Mann, er wollte nie König werden«, sagte Daisy. »Er sollte es ja auch nicht – sein Bruder Edward war dafür vorgesehen. Aber der musste ja diese Amerikanerin heiraten, dieses Flittchen.«

»Wo die Liebe hinfällt«, meinte Jack und lächelte.

»Aber der arme Bertie – er hat ein Sprachproblem, er stottert doch manchmal.«

»Dann müssen diese Radiosendungen eine Qual für ihn sein«, meinte Ruth.

»Dafür ist er König«, sagte Jack.

»Was er nie sein wollte, Jack«, meinte Daisy. »Aber er kneift nicht, im Gegensatz zu seinem Bruder. Ich habe höchste Achtung vor diesem Mann.«

»Jetzt gleich«, sagte Jack und stellte das Radio an. Es knisterte und rauschte, dann hörte man Weihnachtslieder. Obwohl Weihnachten in ihrer Familie nicht gefeiert wurde, liebte Ruth einige der alten Lieder.

Dann wurde die Weihnachtsansprache des Königs angekündigt. Für eine Weile war nur Rauschen zu hören, dann die Stimme des Königs, George des Sechsten.

»Das Fest, das wir als Weihnachtsfest kennen, ist vor allem das Fest des Friedens und der Heimat, des Zuhauses. Unter allen freien Völkern ist die Liebe zum Frieden die tiefste, denn nur Frieden gibt uns die Sicherheit unseres Heims.« Er stockte schon im ersten Satz, zögerte, sprach aber dann weiter. Langsam und deutlich, doch man merkte ihm an, dass es ihm Mühe machte.

»Aber der wahre Frieden«, so fuhr er fort, »liegt im Herzen der Menschen. Die Tragödie dieser Zeit ist, dass es einige Länder auf dieser Welt gibt, für die der Weg und der Grundsatz nicht Frieden und Liebe, sondern Aggression und Unterdrückung all dessen ist, was wir schätzen und für die gesamte Menschheit wünschen.«

Ruths Magen zog sich zusammen. Natürlich war Krieg, auch wenn sie es für ein paar Stunden vergessen hatte. Auf der anderen Seite des Kanals waren die Deutschen, die Nazis – und sie waren ihre Feinde. Niemand wusste, wohin dieser Krieg führen würde. Niemand wusste, welche Ausmaße er annehmen könnte, aber alle fürchteten das Schrecklichste.

Noch schien der Schrecken weit entfernt zu sein, noch war ihr Leben nicht sehr betroffen. Ja, die Fenster waren verdunkelt, es gab schon die ersten Hinweise darauf, dass einige Dinge rationiert werden würden.

Hitler und seine Schergen marschierten durch Europa und hinterließen Schneisen der Verwüstung und des Todes.

Den Juden, vor allem im Osten, wurden schreckliche Dinge angetan. Obwohl es kaum noch persönlichen Kontakt zum Kontinent gab, wurde viel gemunkelt und erzählt. Dinge, die Ruth große Angst machten.

Der König hatte weitergesprochen, und Ruth versuchte, sich wieder auf seine Worte zu konzentrieren.

»… Daran sollten wir denken, in diesen dunklen Zeiten,

die vor uns liegen, und wenn wir für den Frieden kämpfen, für den jeder Mensch betet. Ein neues Jahr liegt vor uns. Wir wissen nicht, was es bringen wird. Wenn es Frieden sein sollte, werden wir sehr dankbar sein. Wenn es uns weitere Kämpfe und Anstrengungen bringt, werden wir unerschrocken bleiben. Einstweilen habe ich das Gefühl, dass wir alle Zuversicht und Hoffnung in diesen Zeilen, die meine Worte an Sie abschließen, finden können: ›Ich sprach zu dem Mann, der am Tor des Jahres stand: Gib mir ein Licht, damit ich sicher ins Unbekannte gehen kann. Und er antwortete: Geh in die Dunkelheit und lege deine Hände in die Hände Gottes. Das wird dich besser leiten als jedes Licht und sicherer als jeder bekannte Weg.‹«

Der König stockte kurz.

»Mögen die Hände des Allmächtigen uns alle leiten und tragen.«

Damit endete die Rede, und nun wurde im Radio der Messias von Händel gespielt.

Obwohl die Musik wunderschön war, hatte Ruth einen dicken Kloß im Hals. Auch Jack und Daisy schwiegen nachdenklich.

»Man mag gar nicht glauben, dass Krieg ist«, sagte Daisy dann leise. Sie sah Ruth an. »Hast du Angst?«

Ruth nickte. »Ich habe Angst, dass Olivia mir kündigt. Dann habe ich keine Berechtigung mehr, in England zu bleiben, und muss zurück nach Deutschland. Ich würde ins Gefängnis … oder in eines der Lager kommen, die Hitler nun überall errichten lässt.« Sie schluckte. »Mein Vater war in Dachau. Er hat noch Glück gehabt, dass er vor Beginn des Krieges ausreisen durfte. Aber, wenn wir zurück müssten …«

»Das müsst ihr nicht«, sagte Daisy und legte Ruth beruhigend die Hand auf den Arm. »Olivia mag viel keifen und zetern, aber sie wird dich nicht zurückschicken. Sie braucht dich. Keiner würde freiwillig für sie arbeiten. Und auch du solltest es nicht ewig tun.«

»Wenn alles gut geht, muss ich das auch nicht«, sagte Ruth. »Wir haben Visa für Amerika. Nur sind die Quoten so niedrig, dass wir erst in zwei Jahren einreisen dürfen.«

»Zwei Jahre gehen schnell rum«, sagte Jack. »Und wer weiß, ob sich das durch den Krieg nicht noch ändert und ihr eher fahren dürft.«

»Wieso Amerika?«, fragte Daisy.

»Weil dann ein ganzer Ozean zwischen uns und den Nazis liegt und nicht nur ein Kanal.«

Daisy nickte. »Das verstehe ich.«

»Wir haben dort Freunde und Familie. Ich hoffe, dass wir nächstes Jahr ausreisen dürfen.« Sie senkte beschämt den Kopf. »Wie fürchterlich von mir, so etwas zu sagen, während ihr mich hier so herzlich aufgenommen habt.«

»Mach dir darüber mal keine Gedanken«, meinte Jack. »Wir wissen sehr wohl, wie du es meinst. Du bist nicht undankbar. Du und deine Familie habt Dinge hinter euch, die wir hoffentlich nie erleben müssen.«

Ruth hatte ihnen ein wenig von der Kristallnacht erzählt. Aber nun wollte sie daran nicht zurückdenken.

Auch Daisy spürte, dass es Zeit war, das Thema zu wechseln. »Seid ihr alle satt geworden?«

»Meine Liebe, es war köstlich. Überaus köstlich. Wie immer, wenn du kochst.« Jack stand auf und streckte sich. Dann ging er zu ihr und küsste sie. »Ich werde mich jetzt mal um die Tiere kümmern. Zuerst gehe ich zu Freddie.«

»Ich muss mich schnell noch umziehen«, sagte Ruth.

Jack sah sie an. »Du bleibst hier. Um die Kühe werde ich mich ja wohl noch alleine kümmern können. Hilf du lieber Daisy in der Küche. Dann seid ihr schneller fertig.«

»Aber … aber …«

»Jack hat recht«, sagte Daisy. »Du bleibst schön bei mir, er schafft das schon. Es ist nicht das erste Mal.«

»Aber Freddy …«

»Olivia hat ihn schon öfter gezwungen, einen oder zwei Tage mit ihr wegzufahren. Das war vor deiner Zeit. Weiß der Henker, wie sie es immer wieder schafft.«

»Es ist Jill«, sagte Jack. »Er macht es wegen Jill. Seine Tochter liebt er abgöttisch.« Er seufzte. »Aber ich glaube nicht, dass diese Ehe bis zum Tod hält.«

»Solche Gedanken sind an diesem Tag nicht angebracht«, sagte Daisy und rückte ihre Krone zurecht. »Zieh dich um, denn wenn du mit deinem guten Anzug in den Stall gehst, ziehe ich dir die Ohren lang.«

»Aye, Mistress«, sagte Jack grinsend und trollte sich.

Zusammen räumten Daisy und Ruth die Küche auf, spülten das Geschirr und polierten die Gläser, die Daisy dann aber wieder auf den Tisch stellte.

»Der Tag ist noch nicht zu Ende«, sagte sie. »Ich habe noch ein paar Häppchen für später vorbereitet. Und an diesem Abend spielt man traditionell Charade und andere Sachen. Früher haben wir das mit der ganzen Familie gefeiert, nun sind unsere Eltern verstorben und unsere Geschwister über das Land verstreut und haben eigene Familien. Deshalb freuen wir uns besonders, dass du heute hier bei uns bist.«

»Und was ist morgen?«

»Da ist Boxing Day.«

»Was? Da wird geboxt?«

»Nein«, erklärte Daisy lachend. »Früher hat die Herrschaft am sechsundzwanzigsten Dezember der Dienerschaft Geschenke gemacht, die alle in einem Karton oder Kästchen verpackt waren – in einer *Box*. An diesem Tag war Weihnachten für die Angestellten. Heute ist das einfach der zweite Weihnachtstag. Man trifft sich mit Freunden, isst Reste, trinkt, erzählt, feiert.«

»Reste hast du reichlich«, sagte Ruth seufzend.

»Das ist so gewollt. Morgen mache ich daraus ›Bubble and Squeak‹ – das ist auch ein traditionelles Rezept. Eigentlich Resteverwertung, aber wir lieben es.«

»Ich glaube, ich werde es auch lieben. Alles, was du machst, ist köstlich.«

Schon bald war die Küche aufgeräumt, und Daisy und Ruth tauschten die Filzpantoffeln mit den Stiefeln, zogen ihre Mäntel über und gingen zur Sanderson Farm, Jack entgegen. Die Luft war eisig und nicht mehr feucht, dunkle Wolken zogen vom Meer über das Land. Daisy hob die Nase und schnupperte. »Es riecht nach Schnee. Vielleicht haben wir ja tatsächlich noch weiße Weihnachten.«

»Schnee oder nicht«, sagte Ruth und hakte sich bei ihr ein. »Dies war das schönste Weihnachtsfest, das ich jemals hatte.«

»Was daran liegen mag, dass du sonst nie Weihnachten feierst«, sagte Daisy und grinste.

»Das stimmt«, gab Ruth zu. »Aber alleine auf dem Hof der Sandersons wäre es das schrecklichste Weihnachten gewesen, das ich hätte erleben können.«

»Auch wieder wahr.« Die beiden Frauen, die junge Ruth und die ältere Daisy, sahen sich an und lächelten.

»Frohe Weihnachten«, sagte Ruth. »Und vielen Dank. Wenn Weihnachten das Fest der Liebe und der Gaben ist, dann hast du das erreicht. Ich fühle mich beschenkt und geborgen.«

»Frohe Weihnachten, liebe Ruth. Möge die Zukunft nur Glück bringen. Für dich und für alle auf dieser Welt.«

In diesem Moment öffnete sich der Himmel, und dicke, weiße Schneeflocken fielen auf sie herab.

Englischer Plumpudding

Früher bestand der Pudding aus einer Fleischmasse und viel Fett, nach und nach kamen immer mehr Früchte dazu, und das Fleisch wurde weniger. Heutzutage ist der Plumpudding ein süßer Nachtisch.

Traditionell bereitet man ihn am letzten Sonntag vor der Adventszeit zu – dem »Stir-up Sunday«, dem »Umrührtag« – weil dann die ganze Familie zusammenkommt und jeder den Pudding umrühren soll. Es gibt noch eine Reihe anderer Traditionen, die jedoch für das Gelingen des Puddings alle nicht ausschlaggebend sind. Der fertige Pudding kann kühl und trocken gelagert und zum Fest aufgewärmt werden. Man kann ihn aber auch frisch zubereiten (was ich bevorzuge).

Rezept:

- *50 g Sultaninen*
- *50 g Rosinen*
- *50 g getrocknete Feigen*
- *25 g Zitronat*
- *100 ml Brandy*
- *1 geriebener Apfel*
- *2 Eier*
- *100 g Mehl*
- *100 g Paniermehl oder Semmelbrösel*
- *150 g braunen Zucker*

- *200 g Gänse- oder Schweineschmalz*
- *1 Prise Salz*
- *1 TL Zimt*
- *1 Prise Muskat*
- *1 Prise Kreuzkümmel*
- *½ TL Kardamom*

Die Trockenfrüchte am Vorabend in der Hälfte des Brandys einweichen.

Die Eier verquirlen. Erst die trockenen, dann die feuchten Zutaten nach und nach miteinander vermischen und gut verkneten, auch den restlichen Brandy hinzugeben. Die Masse in eine Puddingform füllen (sehr praktisch ist eine Form aus Silikon, ansonsten muss sie gut ausgebuttert werden).

Mit Backpapier oder einem Küchentuch bedecken und dieses mit einer Schnur um die Form fixieren – eine Falte legen, so dass Platz bleibt.

Die Form in einem großen Topf im Wasserbad etwa 2,5 bis 3 Stunden sanft köcheln lassen. Den Wasserstand immer wieder überprüfen, damit es nicht trockenkocht.

Die Form herausheben, stürzen, etwas abkühlen lassen.

Vor dem Servieren mit einem weiteren guten Schuss Brandy übergießen und anzünden.

In England serviert man den Plumpudding häufig mit Brandybutter – Vanillesoße geht aber auch.

Guten Appetit!

BONUSGESCHICHTE

BEN KRYST TOMASSON

Sylter Sterne

Es hätte nicht schöner sein können. Das Appartement kostete zwar ein Vermögen, aber dafür war es perfekt. Ganz oben in einem der beiden Hochhäuser direkt an der Promenade in Westerland. Vom Esstisch, den er ans Fenster gerückt hatte, blickte man über den Strand auf die Nordsee. Das Meer und der Himmel waren grau. Dicke Schneeflocken fielen herab, tanzten über die Wellen und Strandkörbe, vom steifen Wind wie von Geisterhand getrieben. Die Menschen, die auf der Promenade unterwegs waren, trugen dicke Jacken, Schals und Handschuhe und Mützen, die sie tief in die Stirn gezogen hatten. Das Thermometer zeigte Minusgrade an.

Hier drinnen dagegen war es angenehm. Der kleine elektrische Kamin leuchtete rot und strahlte eine behagliche Wärme ab. Dazu kam die Hitze des Backofens in der Küche.

Leif sah sich zufrieden um. Der Tisch war gedeckt, mit weißem Porzellan, blankpoliertem Besteck und blinkenden Gläsern. In der Mitte stand eine hohe rote Kerze, geschmückt mit ein paar Tannenzweigen. In der Ecke des Raums hatte er einen kleinen Baum aufgestellt, behängt mit roten und silbernen Kugeln und ein wenig silbrig glänzendem Lametta. Darunter lag ein einzelnes Päckchen, eingeschlagen in blaues Papier mit einer goldenen Schleife.

Er ging in die Küche und widmete sich den letzten Vorbereitungen. Dieses Essen sollte etwas Besonderes werden, für einen ganz besonderen Menschen. Was er zubereitete, war nicht nur ein schlichtes Drei-Gänge-Menü. Es war ein kulinarischer Vortrag. Die Vorspeise, der Braten und das Dessert sollten zeigen, was er nicht über die Lippen brachte. Das Reden über Gefühle war nicht seine Sache, schon gar nicht, wenn es um eine Herzensangelegenheit ging. Also versuchte er es mit Kochen.

Die Anleitungen im Internet hatten machbar ausgesehen, und tatsächlich schien das Ergebnis gelungen zu sein. Nun fehlte nur noch der Gast des Abends.

Sein Herz machte einen Satz, als es an der Tür klingelte. Rasch band er die Schürze ab, warf sie über einen der Küchenstühle und eilte in den Flur. Er blickte kurz in den Spiegel, rückte den Kragen des schwarzen Seidenhemds zurecht und fuhr sich durch die blonden Haare, bis die Fönfrisur richtig saß. Auf seine Lippen zauberte er ein strahlendes Lächeln. Noch einmal atmete er tief durch. Dann drückte er die Klinke hinunter.

»Leif!« Die Frau, die vor der Tür stand, breitete die Arme aus. »Überraschung!«

Leif blinzelte. »Mama? Was tust du hier?«

Seine Mutter zog ihn an ihre Brust. Er wurde so fest gedrückt, dass er kaum noch Luft bekam. Als sie ihn endlich wieder freigab, keuchte er.

»Ich hatte eine kleine Meinungsverschiedenheit mit deinem Vater«, verkündete sie und hob die beiden Taschen auf, die neben ihr standen. »Also habe ich mich einfach in den Zug gesetzt und bin hierhergefahren. Es ist immerhin Weihnachten. Da sollte mein einziger Sohn nicht einsam auf Sylt sitzen und Trübsal blasen.«

Sie trat an ihm vorbei in die Wohnung und schnupperte. Ihr Blick fiel auf den gedeckten Tisch.

»Oh. Du bist gar nicht allein.« Ein Glitzern trat in ihre Augen. »Hast du endlich eine Freundin? Lerne ich sie kennen?«

Leif fühlte sich, als hätte jemand einen Kübel Eiswasser über ihm ausgegossen. Er hatte sich alles so schön ausgemalt und so liebevoll vorbereitet. Und nun kam seine Mutter und machte alles kaputt. Am liebsten hätte er sie sofort wieder vor die Tür gesetzt. Doch das konnte er wohl nicht tun. Schon gar nicht an Weihnachten.

»Nein«, erwiderte er steif. »Keine Freundin. Nur ein Freund.«

»Ach so.« Seine Mutter sah enttäuscht aus. »Dann muss ich wohl noch weiter warten, bis es endlich etwas wird mit den Enkelkindern.« Sie hob fragend ihre Taschen an. Leif deutete auf die Schlafzimmertür.

»Du kannst mein Bett haben. Ich schlafe auf dem Sofa.«

Seine Mutter lächelte, als sei das nichts anderes als eine Selbstverständlichkeit, und trug ihr Gepäck in Richtung Schlafzimmer. Sie hatte schon fast die Tür erreicht, als ihm einfiel, dass er auch dort Vorbereitungen getroffen hatte. Eilig hechtete er an ihr vorbei.

»Sekunde.«

Hastig klaubte er die Rosenblätter zusammen, aus denen er auf dem Bett ein Herz gelegt hatte. Er stopfte sie in die Hosentaschen, doch eines der zarten Blütenblätter fiel zu Boden, als seine Mutter den Raum betrat. Sie hob es auf und hielt es ihm mit spitzen Fingern hin.

»Es gibt also doch Frauen in deinem Leben? Schön. Aber *damit* hat man früher gewartet, bis man verlobt war«, bemerkte sie.

»Äh. Ja. Die Zeiten ändern sich eben.« Leif warf das einzelne Blütenblatt in den Papierkorb. Was dieses Thema anging, waren seine Eltern alles andere als fortschrittlich. Deshalb hatte er ihnen bisher auch nichts erzählt. Wenn sie wüssten …

Wieder klingelte es an der Tür, und erneut machte Leifs Herz einen Satz, dieses Mal jedoch eher vor Schreck als aus Vorfreude. Er stand wie festgenagelt mitten im Schlafzimmer und sah zu, wie seine Mutter ihren Koffer öffnete und ihre Festtagsgarderobe herausnahm, eine rote Bluse mit goldenen Applikationen – kleine Sterne und Kometen –, einen langen schwarzen Rock und schwarze Pumps. Als sie bemerkte, dass er sich nicht rührte, wandte sie ihm den Kopf zu.

»Willst du nicht aufmachen?«

»Ja. Doch.« Leif drehte sich um und eilte zur Tür. Kein Blick in den Spiegel dieses Mal, obwohl sein Look sicher einiges eingebüßt hatte. Das Lächeln, das er auf seine Lippen zwängte, fühlte sich unecht und falsch an. Mit einem Seufzen öffnete er.

Er blickte auf einen Strauß bunt geschmückter Mistelzweige, der ihm entgegengestreckt wurde. Die Person, die ihn hielt, konnte man durch das dichte Grün nicht sehen.

»Ach, wie hübsch.« Seine Mutter stand plötzlich neben ihm.

Der Weihnachtsstrauß sank herab. Dahinter kam ein blasses Gesicht zum Vorschein, umrahmt von kurzgeschnittenen schwarzen Haaren. Die Miene war ausdruckslos, die Lippen waren schmal. Die grauen Augen waren ein wenig gerötet und schimmerten feucht. Sie huschten zwischen Leif und seiner Mutter hin und her.

»Ich dachte …« Der Mann auf der Schwelle sah aus, als wolle er auf dem Absatz kehrtmachen.

»Kommen Sie doch herein«, flötete Leifs Mutter und riss ihm die Mistelzweige aus der Hand. Gleich darauf entschwand sie in den Wohnraum. Leif hörte noch, wie sie murmelte: »Die stelle ich erst mal in die Vase.«

Sein Besucher blinzelte. »Wer ist das?«

Leif stieß die Luft aus. »Meine Mutter.« Er hob die Arme und ließ sie wieder fallen. »Ich wusste nicht, dass sie kommt.«

»Das konntest du ja auch nicht. Es war ein spontaner Entschluss.« Wie aus dem Nichts war seine Mutter wieder neben ihm aufgetaucht. Sie fasste den Mann auf der Schwelle am Ärmel und zog ihn in die Wohnung. »Das Essen reicht doch für drei?«

»Äh. Ja. Sicher.« Leif drückte die Tür ins Schloss und sah zu, wie seine Mutter seinem Besucher den Mantel abnahm und an die Garderobe hängte.

»Kommen Sie«, lud sie seinen Freund ein und dirigierte ihn ins Wohnzimmer. »Setzen Sie sich. Das Essen ist gleich fertig.«

Leif eilte in die Küche. Auf dem Tresen stand der Mistelstrauß; seine Mutter hatte ihn einfach in den Sektkühler gestopft. Doch darum konnte er sich später kümmern.

Aus dem Ofen entwich bereits dichter Qualm. Hastig riss er die Klappe auf und stellte die Temperatur herunter. Er griff nach dem Küchenhandtuch und wedelte die Wolke beiseite. Zum Glück war nichts passiert, der Braten sah gut aus.

Seine Mutter erschien in der Küchentür und nahm ihm das Tuch aus der Hand.

»Kümmere du dich um deinen Gast«, wies sie ihn an. »Das mit dem Essen mache ich.« Sie strich ihm mit dem

Daumen über die Wange. »Das habe ich schließlich fast dein halbes Leben lang getan.«

Sofort schossen ihm ein paar unwillkommene Gedanken durch den Kopf. »Aber …«

»Kein Aber.« Sie wies zur Tür. Leif wusste, dass es keinen Sinn hatte zu diskutieren. Rasch glitt sein Blick über die vorbereiteten Schalen, die abgedeckt auf dem elektrischen Stövchen standen. Die ganze Sache würde ein Fiasko werden. Aber er hatte nicht die geringste Idee, was er daran ändern könnte. Er konnte nur hoffen, dass seine Mutter die kulinarischen Botschaften nicht verstand.

Er setzte sich zu seinem Freund an den Tisch am Fenster. Schon erschien seine Mutter wieder, dieses Mal mit einem Tablett mit drei gefüllten Sektgläsern in der Hand.

»Vielleicht stellst du uns vor?«

Leif erhob sich. »Das ist Aaron.« Er nickte in Richtung seines Freundes. »Und das ist meine Mutter.«

»Regina.« Seine Mutter hielt Aaron das Tablett hin, und dieser nahm sich ein Glas. Regina stieß erst mit ihm an, dann mit Leif, der sich ebenfalls bedient hatte. Aaron und seine Mutter nippten an ihren Gläsern. Leif stürzte seines in einem Zug hinunter. Seine Mutter schenkte umgehend nach und verschwand wieder in der Küche.

»Ich dachte, wir wären zu zweit«, sagte Aaron leise. Er setzte sich wieder und schaute angestrengt aus dem Fenster auf die Schneeflocken über dem Meer.

»Das war der Plan«, entgegnete Leif ebenso leise. »Ich habe meine Mutter nicht eingeladen.«

»So?« Aaron sah ihn nicht an, aber er hörte den Zweifel in seiner Stimme.

»Ja, verdammt. Sie ist einfach hier aufgetaucht. Sie hatte Streit mit meinem Vater.«

Jetzt endlich wandte sein Freund den Kopf. »Du sollst nicht fluchen.«

»Entschuldige.« Leif atmete tief durch. Er hatte sich diesen Tag anders vorgestellt. Das erste Weihnachten mit Aaron, nachdem er sich endlich getraut hatte, seiner inneren Stimme zu folgen. Mit sechsunddreißig.

Seine Mutter räumte die leeren Sektgläser ab und trug den Teller mit der Vorspeise auf. Was er vorbereitet hatte, waren Tannenbäume und Herzen aus Avocadoschnitzen. Immer im Wechsel, die Herzen mit einem Cocktailspieß durchbohrt wie von Amors Pfeil. Jetzt allerdings war die Hälfte verschwunden. Auf dem Teller lagen nur Bäume, keine Liebesherzen.

»Wo ist denn der Rest?«

»Den habe ich weggetan«, erklärte seine Mutter. »Die Bäumchen waren völlig missraten. Wenn man sie schon mit Spießen zusammenhalten muss …«

Leif versuchte zu ergründen, ob sie wirklich nicht erkannt hatte, was er da geformt hatte, doch ihre Miene gab nichts preis. Nun gut. Wenn sie so tun wollte, als sei ihm nur ein Kochunfall passiert, würde er eben mitspielen.

Er schob sich ein Stück Avocado in den Mund und hätte sich beinahe verschluckt, weil es erneut an der Tür läutete. Aarons Gesicht verfinsterte sich.

»Wer kommt denn jetzt noch?«

»Keine Ahnung.«

Leif stand auf und ging in den Flur. Er öffnete die Wohnungstür und stieß die Luft aus.

»Papa.«

Sein Vater hielt ihm anklagend eine Schachtel entgegen. »Deine Mutter hat das zu Hause vergessen.«

»Wolfgang.« Seine Mutter erschien schon wieder wie aus dem Nichts neben ihm. »Ach, die Lebkuchen. Danke.«

»Komm doch rein.« Leif hielt seinem Vater die Tür auf. Der Abend mit Aaron war ohnehin ruiniert. Auf einen ungebetenen Gast mehr oder weniger kam es schon nicht mehr an. Und vielleicht würden die Eltern ihren Streit ja beilegen und zurück nach Hause fahren. Dann hätten sie zumindest die Nacht noch für sich.

Wolfgang ging in die Stube, blickte anerkennend aus dem Fenster über die Sylter Winteridylle und machte sich mit Aaron bekannt. Leif trug einen Stuhl aus der Küche herbei, und alle setzten sich.

»Ihr kennt euch schon länger?«, erkundigte sich sein Vater. »Du hast nie von Aaron erzählt. Was macht ihr denn so zusammen? Sport? Oder irgendein anderes Hobby?« Er betrachtete den schmal gebauten Aaron. »Bodybuilding ist es wohl nicht.«

»Nein. Wir haben uns in einem Club kennengelernt«, sagte Aaron.

»Ein Club, soso.« Wolfgang neigte den Kopf. »Das ist so etwas wie eine Diskothek, nicht wahr? Seid ihr dafür nicht ein wenig zu alt?«

»Nein, keine Disko«, lächelte Aaron. »Ein Club, in dem sich …«

Leif sprang auf. »Kannst du mir kurz in der Küche helfen, Aaron?«, unterbrach er ihn rüde.

»Was? Ja, sicher. Entschuldigung.« Aaron erhob sich und folgte Leif. »Was ist denn los?«

Leif atmete tief durch. »Meine Eltern wissen es nicht.«

»Aha? Nun, dann ist heute doch eine gute Gelegenheit, es ihnen zu sagen.«

»Nein!« Leif räusperte sich. Er hatte fast gebrüllt. »Nein«, wiederholte er leiser. »Auf keinen Fall.«

»Und warum nicht?«

»Meine Mutter würde das nicht überleben. Sie hat ein schwaches Herz.«

»Was ist so schlimm daran?«

»Sie wünscht sich Enkelkinder. Mehr als alles andere. Ich kann ihr den Traum nicht einfach zerstören.«

»Okay.« Aarons Lippen wurden schmal. Er drehte sich um und ging zurück in den Wohnraum.

Wolfgang und Regina hatten die Köpfe zusammengesteckt und tuschelten. Als seine Mutter ihn sah, sprang sie auf und dirigierte ihn zurück auf seinen Platz.

»Setz dich. Ich kümmere mich um das Hauptgericht.«

»Äh …« Leifs Herzschlag beschleunigte sich wieder. »Ich sollte vielleicht lieber selbst …«

»Nein, nein. Du kümmerst dich um deine Gäste.«

Leif gab sich geschlagen. Wenn sich seine Mutter etwas in den Kopf gesetzt hatte, konnte man ohnehin nichts dagegen ausrichten.

Er starrte aus dem Fenster auf die Nordsee, auf der weiße Schaumkronen unter den Schneeflocken hertrieben, während sich Aaron und sein Vater unterhielten. Zum Glück über das aktuelle Tagesgeschehen, nicht über den Club, in dem sie sich zum ersten Mal begegnet waren. Beide hatten wohl eingesehen, dass man sich besser auf neutralem Terrain bewegte.

Seine Mutter kam mit dem Braten und den Tellern, auf denen er die Beilage drapiert hatte. Es waren bunte Nudeln, aus denen er Regenbogenflaggen gestaltet hatte. Als Regina die Hauben abnahm, erblickte er allerdings etwas anderes. Seine Mutter hatte die Nudeln neu verteilt und umgelegt. Auf zwei Tellern gab es die Sylt-Flagge, gelb, rot und blau. »Rüm Hart, klaar Kiming«, gab Regina den Sylter Wahlspruch zum Besten, der auf vielen Exemplaren der echten Flagge stand. Weites Herz, klarer Horizont. Danach sehnte sich Leif jetzt auch.

Er fragte sich, was aus den anderen Nudeln geworden war, den grünen, violetten und orangefarbenen. Die Antwort bekam er, als seine Mutter die Hauben der beiden anderen Teller lüftete. Da schwebten violette Möwen vor einem orangefarbenen Sonnenuntergang über grüne Wiesen. Leif musste zugeben, dass es hübsch aussah. So viel künstlerisches Talent hätte er seiner Mutter gar nicht zugetraut.

Aaron hob die Augenbrauen, sagte aber nichts. Leif bemerkte, wie er die Teller nachdenklich musterte. Ob er erriet, wie er die Nudeln ursprünglich arrangiert hatte?

Leif stöhnte auf, als zum vierten Mal die Türglocke ertönte.

»Wer kommt jetzt noch?«, ätzte Aaron. »Deine Schwester? Oder deine Oma?«

»Leif ist Einzelkind«, verkündete seine Mutter, was Aaron natürlich wusste. »Und seine Großeltern leben nicht mehr.«

»Dann vielleicht eine entfernte Tante?«

Leif sprang auf. Seine Nerven lagen mittlerweile blank. Was ein romantischer Abend zu zweit hatte werden sollen, wuchs sich zunehmend zu einer Belastungsprobe für ihre Beziehung aus, die bisher kaum mehr als ein zartes Pflänzchen war. Aarons bissige Kommentare schmerzten ihn, auch wenn er wusste, woher der Frust kam. Aaron wollte sich offen zu seiner Neigung bekennen, Leif zog es vor, die Sache geheim zu halten. Aus gutem Grund. Als Lehrer wurde man schnell schief angesehen, und es wurde hinter vorgehaltener Hand getuschelt, auch wenn es nicht den geringsten Grund dazu gab. Und trotzdem hatte Leif beschlossen, an diesem Abend einen großen, mutigen Schritt zu wagen. Aber doch nicht unter den Augen seiner Eltern!

Er ging in den Flur und öffnete die Tür. Davor stand eine Frau Mitte dreißig, mit einem hübschen Gesicht und blonden Haaren, die unter einer dicken Pelzmütze hervor sahen.

»Claudia?« Leif starrte die Besucherin an. »Was tust du hier?«

Claudia streckte ihm einen Geschenkkarton hin. »Darf ich reinkommen?«

»Ja. Klar.« Er stellte den Karton beiseite, hielt ihr die Tür auf und nahm ihr Mütze und Mantel ab. Darunter trug sie ein kurzes blaues Kleid, das ihre Figur, die immer noch phantastisch war, gut zur Geltung brachte. Leif führte sie ins Wohnzimmer, den Karton in der Hand. Seine Mutter strahlte.

»Claudia.« Sie stand auf und drückte die Frau herzlich. Anschließend wandte sie sich an Aaron. »Claudia war Leifs erste große Liebe. Damals, in der Schule. Leider ist nichts daraus geworden. Claudia hat einen anderen geheiratet. Aber jetzt ist sie frisch geschieden.«

Leif konnte mühelos ablesen, was hinter der Stirn seiner Mutter vor sich ging. Erste Liebe, beide noch nicht zu alt und – anscheinend – Singles. Man musste sie nur wieder zusammenbringen, dann würde sich der Wunsch nach Enkelkindern doch noch erfüllen lassen.

Kurz dachte er darüber nach, ob es eine Möglichkeit wäre. Ein ganz normales Leben, kein Versteckspiel, keine Häme, kein Spießrutenlaufen. Aber er hatte ja jahrzehntelang vergeblich versucht, seine Neigung zu unterdrücken. Es ging einfach nicht.

Er stellte den Karton auf den Tisch und öffnete ihn. Ein herrlicher, weihnachtlicher Duft stieg daraus auf, der ihn unvermittelt in seine Kindheit zurückversetzte. Er spähte in die Schachtel und sah Zimtsterne und Vanillekipferl. Unwillkürlich seufzte er. Aarons Miene verdüsterte sich.

Leif konnte sich nicht zurückhalten. Er nahm einen Zimtstern und schob ihn sich in den Mund. Er war perfekt, wie alles, das Claudia früher gebacken hatte. Sie hatte einfach ein besonderes Talent dafür.

»Himmlisch.« Leif konnte nicht anders, als Claudia anzulächeln, und er musste sich auch noch ein Vanillekipferl nehmen, das erwartungsgemäß ebenso gelungen war wie der Zimtstern.

Seine Mutter holte ein weiteres Gedeck für Claudia, sein Vater einen zusätzlichen Stuhl. Sie platzierten seine alte Schulfreundin direkt neben Leif, der ebenfalls wieder auf seinen Platz gedrängt wurde. Aaron erhob sich.

»Ich verabschiede mich wohl besser«, sagte er kühl. »Ich möchte die Familienzusammenkunft nicht stören.«

»Nein.« Leif sprang auf und folgte ihm in den Flur. Er hielt ihn am Ärmel fest, ehe Aaron die Tür öffnen konnte.

»Bitte, bleib. Ich verspreche dir, dass ich heute noch reinen Tisch mache. Aber gib mir ein bisschen Zeit. Ich kann meine Eltern nicht einfach so vor den Kopf stoßen.«

»Gut.« Die grauen Augen ruhten für einen Moment auf seinem Gesicht, und Leif wurde innerlich heiß. »Warten wir also.«

Er ging mit Leif zurück in den Wohnraum und setzte sich wieder auf seinen Platz. Leif eilte in die Küche, um das Dessert zu holen. Lebkuchenherzen hatte er gebacken. Zwei Stück. In einem davon steckte eine Metallkapsel mit einer Botschaft.

Jetzt allerdings standen auf dem Tresen nicht mehr zwei Teller mit Lebkuchenherzen, sondern fünf. Daneben befand sich die geöffnete Pappschachtel, die sein Vater mitgebracht hatte. Auf dem Boden der Schachtel entdeckte Leif Lebkuchenkrümel.

Die fünf Herzen sahen absolut identisch aus. Kein Wunder, Leif hatte seine beiden nach dem Rezept seiner Mutter gebacken, mit der Form, die sie ihm geschenkt hat. Sie besaß genau die gleiche.

Er besah sich die fünf Gebäckstücke von allen Seiten, bis er endlich die kleine Delle im Boden entdeckte, die durch die Kapsel im Inneren des Lebkuchenherzens entstanden war. Erleichtert nahm er den Teller in die Hand. Im selben Moment kam seine Mutter in die Küche.

»Ich mache das schon«, sagte sie und besah sich die vier verbliebenen Lebkuchenherzen von allen Seiten. Dann arrangierte sie die Teller auf einem Tablett und trug sie ins Wohnzimmer. Leif eilte ihr voraus und stellte Aaron rasch das Lebkuchenherz mit der Kapsel hin, ehe seine Mutter die anderen Gebäckstücke verteilte.

»Hm.« Claudia nahm ihr Herz. Sie biss hinein und kaute genüsslich. »Deine Lebkuchen sind immer noch unerreicht«, sagte sie zu Regina.

Seine Mutter lächelte. »Danke. Aber deinen hat Leif gebacken.«

Leif runzelte die Stirn. »Woher weißt du das?«

Regina lächelte nachsichtig. »Du hast wieder keine Biokuvertüre verwendet, dabei habe ich dir schon hundertmal gesagt, dass sie besser schmeckt.« Sie blinzelte Claudia zu. »Man erkennt es an der Oberfläche. Bei der Biokuvertüre ist der Glanz ein wenig matter.«

Leif kniff die Augen zusammen und blickte zwischen den Lebkuchenherzen hin und her. Er konnte beim besten Willen keinen Unterschied entdecken. Seine alte Schulfreundin lachte und biss ein großes Stück von ihrem Lebkuchen ab. Im nächsten Moment presste sie die Hand auf die Wange.

»Au. Was war das?«

»Was denn?«, fragte Regina.

»Ich habe auf etwas Hartes gebissen.« Claudia schaute auf ihr angebissenes Lebkuchenherz und zog eine kleine metallene Kapsel hervor. Leif erstarrte. Wie konnte das sein?

»Das … äh … ist …«

»Wie romantisch!«, unterbrach ihn seine Mutter. »Eine in ein Lebkuchenherz eingebackene Botschaft.«

Claudia öffnete die Kapsel und zog den mehrfach gefalteten Zettel hervor, der darin steckte. Hellblau, mit dunkelblauer Tinte beschrieben.

»Was steht denn darauf?«, erkundigte sich Wolfgang.

Leifs alte Schulfreundin räusperte sich. »Du hast mir mein Herz gestohlen«, las sie mit vibrierender Stimme vor. »Willst du mich heiraten?«

Sie sprang auf und fiel Leif um den Hals. »Ach, Leif. Dass du mich das fragst, nach all den Jahren.«

Leif schoss das Blut in die Wangen. Konnte man sich in eine noch peinlichere Situation bringen? Er sah, dass sich sein Vater um eine gleichmütige Miene bemühte, doch seine Augen funkelten. Seine Mutter hatte ein breites Lächeln auf den Lippen. Leif wandte den Kopf zu Aaron. Sein Freund hatte die Fäuste geballt, sein Gesicht war eine starre, zu Eis geronnene Maske.

»Glückwunsch«, sagte er steif.

In Leifs Kopf summte ein Bienenschwarm. Das war doch alles falsch. Dieser Abend hatte ganz anders verlaufen sollen. Wie hatte innerhalb einer Stunde die ganze Sache derart aus dem Ruder geraten können?

Er machte sich von Claudia los und stand auf. Ihm war so heiß, als wäre er gerade in der Sauna gewesen, und sein Herz hämmerte wie verrückt. Er konnte nicht länger den

Kopf in den Sand stecken. Wenn er noch irgendetwas retten wollte, musste er jetzt Farbe bekennen.

Er drückte Claudia zurück auf ihren Platz.

»Das ist eine Verwechslung«, brachte er mühsam hervor. »Das Herz mit dem Heiratsantrag war nicht für dich. Es war für Aaron.«

Er hatte erwartet, dass seine Mutter entsetzt aufschreien würde. Dass alle schockiert wären. Dass man ihn mit Vorwürfen überhäufen würde, dass er in den Mienen seiner Eltern Abscheu lesen würde, Enttäuschung, zumindest Verständnislosigkeit. Stattdessen brachen alle am Tisch in lautes Gelächter aus, nicht nur seine Eltern, sondern auch Claudia und Aaron.

»Na endlich«, kommentierte sein Vater. »Ich dachte schon, du kriegst die Zähne nie auseinander.« Er blinzelte Aaron zu. »Ich hätte nicht geglaubt, dass mein Sohn eine solche Memme ist. Überleg dir gut, ob du seinen Antrag annimmst.«

Leif schaute von einem zum anderen und schüttelte ungläubig den Kopf. Ganz langsam dämmerte die Erkenntnis.

»Das war ein abgekartetes Spiel? Ihr habt das von vornherein so geplant?«

Aaron grinste.

»Tut mir leid. Ich wusste mir keinen anderen Rat mehr. Du hast dich so sehr gesträubt, es ihnen zu sagen, aber ich konnte mir einfach nicht vorstellen, dass deine Eltern tatsächlich so verbohrt sind. Also bin ich einfach zu ihnen gefahren und habe mit ihnen geredet.«

»Dein Freund hat Courage«, steuerte seine Mutter bei.

»Aber …« Leif konnte es nicht fassen. »Ich dachte immer, du wünschst dir Enkelkinder.«

»Das tue ich auch.« Seine Mutter lächelte. »Aber zum einen könntet ihr ja welche adoptieren. Und zum anderen wünsche ich mir mehr als alles andere, dass du glücklich bist.«

Leif traten Tränen in die Augen.

Claudia schaute ihn auffordernd an.

»Vielleicht machst du deinem Freund jetzt endlich den Antrag?«

Leif schluckte. Er wandte sich ab und griff nach dem blau verpackten Karton, der unter dem Tannenbaum lag.

Kurz zögerte er. Dann kniete er sich vor Aaron und hielt ihm das Geschenk hin.

»Du bist das Beste, was mir in meinem ganzen Leben passiert ist, Aaron. Ich bin ein Idiot und ein feiger Hund, aber ich liebe dich.« Er atmete tief durch. »Willst du mich heiraten?«

Aaron lächelte. Er öffnete die Verpackung und beförderte ein kleines graues Kästchen hervor. Im Inneren befanden sich zwei Weißgoldringe.

»Ja.« Aaron nahm einen der Ringe und steckte ihn Leif auf den Finger. Leif tat dasselbe mit dem zweiten Ring bei Aaron. Claudia und seine Eltern applaudierten. Sein Vater ging in die Küche, kam mit einer Flasche Sekt und Gläsern zurück und ließ mit einem lauten Ploppen den Korken aus der Flasche springen.

»Darauf müssen wir anstoßen.«

Drei Stunden später gingen sie zu zweit die Promenade entlang. Es waren nur wenige Menschen unterwegs, zumeist Paare wie sie. In den Schaufenstern der Geschäfte bei der Musikmuschel blinkten bunte Lichterketten. Auch die Laternenmasten und die Muschel selbst waren mit Lichtern geschmückt. Der Wind hatte nachgelassen, dafür war das Schneetreiben dichter geworden. Die Flocken fielen federleicht und sanft wie Konfetti auf ihre Köpfe und Schultern. Die Nordseewellen schwappten rhythmisch an den Strand.

Leif blieb stehen und drehte sich zu Aaron herum.

»Eigentlich müsste ich dir böse sein«, sagte er. »Aber alles in allem ist es doch das schönste Weihnachten, das ich bisher erlebt habe.«

Aaron lächelte verwegen.

»Manchmal muss man eben etwas riskieren«, erwiderte er. Dann küsste er Leif.

Über ihnen leuchteten die Sterne am dunklen Himmel. In Leifs Innerem verwandelten sie sich in ein Feuerwerk.

ELLEN BERG, geboren 1969, studierte Germanistik und arbeitete als Reiseleiterin und in der Gastronomie. Heute schreibt und lebt sie mit ihrer Tochter auf einem kleinen Bauernhof im Allgäu. Nach Jahren lamettaseliger Weihnachtsschwelgerei nimmt sie sich mittlerweile vor, die Festtage etwas unaufgeregter zu gestalten. Bisher ohne nennenswerten Erfolg. Doch bei der nächsten Bescherung wird sie wie ihre Heldin Hannah tatsächlich Gutscheine verschenken – hoffentlich ohne peinliche Komplikationen … Die Figuren ihrer Weihnachtsgeschichte, Hannah und Pascal, sind übrigens dem Roman »Der ist für die Tonne. (K)ein Männer-Roman« entnommen. Er liegt wie alle weiteren sehr erfolgreichen Romane von Ellen Berg im Aufbau Taschenbuch vor. Zuletzt erschienen unter anderem »Ich schenk dir die Hölle auf Erden. (K)ein Trennungs-Roman«, »Wie heiß ist das denn? (K)ein Liebes-Roman«, »Mach dich locker. (K)ein Frauen-Roman« und. »Für immer, oder was? (K)ein Liebes-Roman«.

LENA JOHANNSON, 1967 in Reinbek bei Hamburg geboren, war Buchhändlerin, bevor sie als Reisejournalistin ihre beiden Leidenschaften Schreiben und Reisen verbinden konnte. Sie lebt als freie Autorin an der Ostsee, wo sie besonders die ebenso festliche wie stille Weihnachtszeit abseits städtischen Trubels genießt. Im Aufbau Taschenbuch sind ihre Bestseller »Die Villa an der Elbchaussee«, »Jahre an der Elbchaussee«, »Töchter der Elbchaussee«,

»Die Frauen vom Jungfernstieg – Gerdas Entscheidung«, »Die Frauen vom Jungfernstieg – Antonias Hoffnung«, »Die Frauen vom Jungfernstieg – Irmas Geheimnis«, »Die Malerin des Nordlichts« und »Zwischen den Meeren« lieferbar, ihre Romane »Dünenmond«, »Rügensommer«, »Himmel über der Hallig«, »Der Sommer auf Usedom«, »Die Inselbahn«, »Liebesquartett auf Usedom«, »Strandzauber«, »Die Bernsteinhexe«, »Sommernächte und Lavendelküsse« sowie die Kriminalromane »Große Fische« und »Mord auf dem Dornbusch«.

Mehr zur Autorin unter www.lena-johannson.de

KATHARINA PETERS, Jahrgang 1960, schloss ein Studium in Germanistik und Kunstgeschichte ab. Sie ist passionierte Marathonläuferin, begeistert sich für japanische Kampfkunst und lebt am Rande von Berlin. An die Ostsee fährt sie, um zu recherchieren, zu schreiben – und gelegentlich auch zu entspannen.

Aus der Rügen-Serie mit Romy Beccare sind »Hafenmord«, »Dünenmord«, »Klippenmord«, »Bernsteinmord«, »Leuchtturmmord«, »Deichmord«, »Strandmord«, »Fischermord«, »Schiffsmord«, »Ankermord« und »Ufermord« lieferbar. Aus der Ostsee-Serie sind »Todesstrand«, »Todeshaff«, »Todeswoge«, »Todesklippe« sowie »Todeswall« lieferbar. Mit der Kriminalpsychologin Hannah Jakob als Hauptfigur sind »Herztod«, »Wachkoma«, »Vergeltung«, »Abrechnung«, »Toteneis« und »Abgrund« lieferbar. Zuletzt erschienen von ihr: »Bornholmer Schatten«, »Bornholmer Falle« und »Bornholmer Flucht«.

Mehr zur Autorin unter www.katharinapeters.com

ULRIKE RENK feierte ihr erstes Weihnachtsfest 1967 in der Nähe von Detmold. Ein paar Jahre später baute sie Schneemänner in Dortmund. Heute schmückt sie ihren Tannenbaum in Krefeld und kocht gerne für Mann, die vier Kinder und die zwei Hunde ein weihnachtliches Menü. Im Aufbau Taschenbuch liegen ihre Australien-Saga, die Ostpreußen-Saga, die Seidenstadt-Saga und zahlreiche historische Romane vor. Zuletzt erschienen von ihr »Eine Familie in Berlin – Paulas Liebe«, »Ursula und die Farben der Hoffnung« und »Ulla und die Wege der Liebe«, die neue große Saga um die Dichterfamilie Dehmel.

Mehr zur Autorin unter www.ulrikerenk.de

MICHAELA SCHWARZ lebt mit ihrer Familie und einem – widerborstigen – Riesenschnauzer in Köln. Bei Aufbau digital sind von ihr erhältlich: »Der Weihnachtstango« und »Paganini und das Weihnachtswunder«.

HENRIK SIEBOLD ist Journalist und Buchautor. Er hat unter anderem für eine japanische Tageszeitung gearbeitet sowie mehrere Jahre in Tokio gelebt. Er mag das Weihnachtsfest am liebsten klassisch: mit Baum, Braten und

Bescherung. Wenn dazu noch Bing Crosby singt, ist es nicht zu toppen.

Im Aufbau Taschenbuch sind seine Kriminalromane »Inspektor Takeda und die Toten von Altona«, »Inspektor Takeda und der leise Tod«, »Inspektor Takeda und der lächelnde Mörder«, »Inspektor Takeda und das doppelte Spiel«, »Inspektor Takede und die stille Schuld« sowie »Inspektor Takeda und das schleichende Gift« lieferbar. Zuletzt erschien von ihm »Schattenkrieger«.

JAN STEINBACH, geboren 1973, ist das Pseudonym eines erfolgreichen deutschen Schriftstellers, den es zu Weihnachten regelmäßig ans Meer zieht. Inspiriert von langen Deichspaziergängen, von eingeschneiten Stränden und dem besonderen Zauber der norddeutschen Weihnacht entstanden neben der vorliegenden Geschichte »Weihnachten in Ostfriesland« bereits die Romane, »Das Café der kleinen Kostbarkeiten«, »Das Strandhaus der kleinen Kostbarkeiten« und »Stürmische Weihnacht in Cornwall« erschienen, die im Aufbau Taschenbuch sowie bei Rütten & Loening vorliegen.

BEN KRYST TOMASSON, geboren 1969 in Bremerhaven, ist Germanist, Pädagoge und promovierter Diplom-Psychologe. Er hat einige Jahre in der Bildungsforschung gearbeitet, eher er sich als freier Autor selbständig gemacht hat. Seine Leidenschaft gehört den Geschichten, die das

Leben schreibt, den vielschichtigen Innenwelten der Menschen und dem rauen Land zwischen Nordsee und Ostsee. Wenn er nicht schreibt, verbringt er seine Zeit am liebsten mit einem guten Buch am Meer.

Im Aufbau Taschenbuch sind von ihm bisher »Sylter Affären«, »Sylter Intrigen«, »Sylter Blut«, »Sylter Gift«, »Sylter Lügen«, »Sylter Schuld« und »Sylter Sünden« erschienen.

JOAN WENG, geboren 1984, liebt an Weihnachten vor allem die Kerzen, die aufgeregte Vorfreude ihrer beiden Buben und den ruhigen, spätnächtlichen Abwasch nach dem trubeligen, großen Festessen – mit schlafender Familie und nur der Katze als Gesellschaft. Für ihre literarische Arbeit wurde Joan Weng vielfach mit Preisen und Stipendien ausgezeichnet. Sie lebt als freie Autorin bei Stuttgart. Im Aufbau Taschenbuch sind ihre Romane »Die rote Tänzerin«, »Amalientöchter«, »Das Café unter den Linden«, »Die Frauen vom Savignyplatz« und »Die Damen vom Pariser Platz« sowie die Kriminalromane »Feine Leute« und »Noble Gesellschaft« lieferbar.

Mehr zur Autorin auf www.joanweng.de

Jan Steinbach
Das Café der kleinen Kostbarkeiten
Roman
234 Seiten. Broschur
ISBN 978-3-7466-3735-8
Auch als E-Book lieferbar

Der Duft von Zimt und Liebe

Auf der Flucht vor der Trauer um ihren verstorbenen Mann reist Luise nach Lübeck, um dort Weihnachten zu verbringen. Sie, die selbst leidenschaftlich backt, lernt den Marzipanbäcker Ludwig kennen, in dessen einladendem Café sie ihre Einsamkeit zu vergessen vermag. Und über köstlichen Backwaren aus Marzipan und dem Duft von Zimt und Vanille geschieht, womit keiner der beiden gerechnet hätte – sie verlieben sich. Aber Luise scheut den Neuanfang, zu groß ist ihre Angst vor neuem Kummer. Doch Ludwig will sie nicht ziehen lassen und hofft auf ein Weihnachtswunder …

Eine zauberhafte Liebesgeschichte zwischen zwei Menschen, die nicht mehr mit der Liebe rechnen.

atb aufbau taschenbuch